U0128459

越不可越之山，则登其巅；

渡不可渡之河，则达彼岸。

献给我的
父母，以及他们漂泊的一生。

先父讳拉席敦多克(1911—1998),族姓席连勃,汉名席振铎,号新民。
先母讳巴音比力格(1916—1987),族姓乐路希勒,汉名乐竹芳。

(此张相片应摄于 20 世纪 30 年代后期,可能在南京)

席慕蓉

著

蒙文课

内蒙古人民出版社

【代序】
蒙文课

去上蒙文课。

学会了写自己的名字。

在灯下,才刚写了上面这两行,忽觉悚然。这样简短的两行字,这样简单的事实,如果是发生在六岁那年,是极为欢喜的大事,也值得父母大书特书,把这一天定为孩子启蒙的纪念日。

可是,如果是发生在孩子已经六十多岁的这一年,父母都已逝去,她一个人在灯下,在日记本里郑重地写下这两行字的时候,还值得庆贺吗?

或许,还是值得庆贺的吧。

在南国的灯下,在不断滴落的热泪里,我一个人静静地自问自答。

或许,还是值得庆贺的吧。

二○○六年十月二十三日午夜

细碎的波光

要怎么说出我心中的感激呢？

在这条探寻原乡的长路上，遇见的每一位朋友每一位族人，都是我的贵人。

每一位都厚待我。是的，是借着你们的引导和无私的帮助，才让这一个半生彷徨无依的迷途者，终于找到了完全属于自己的文化家园。何等温暖的接纳，真是感激不尽啊！

现在又承内蒙古人民出版社之助，为我邀请翻译名家，将我的几本小书译成蒙古文出版，更是美梦成真。

美梦在没有实现之前，尤其是在年少之时，总会被别人或是被自己称它是"白日梦"吧？在这里，我把年少时的一篇日记一字不改地呈现，再加上另外三篇回到原乡之后的日记，当作是抽样的阶段性报告，作为新版的序文。美梦成真，愿将这幸福的细碎波光与大家分享：

一

一九五九年一月二十九日　台北

二十七号休业式我并没有参加，在寝室里整理东西，怎么那么乱啊！不知道从何着手，结果还是下午爸爸来接我时才再帮我弄好的。

回家两天，一切周遭的事物都是干净清爽的，我又开始想写日记了。

我常常反省，我太爱幻想了，有的时候就很容易对现实不满。其实我真该觉得幸福，我们没有任何可埋怨的事啊。

我承认我是个愚昧的人，我不配享受人间真正灵性的安静，我常常渴求爱，希望听到别人对我的赞美，我喜欢热闹，我爱出风头，我常常做白日梦，也许有一天我真的可以出国读书，也许我有一天回家了，回到我明驼瀚海的故乡，我眼看着蒙古的一切在面前兴旺起来，我站在高高的山冈上，向成吉思汗我伟大的祖先致敬，愿先祖英灵佑我，到那时，我便没有愁意了，我的"终身之忧"已获得解脱，我已经不会有缺陷了，我才有资格享受回忆中所含的欢乐。

啊！我为什么思潮那样紊乱呢？

二

二〇〇七年八月二十四日　克什克腾旗热水塘

（此刻我真的是回到姥姥家写日记了。在热水的交通饭店套房里记写昨天。）

昨天，八月二十三日，重回希喇穆伦河源，是满满的一天。同行的除了朵日娜以外，还有白音巴特尔、王立山、李景章和康少泽四位先生。

二〇〇〇年春天，白音巴特尔引用我在散文《松漠之国》里的一句话："为什么一棵树都不肯留下来给我？"开始在克什克腾旗希喇穆伦河源附近展开固沙的工作，第二年开始植树、退耕。如今六七年下来，地表植被恢复得还算可以。沿途，他们指着小得可怜的幼苗说："这是山杏，已成活。"

每株幼苗本身带着一个小保特瓶栽入沙中,瓶中之水可供养它一年还有余,幼苗因此而度过最困难的时期而终于得以存活。

另外还植入黄柳。白音巴特尔说,活了的话就抽芽生长,活不了的也可成为拦沙的护栏,阻止沙子流动。有了效果之后,沙子本身就逐渐成为薄薄的固定的一层,如果没有人为的践踏或破坏,再加上逐年累积的落叶(或尘土?)等等的腐殖层,就有望可以往固定的土层发展,但是中间到底需要多少时间,就无人能够精确回答。(三百年还是一千年?)

不过,努力还是值得的。虽说如今河源的治沙还在初步的阶段,一切还很脆弱,但毕竟大家已经开始警觉了。

开始往河源下去的时候,右边有位在当地工作的护林人员袁双平先生过来,伸手与我右手相握,支撑着我往下走去。他的身体很魁伟,在我右边,使我能非常安心地往下迈步,坡路很陡,底下又都是沙,如果没有他的左手支撑,我根本是寸步难行。

但是,十八年以前(一九八九年)的我,好像是一个人走下去的。除了不时要停下,把鞋后跟进来的沙子清一清之外,并不需要任何人的帮助;而且记忆之中,身旁还有树林,我和尼玛大哥、沙格德尔、王行恭,还有带路的朋友是从略微阴暗的树林子里走下去的。难道那些林子是在一九八九年到一九九九年,十年之间消失的吗?

原本以为是走了另外一条路。可是,当斜坡走完来到源头处之时,一看到那弯弯的在我们右前方深陷下去的沙谷,真是无比亲切与熟悉,如遇故人。是的,就是这里! 就在这里! 十八年前的一个秋日午后,九月六日,我初见河源,曾经赤足踏入源头不远处刚刚汇成一条浅溪的水流之中,溪水冰寒,而我心炽热。

我心炽热,只因终于找寻到自己的归属。"我终于在母亲的土地上寻回了一个完整的自己",这是在回到台湾之后写下来的那句话。

此番重来,心中只有一个念头:感谢上苍的厚赐。这十几年来,持续在原乡行走,常常在克什克腾境内与浩荡奔流的希喇穆伦河相见,却没料想到,还有机缘再与河源相会。

隔了十多年的时光,山河依旧,有些景象丝毫没有变动,有些就似乎与记忆稍稍错位了。不过,季节里的颜色因为阳光的照耀,好像更加饱满,更加明亮。

河源旁的峡谷上方有树林,绿荫下有山菊,丛生的柔细枝子上,开着许多朵白色的细瘦花朵,在风中轻轻摇动,还有花瓣粉红的是山竹。在靠近我们的山壁上也散开着粉紫色的小野花,斜坡上的草色青青,仿佛就是蒙古长调里歌颂的草原的本色……

我静静环视眼前这山谷间的每一寸土地,心里想着就算是再有一个十八年,即使可以重临,恐怕也不容易再走下来了吧。

白音巴特尔真是深知我心的好朋友,他在河源的沙地上拣了一块松木的树干残片给我,造形很美,够厚够苍老够斑驳。他说应该不会是辽代的千里松漠留下来的,那么就一定是我母亲念念不忘的那三百里松林的了。

被岁月刷洗得近乎灰白的木头,横面还能见到那最后的十几年的年轮,体积不算大,又非常非常的轻,我向他道谢,说没有什么比这再好的礼物了,我一定会把它带回台湾。(也果真如此,此刻它还在我书房,二○一七年四月加注。)

我们在河源停留了很久,当大家再一起往回程走上去的时候,我并没有频频回顾,或许是因为在沙坡上攀爬的艰难,或者是因为心中的平和与知足,我只停了一次,一次而已。这一次,河源已在稍远的下方,再转个弯或许就看不见了。我身处在另一片林子里,林荫间的绿,是嫩绿夹杂着青绿,这里好像仍是夏日,虽然已近尾声,而秋光还没有进入。

我向刚才的一切说"再见"。可是我知道这不是道别,因为从这里流出的河水,会不断地与我在母亲的土地上重新相见,河面上每一道细碎的波光,应该都是从这里出发再沿路由层层水流托带给我的祝福吧⋯⋯

三

二〇一二年五月五日　台北—北京飞航途中

蒙古长调之所以被举世所推崇,不单只是在于它的美丽和它的艰难,而是在于它能把歌者与听众都提升到一个美好的高度。

这高度是在一般生活里从没能达到的高度,但又是从远古以来,每一个人的生命深处所渴望能企及的高度。如字面所言,这高度似乎是一种空间距离,其实,它也是一种质素,一种精神品质上的距离。

是的,无论在表象上多么平凡卑微的生命,上苍其实都赋予了这个生命一种本质的高贵和尊严。

而在哈札布的歌声里,我们这种平日无法企及难以触碰的本质就会突然被唤醒。

在他的歌声里,有些什么突然浮现出来,告诉我们,我们不是只为这表象的一切而活着的,我们还有一种更高、更远、更为神圣的核心可以去向往,可以去追求;仿佛是腾格里神赋予人类深心的一种神性,可感受、可引领、可安慰,却难以言说的那种力量和信心。

用句最简单的话语就可以将我上面这段解释说得非常清楚:

"哈札布的歌声将我们唤醒,让我们把自己完完整整地融入大自然的最深处。"

是的，人类逐渐忘了自己原是属于这美好的大自然，与所有的生灵原是美美与共的。人类的原乡本来不就是那和谐共生的大自然吗？

记得是尼玛大哥说的一段话：

"长调是从草原里长出来的。从前的草原多好，哈札布的长调唱得多好。现在，有些都不成样子了……"

所以，可以这样解释吗？这样定论：

"游牧文明的美好时空成就了蒙古长调，蒙古长调成就了歌王哈札布。"

陈黎明和白龙摄制了哈札布的传记，电影《天之恩赐》马上要在北京首演。我希望能以上面这段的想法在明天纪念他。

四

二〇一六年一月一日　淡水

新年第一天，向齐邦媛老师（台湾大学外文系名誉教授，《巨流河》的作者）拜年，我们谈得很高兴，并且，她说这么多年，她注意到我是一直走在一条寻找的道路上，不知道自己要找的究竟是什么？只是知道一定要往前去找，是"心"在驱动着我。

我怎么这么幸运。这么多年来，在电话里听着齐老师的文学课程，是一对一的单独授课啊！多么奢侈的福分！

和齐老师的第一次相遇，应该是在一九八七年的夏秋之间吧。她来参观我在阳明山上的小画室，是晓风陪她来的。我们在士林的福乐门口相会。

她后来对我说，因为我那天穿了一条花布的大圆裙，虽是花布，但颜色素淡，她很喜欢，或许还有一点点的羡慕。因为，她自己从年轻的时候就开始教书,当时总是穿着严谨,从来也不可能有这么一条大花布裙子。我的自由自在让她觉得应该支持这种选择,或许,从那一刻开始,她也就接受了我。

那年我四十多岁,还没开始发胖。上身一件无袖 T 恤,下身一件大圆裙,可以在草地上随意坐卧,可以在海边岩礁间任意穿行,从来不知道什么叫做"膝关节",真是无忧无虑啊!

所以,两年之后,一九八九年的夏天,可以去内蒙古了,也是毫无挂虑地在北京火车站的人群里冲锋陷阵,抢登那好像永远也挤不上去的车门。到了张北,又一连几个钟头在狭窄的吉普车中左右摇晃,上下跳动。(真的,是跳得老高的那种颠簸!)再去沙坡上爬上爬下地寻找河源,一切的跋涉好像都不怎么困难,都能做到,一心一意就要往前走去。

是"心"在驱动,不过,也要这个身体可以配合才行。这是实实在在的人生,走了十几二十年下来,终于把"膝关节"给得罪了。

二○一四年初,换了一个人工关节之后,晓风安慰我,她说:"不错! 换一块新的马蹄铁,又可以在草原上多跑几年吧。"

目录

辑一　盛宴

夏天的夜晚

第一次站在蒙古高原之上的时候,只觉得苍天真如穹庐,笼盖四野,而草原上丘陵如海浪般地起伏,置身于其中,一方面深深感觉到自己的渺小,一方面却又觉得和大地如此贴近是一种无法形容的幸福。

后来,常有在草原上赶夜路的经验。一九九四年的夏天,从大兴安岭回海拉尔,在呼伦贝尔草原上夜行,另外一辆车落后了,我们这辆就在草原中间停了下来。我本来已经很困了,就想赖在车上睡觉,朋友却在车外声声呼唤,要我下来伸伸腿,走动走动,我只好不情不愿地下了车。

开始的时候,马达和车灯都开着,我们几个人就在车灯前的光圈里聊天,旁边黑漆漆的,什么也看不见,也不想去理会。

但是,久等不见车来,我们的司机就把马达停了,把灯熄了。

灯一熄,才发现就在整片黑暗的大地之上,群星灿亮!闪烁在无边无际的穹苍中,那浩瀚的天穹和我们这几个渺小的旅人的不成比例,令我惊悚屏息,真的觉得自己缩得比蝼蚁还要渺小。可是,就在同时,我的心里又充满了一种狂喜的震撼,好像是才开始真正认识了这个世界。

这震撼久久不曾消退。

有一次,在台北,与一位心仪已久的朋友初次见面,我们谈到了蒙古高原,谈话中,他忽然问我:

"快进入二十一世纪了,蒙古高原在未来的日子里,会对这个世界有些什么样的贡献和影响呢?"

虽然，我并不认为日子一定要照着这样的方式来计算，不过，在他问了这个问题之后，呼伦贝尔的黑暗大地和灿亮星空忽然都来到眼前。

那个夏天的夜晚，脚下的土地坚实而又温暖，高处的星空深邃浩瀚，是从多么久远的年代开始，这片草原就是这样承载着哺育着我们的先祖。那时万物皆有魂魄，群星引领方向，人与自然彼此敬重，彼此善待。但是，一路走来，到底有多少勇气与美德都被我们抛在身后？多少真诚与谦卑的记忆都消失了，非得要等到有一天，重新站在这片土地之上，仰望夏夜无垠的星空之时，才会猛然省悟，原来，这里就是我们的来处，是心灵深处最初最早的故乡。

所以，我的回答是这样的：

"在二十一世纪，我也许不能预知蒙古高原会有些什么特别巨大的贡献和影响，也许，一般人总会多往经济或者科技方面去追求，但是，我认为，蒙古高原的存在，有远比这些追求更为重要的价值。"

她的存在，让这个世界觉得心安。

她的存在，让我们知道，无论世事有多么混乱，无论人类在科技文明充斥的环境里（当然其中也包括了蒙古国的乌兰巴托或者内蒙古的呼和浩特等城市）变得多么软弱，在这一块土地上，生命总能找到更为积极和安定的本质。

蒙古高原在某种意义上来说，其实不只是北亚游牧民族的家乡而已，她更是人类在地球上最后仅存的几处原乡之一了。

对蒙古高原有着更深一层的了解，也是对生命本身得到更多一层的领悟。

在每个人的心灵深处，所有的记忆其实来自一样的地方。

盛　宴

　　开始的时候,是朋友告诉我的,在台北的师大附中停车场附近的巷子里,有家专卖艺术文物图书的小书店,找到了之后,果然很不错,有空时就会常常进去张望一下,遇到喜欢的书,就坐下来慢慢翻看。店里很安静,店主和工作人员又都非常温和秀气,店门口还总有两三碗半满的猫饼干放在那里,供两三只看起来也挺有风度的野猫进食。

　　不过,几年下来,我才发现,无论在那里翻看了多少本精彩的画册,最后真正舍不得放下而一定要买回家来的,却绝大多数都是与蒙古高原有关的考古文集,有的甚至只是白纸黑字厚厚一大册的发掘报告而已。

　　我于考古,当然是外行,有些文字也只是一掠而过,并没有深读。但是,由于那些发掘地点都是在蒙古高原之上,有的是我这几年走过的地方,有几处甚至就在我母亲或者父亲的故乡,都是亲得不能再亲的蒙古地名,我就忍不住要把这些书买下来据为己有带回家中,好像书一旦放在我的书架上,那在先祖故土之上曾经发生过的一切史实和传说,也都会与我靠得更近一些似的。

　　了解我的朋友,都能容忍我在这近十年来的行为。C说这是内在的召唤,H认为这未尝不可以解释成一种激情,L则说这是对生命来处的追寻;然而我自己身处其中,却只觉得仿佛来到一个全新的世界,虽说是先祖故土,然而所有的细节对我来说都是初遇。我是一株已经深植在南国的树木,所有的枝叶已经习惯了这岛屿上温暖湿润的空气,然而,这些书册中所记录的一切恍如冰寒的细雪,令我惊颤,令我屏息凝神,旧日的种种在我摊开书页之时以默剧般演出的方式重新呈现,是一场又一场的飨宴啊!

首先是那混沌初开的序幕,当地球还在进行造陆活动之时,那该是一幅充满了熔岩与浓烟,沸腾而又动荡不安的画面吧。

然而,即使是如此混乱,还是有些当日的讯息遗留了下来,在如今的内蒙古自治区的鄂尔多斯高原上,我们找到了地球上最古老的岩层——高龄三十六亿年。

然后在六亿年之前,海水从南方漫浸而来,淹没了大地,成为汪洋,生命因而在古海中发源。这时间据说有一亿多年,在这之后,陆地上升,再度露出海面,只留下许多灭绝的生物的名字。

我喜欢那些有趣的名字,譬如"准噶尔小实盾虫""伊克昭庄氏虫"(其实它们都是长得很难看的"三叶虫"),还有"笔石""角石",还有名实相符真的如花朵一般的"海百合"。

珊瑚出现在更晚的年代,那时地壳活动频繁,时升时降,时海时陆。据说在那个年代里,海水清澈而又温暖,从粉白到艳红的珊瑚就在海底伸展堆叠繁殖,无限量却也是空前绝后地盛开,成为蒙古高原远古史上海洋生物中最后一抹绚丽光彩。

是不是因此而让我们特别偏爱珊瑚呢?蒙古女子的首饰,珊瑚是主角,其次是琥珀和珍珠,这三样刚好都不是如其他的配饰像玛瑙或者绿松石一般的矿石。珍珠原是蚌的心事,琥珀是松脂的泪滴,而珊瑚则是古海中最美好的记忆,都是由时光慢慢凝聚而成的宝物。

或许正因为如此,蒙古民族对美丽的赞叹词汇之中常常包含了极深的疼惜,凡是可爱之处,必有可怜之因,在无边大地之上,只有时光成就一切,包括我们的繁华和空芜。

当赤鹿奔过绿野

一九九四年我初进大兴安岭之时,在鄂伦春人居住的地方,当地有位朋友说起,在山中人迹罕至的深处,有一整座在地底下生长的丛林。当时周遭吸引我注意的事物太多,他又是匆匆几句带过,因此我也没特别留神,反而是在回来的这几年里,常常想起这件事来。

去年秋天再进山中,几次联络都没能再找到他。这次去的地点大多是在鄂温克人居住的范围里,向人询问,大家都不知我所指为何,并且认为这应该没有什么可能。一座在地底生长的森林,要如何进行光合作用呢?看样子,只好成为一个待解的谜题了。

然而我确实记得他是这么说的:"好大的一片森林,都长在地底下啊!"

有这种可能吗?

据说,在蒙古高原远古时期的地表上,离今天大概有三亿五千万年到两亿七千万年之间,曾经长满了高大粗壮的蕨类植物。据说,像是"鳞木"和"芦木"都长得根深叶茂,可以达到三四十米的高度。之后,这些大片的森林,又随着地壳的缓缓下降以及流水的冲刷,逐渐沉埋进沼泽和泥沙中去,而在它们之上,新的森林再继续生长。这种不断沉积、埋藏又重新萌发的过程,似乎是永无止境的循环,再经过两亿五千万年的炭化和演变,终于成为今日累积在地下巨大而又丰厚的煤田。

那么,有没有可能?在悠长的时光里,天地大化,曾经有过短暂如一瞬间的恍惚,有过渺小如一丝缝隙般的疏漏,因而忘记了几株无邪无知却又坚持要继续生长下去的苗木？

我多么愿意相信，那些隐藏在黑暗的角落还没有被我们发现的许多"可能"啊！

就譬如那些被我们一一唤醒的沉睡的巨兽，若非亲眼见到那已经陈列在博物馆里的巨大骨架，否则谁能知道恐龙和其后的巨犀，是以怎样庞然的身躯走过这个世界的？

在它们都隐退了之后，大概是在一千两百万年之前，蒙古高原的气候大多是潮湿炎热，据学者的描绘，应该是一幅热带草原的景象，湖泊中有各类的犀牛在水面浮沉，湖边有象群，草原上有长颈鹿和三趾马在奔跑，远处，一些犄角长得奇形怪状的古鹿群，正从密林中走下山来吃青草，它们的脚步声挺吓人的！

还好，在那个时候，"人"还没有出现。

二十世纪七十年代，在内蒙古呼和浩特市（旧名归绥）市郊大窑村南山，发现了一座旧石器制造场的遗址，根据以后几年持续发掘研究的结果，把这处遗址的时间推溯到距离今天五十万年之前。

伴随着手工打制的石片、石刀和石核等物件的出土，在同一时期的地层里，还有许多动物的化石，提供了非常丰富的讯息。

在我母亲的故乡热河昭乌达盟（现赤峰市）翁牛特旗北部的上窑村，也有相同的发现。好像马、牛、羊、鹿，都已经成群生活在人类的周围了，然而又还不完全是我们今天所习见的模样。隔着一段模糊的距离，它们的身影似乎特别引人揣想，还有那些名字——譬如"披毛犀""猛犸象""普氏野马""东北牛""恰克图扭角羊""野骆驼"和"赤鹿"等等，都好像是只有在神话里才会出现的名字啊！

当赤鹿奔过绿野，我母亲的故乡，曾经是神话和传说里的世界。

萨拉乌素河也有柔美的景致。

2007 年 8 月鄂尔多斯高原

萨拉乌素河

一九二二年，正在内蒙古地区传教的法国天主教神父桑志华，同时也是研究地质和古生物的学者，他跟随着当地的蒙古族牧民旺楚克的引导，在鄂尔多斯高原萨拉乌素河的大沟湾发现了古人类的化石，应该是旧石器时代晚期的居民，距离今天大概是三万五千年。

那天，他是从附近的地表上就捡拾到了三件已经相当石化的人类肢骨，心中虽然惊喜万分，不过大概也没能马上意识到，自己这微微一弯腰的捡拾动作，却是后来所有一连串重大发现的开端吧。

是他和正微笑着望过来的那位内蒙古牧民旺楚克，为如今我们已熟知的"河套人"和"河套文化"揭开了序幕。

"萨拉"是"黄色"的意思，"乌素"是"水"，所以萨拉乌素河的汉译应该就是黄水河，不过，因为河岸边长满了红色的柽柳，所以又有个汉文名字，叫做"红柳河"。

这一个地区里深藏着许多远古的记忆。

第二年，一九二三年，又来了一位生力军。也是地质和古生物学家，他的名字在中国是"德日进"。

这两位同志加在一起，可真是志华又日进了！这一年，他们从包头开始，沿着黄河走到银川，再往前行，就发现了宁夏灵武县水洞沟的旧石器时代遗址，然后再往前行，又在萨拉乌素河附近发现了更多的哺乳动物化石和一些石器。

在他们之后，络绎前来的学者，在萨拉乌素河畔展开了长达几十年的采掘、调查和研究，像是裴文中与贾兰坡等几位考古学家，都为此提出了许多看法。

他们说，那个时候的气候比现在温和而又稍微凉爽一些，应该有湖泊、河流、森林和广阔的草原。

因此，这里就成为哺乳动物化石的"标准地点"，因为发掘出来的动物化石种类很多，门类又齐全，并且都具有鄂尔多斯地区的特色，学界统称之为"萨拉乌素动物群"。

这里面有身躯巨大的古象——纳玛古菱齿象（其实只因为门牙稍微弯曲了一点，就有了这么美丽的名字）。有非常完整的披毛犀化石骨架，还有一种巨驼——诺氏驼，更有那大名鼎鼎、鹿角长相独一无二的——河套大角鹿。

据说这种古鹿的个头很高，身躯粗壮，最特别的地方是鹿角眉枝扩展，呈扁平扇状，几乎和头骨垂直，而主枝也是开阔的掌状并且高耸于眉枝之上。我的天！这样奔跑起来岂不是很累？

一九六四年，一位中国的古生物工作者在萨拉乌素河的杨四湾附近，发现了半具虎的化石，虽然只有后半身的骨架，但是已经足够证明，在当时这座"萨拉乌素野生动物园"里，还有虎的存在。

然而，在几十种鸟兽的化石之间，请不要忘记看一眼那些悲伤的"王氏水牛"。它们的牛角，横切面呈三角形，是水牛化石中罕见的类群。而这名字是为了纪念它们的发现者同时在采掘过程中意外丧生的蒙古族牧民王顺，也就是旺楚克的女婿。

在第一次带领着桑志华往萨拉乌素河走去的时候，旺楚克如何能料想到这往后的灾劫呢？

乌兰哈达

　　曾经来过台湾的鸟居龙藏，是最早来到内蒙古赤峰地区的日本人之一，一九〇八年，他在赤峰城北的英金河畔，观察了几处新石器时代的遗址。不过，在那个时候，还没有人真正知道，在这片广袤的土地上，曾经有过多么辉煌与久远的文明盛宴！

　　赤峰，在我母亲的家乡热河昭乌达盟，蒙古名字是"乌兰哈达"，就是"红山"之意。因为在城的东北有一座由花岗岩组成的红色的山峰而得名，英金河由城西经城北直向红山流去，再转折而流入老哈河。

　　一九三五年，日本的东亚考古学会组织了调查发掘队，由滨田耕作领队，作了一次那几年中最大规模的发掘，发现了红山遗址和墓葬，发表了"赤峰红山后"，红山文化由此得名，对红山文化的研究也从此开始。

　　几十年来，学者们在附近的区域中不断有新的发现，出土文物越来越丰富，范围越来越广，"红山文化"俨然成为蒙古高原及周边地区新石器文化的代言人了。

　　然而，我的困惑也由此而生。

　　这种困惑其实由来已久，也许可以说从小学课本上就已经早早地埋下伏笔了。

　　在香港上私立小学，历史课上提到蒙古人的时候，总是说他们如何野蛮，如何残暴。因此在元朝末年之时，就有在月饼中夹字条，写着"八月十五杀鞑子"的句子，因而大家同日起义，灭了元朝等等这一类的传说。

红山文化先民亲手打造的祭坛外围边线。

2003 年 9 月牛河梁现址

当时才小学五年级的我,在这年的中秋节开始拒食月饼。香港的广式月饼何等甜美,饼高馅厚,一向是孩子们在中秋节前最盼望的美食。父母笑问原因的时候,姐姐们曾经说可能是肇因于这个"历史事件",我还加以否认,觉得那是我自己心中要保守的秘密。

小学生的心里觉得非如此不能得到一种平衡。因为,同样一个"元朝",解读起来却是两极。同样一本课本,一页上面写着"吃月饼"的传说,另外一页上面写着"我国历史上疆域最广大的时代是在元朝"。

即使是一个小学五年级的孩子,也能发现此中的矛盾。然而从编书的学者到讲课的老师,都再也没有任何针对此点的附加解说,身旁的同学,也没有一个人觉得有什么不对,我如今想来,才发现这或许才是真正让年幼的我伤了心的地方吧。

隔了这么多年之后,在阅读关于"红山文化资料"之时,我总以为这是田野实地采掘先民遗物的工作,有一分证据说一分话,应该就不会有什么让我困惑之处了。

想不到,一件出土的文物当然是科学上的资料,却可以从几百个不同的角度去解读,全看学者如何诠释。

我对学者怀有敬意,对他们诠释的真确性也没有丝毫怀疑。可是,我总想是不是还会有其他的角度? 年幼时说不清楚的地方,现在也不一定能讲得更明白,然而,困惑恒在。

我的困惑就是,如果"红山文化"是蒙古高原及周边地区新石器文化的代言人,那么,今天,谁又是她的真正的代言人呢?

青铜时代

　　《史记·五帝本纪第一》记载了传说中的公孙轩辕代神农氏之位而成为黄帝之后——"天下有不顺者,黄帝从而征之""北逐荤粥,合符釜山"。

　　这个在中文书写的历史里一直不肯顺服的"荤粥"(音:xūn yù),又写作"獯鬻",《史记索隐》里说是"匈奴别名也,唐虞以上曰山戎,亦曰熏粥,夏曰淳维,殷曰鬼方,周曰猃狁,汉曰匈奴"。

　　在这些被音译得奇奇怪怪的名字中间,亚洲北方的游牧民族其实早已有了自己的信仰与文化,并且在蒙古高原上逐渐发展出独具特色的艺术风格,正式进入了青铜时代。

　　这段时间历时一千六百多年,从纪元前的一千五百年甚至更早就开始了,一直到纪元一百年甚至稍晚,当铁器出现时才慢慢被取代(时当中国的早商到两汉)。当时的草原艺术家制作了许多精彩的青铜器,从实用的刀、剑、马具到纯粹为装饰用的饰牌等等,都是以动物纹饰为主题,观察入微,生动活泼。

　　如今我们可以从出土的文物中看到长时期的形成与发展,几乎就是一部游牧文化的忠实绘本。

　　从纪元前一千五百年的滥觞期开始,再后经过悠长的岁月,到了公元前六世纪到公元前三世纪的时候,可说是鼎盛期。这时在南方的中国正是春秋战国时代,而在亚洲北方的蒙古高原上,属于狄—匈奴族系的文化也在蓬勃发展。

　　匈奴,是在蒙古高原上土生土长的游牧民族,也是在这块土地上最早建立行政组织,具有国家形态的民族,学者称之为"行国的始

鄂尔多斯式青铜腰带。

祖"。

匈奴,也是东方民族里,最早最早进入西方的政治与文化之中的民族,匈奴帝国版图在极盛时的广大无边,更是远远超过当时的秦汉。

从蒙古高原往北到西伯利亚,往东至辽河尽头,往西越过葱岭远及于西域,往南直抵现今的长城,都是属于匈奴的领土。这片辽阔的大地虽然冬季苦寒,春季多风,然而,在夏与秋之间,也是林深叶茂、草木欣然生长的美好原野。

即使是去了西伯利亚,我才知道传说中的冰原,在夏天也是林木苍翠,万物欣欣向荣,湖边开满了野花。我想,尤其是在经过了漫长的冬季之后,人类一定渴望和百兽万物充分享受眼前这温暖从容的好时光吧。

而匈奴的艺术家们，他们的精彩作品，想必也是在夏季里开始酝酿的。

我曾经看见过一块西汉时期的青铜双羊纹带饰牌，长方形，最长的那边不过是十二公分左右，拿在手里可是沉甸甸的，原来应该是一对，作为带扣使用的。主题是两只大角羊在树下顾盼与警戒的描写。羊角上弯，成很大的弧形，和树枝树叶相连结，都用曲线来起伏转折，重叠之处，虽是厚重的青铜，却能给人一种轻盈的错觉，仿佛有风刚从林间拂过，将枝叶分层微微掀起，真是奇妙极了！

我想，这是比任何文字书写的史册都要来得更为精确和丰富的证据吧，这些贴近生活的文物，应该使北亚或者北欧的游牧文化，得以跳脱出汉文或者西方文字书写的历史迷障，重新架构出一种比较清楚的面貌来。

大陆的学者推测，在蒙古高原上的青铜器，早期可能属于"狄人"的先期文化，晚期属于匈奴文化，早晚之间，是一脉相传。而到了两汉时期，由于匈奴版图扩张而影响了西方。至于现今在出土文物中，以鄂尔多斯高原地区最为丰富也最为特征鲜明，世界各国考古学者通称它们为"鄂尔多斯式青铜器"。

有趣的是，早期的西方学者，由于彼得大帝所收藏的黑海北岸游牧民族斯基泰文化中的黄金制品和青铜器，与春秋战国时期蒙古高原上的鄂尔多斯式青铜器有惊人的相似之处，因而断定后者是"斯基泰—西伯利亚文化"的向东延伸。

反正不管是由东往西，还是由西向东，都刚好印证了我在上一篇谈"红山文化"时所引用的论点，这一大片地区，几千年来都是游牧民族生息繁衍之所，文化的发生、传播与凝聚都自成一个独特和完整的体系。

青铜时代是最美丽的证据！

解谜人

　　喜欢翻看有关蒙古高原的考古书刊,有时候只是从彩色图片上看到几枚骨针、一件彩陶、几把青铜小刀,就会有沧桑重现的惊喜与感动。我常揣想,自己从书本上的间接体会就已经如此了,那么,那些在发掘现场的考古学者们,在当时又该有如何强烈的反应呢?

　　我总会想起米文平先生来。

　　一九九四年,我先去大兴安岭见到了他所发现的鲜卑石室——嘎仙洞,也写过一篇大约六千多字的散文发表了。到去年,公元两千年的秋天,才终于能够在海拉尔访问到他本人。

　　初见的印象,米文平先生一头银发,面色红润,五官细致,是温文儒雅的学者风范。在起初,我们还能轻声细语平静缓慢地对谈,但是,当谈到那决定性的时刻,在几次搜寻未得之后,无意中发现了洞壁上的祝文,终于能够证明这里就是史书上所说的"鲜卑石室"的那一瞬间,老先生忽然就兴奋得嗓音也提高了,手势也加强了,连眼睛都亮了起来。

　　千古之谜,就在那一瞬间由自己来解开,这是何等难得的奇遇,因此,即使已是二十年前的旧事,重述之时也是难掩心中的喜悦。

　　《后汉书·鲜卑传》记载,鲜卑人最早的居地是鲜卑山,每年"以季春月大会于饶乐水上"。《魏书·序纪》提到拓跋鲜卑的起源时,说是"国有大鲜卑山,因以为号。其后世为君长,统幽都之北,广漠之野。畜牧迁徙,射猎为业,淳朴为俗,简易为化,不为文字,刻木纪契而已。世事远近,人相传授,如史官之纪录焉……"

　　这样一个最初是在山中游猎的民族,经过一千五百多年,传了

嘎仙洞前的嘎仙沟。

2007 年 5 月大兴安岭鄂伦春自治旗阿里河

六十七世之后,已是"统国三十六,大姓九十九,威震北方,莫不率服"的庞大族群了。再传五世之后,"南迁大泽"。然后再往南迁,"山谷高深,九难八阻,于是欲止。有神兽,其形似马,其声类牛,先行导引,历年乃出。始居匈奴之故地"。最后更进取中原,建立体制完备的北魏王朝,凡一百四十八年。

可是,在汉文史籍中,始终不能知道,那"大鲜卑山"究竟在什么地方?只有在《魏书·乌洛侯传》里留下一丝线索,说是在太平真君四年(公元四四三年)乌洛侯来朝之后,太武帝拓跋焘就命令使者前往先祖的石室旧墟前祭祀,再把祝文刻在洞内石壁上之后返回。

这一返回就是一千五百多年,时光飞逝,痕迹湮没无存,终于成了千古未解的谜题。

米文平先生于一九二七年一月生于沈阳皇姑屯,祖父和父亲都是铁路工人,他自己在铁路小学毕业后就进工厂做工,一九四五年随家人逃荒到北大荒扎兰屯山区中。后来做过小学老师、师范学校的历史和语文教师、记者、编辑等等职务,最高的学历是一九五九年内蒙古师范学院中文系函授专科毕业。到了五十岁,一九七七年才开始在呼伦贝尔盟(现呼伦贝尔市)文物工作站从事边疆地区的考古工作。

相对于从学院出身的考古学者,米文平先生所凭借的只是自身对于游猎和游牧文化的强烈兴趣,以及十几年记者工作所培养的敏锐观察力,因此在考古工作之初,在伊敏河流域就发现了多处细石器遗址和鲜卑墓葬。之后又有机会跟随考古界大师裴文中先生发掘辉河口细石器遗址等多处古物遗存地,累积了田野采集的经验和能力。

不过,真正成为千古谜题的解谜人,却只是由于他的坚持以及上苍的相助。

我越来越相信,这人世间所谓的"机缘巧合",除了要有当事人自己的努力之外,还一定也有那来自上苍的安排与拣选。

　　就如米文平先生"发现"鲜卑石室一样。

　　在没有被正名之前,这座"鲜卑石室"的俗名叫做"嘎仙洞",是由地质原因所形成的天然巨大石洞,位于大兴安岭鄂伦春自治旗政府所在地阿里河镇西北的山中峭壁之上。在鄂伦春人的神话传说里是少年英雄"嘎仙"以智慧驱逐了盘踞在洞中的九头魔怪,所以把这山洞叫做嘎仙洞。

　　虽说是鄂伦春族的神话,但是鄂伦春人并不了解"嘎仙"的语意,反倒是居住在嫩江中游一带的锡伯族人,称呼村屯或故乡为"嘎珊",甚至还带有亲生故乡的意思。传说锡伯族人就是鲜卑的后裔,所以如今两相对照之后,将"嘎仙"译为"故乡",也是很合理的了。

　　除了民间神话,嘎仙洞的存在也早在两百年前就开始见于游记与地方志等的文字记录,其中有一则还有些像是《桃花源记》的另外一种版本——猎人跟从狍鹿进洞,得白银块而回。但是旁人听说之后再去寻索,到了洞前却无隙可入,即使用石工巧匠来敲凿,也不能成功,只得怅然离去……

　　然而,在北亚民族中如此显而易见的民间资料,却很少进入专研历史或者考古学者的心中。其实,早在一九六一年夏天,韩儒林和翦伯赞等二十多位当时大陆史学界的精英人物,就曾经应邀到内蒙古自治区来访问,不但来到了大兴安岭,甚至已经进入了鄂伦春自治旗的林区之内,而且就住在阿里河镇上了。

　　更有甚者! 有一天下午,旗里的干部为了招待贵宾,特别安排了大家去逛嘎仙洞,想不到,这些六七十岁的历史学家们,谁也不愿意上山,白白错过了大好的"机缘"!

　　因此,只能说上苍等待的发现者,是另有其人。

这个人从来没受过多少学院教育,到了五十岁才开始进入呼伦贝尔盟文物工作站从事考古工作,然而却有不少发现与心得。米文平先生在一次考古学会议上发表了自己对呼伦贝尔地区在人类文化考古领域内的看法之后,震动了一位七十多岁的教授游寿女士,她很热心地告诉米先生,应该试着去找一找拓跋鲜卑的石室。怕他听不懂自己的福建口音,游寿女士还把"石室"两个字写在纸上。

　　这天是一九七九年的二月二十日,米文平先生第一次听说了"鲜卑石室"。然而当时他认为在这个地区的游猎或游牧民族,应该不可能用石头盖出房子来的,所以也没放在心上。

　　后来细读史料,见《魏书》上"凿石为祖宗之庙"的"凿"字,猛然领会这石室可以是山洞而不一定是房屋,一时之间豁然开朗,思潮奔涌,连忙细数自己在这一地区所见过的山洞,可是或者太小或者太陡直,都没有可能成为史书上所描述的石室,又觉得陷入了困境。

　　再后来,也就是听说了"鲜卑石室"之后又过了五个多月,七月下旬,有同事从阿里河回来,兴高采烈地形容"嘎仙洞"的又高又大又宽敞,还有当地关于此洞的神话传说。

　　米文平先生马上意识到这里有些线索,于是就仔细向他们打听洞内的规模,越听越像《魏书》上的记载,蓦地一个念头闪过:"这个洞可能就是鲜卑石室!"

　　火花燃了起来,然而,还要有一番周折,才能照亮那一千五百多年之间的黑暗天空。

　　在第一次听到刚从"嘎仙洞"回来的同事描述洞内规模的时候,米文平先生脑海中那连接着"鲜卑石室"的导火线开始冒出了火花。

　　当时那些呼伦贝尔盟文化局的同事问他:"米老师你问这些做什么?难道会跟你的考古学有什么关系不成?"

米文平先生这时忽然脱口而出：

"那里边还有字呢！"其实在那一刻他根本毫无凭据，可是这句话就这么说出来了。

在他所著的《鲜卑石室寻访记》一书中，关于这句话，有段颇为有趣的注解：

> 后来我总结最初这一思维过程，写入文章发表时，编辑偏偏把我"脱口而出，那里还有字"这一细节给删掉了。有一次，我请教芝加哥大学心理学系的专家，他说这叫"顿悟"，也就是一种灵感思维。这是人类意识的一种特有功能。科学家的"灵感"，艺术家的"神来之笔"，大概也就是这样。

我想，这也就是上苍特别的拣选吧。

这之后，米文平先生就开始对嘎仙洞展开了一次又一次的拜访与观察，却始终没找到"刊祝文于室之壁"的字迹。

不过，虽然没找到刻字的证据，却在第三次上山时，在洞中积土的底下，发现了手制的灰褐色陶片和带有打制痕迹的石片，起码能够证明这洞中确实曾经有人类在此生活过。

一九八〇年七月二十九日第四次上山。第二天，七月三十日午后三点三十分到达了嘎仙洞。米先生对我追述说：

"我们进了洞之后，我一边向两位同来的客人说明这洞内的情况和《魏书》记载的规模基本相同，一边就沿着左侧洞壁向里面走。这时太阳已经偏西，阳光斜射进洞里，把里面照得很亮。三人并排往前走不了几步，就在前面不到一尺远的石壁上，斑驳不平的花岗岩表面隐约有些凹道映入了我的视线。用手一摸，又细看像个'四'

字,‘啊呀！这是字！'我当时就叫了起来,简直不敢相信自己的眼睛。”

接着身边两位朋友也叫起来:“字！字！”不单是这一个被夕阳的光辉投射到身上的“四”字而已,往下、往上,再往左,连起来一片影影绰绰的都是字！虽然在苔藓覆盖之下,还是可以辨认出“太平真君”“岁七月”等等字样,直到第三行的“中书侍郎李敞……”,历史的大幕已经完全打开,这就是一千五百三十七年前北魏的君王对先祖的祝祷与感谢,如今重现在每个人的眼前,是何等的不可置信！

米文平先生说,等他想起来看表的时候,时间是四点整,他才要大家赶快拍照做记录。

“从三点半进洞到四点钟照相中间这半个钟头里,我们全都疯了！这真是叫做‘千载难逢’！真是不疯也不行啊！”

米先生现在全心致力于鲜卑历史的考古和游猎文化的研究,一提起他的研究计划,就高兴地说个不停。可是,临别之际,夜已深了,站在海拉尔宾馆外面的台阶上,在众人的环绕之中,他忽然有点犹疑腼腆地对我说:“可是,有时候我又觉得我这样也许不够周延吧?”

他说的应该是指对鲜卑文化的研究而言,那语气中的真诚感动了我,我不禁脱口而出:“是上天让您站在这个位置上的,让你向全世界揭开了一千五百多年前的谜底所在,怎么能说这安排还不够周延呢?”

米先生向我微笑,想是我语气中的真诚也感动了他,我们在呼伦贝尔美丽的星空下握手道别。对我来说,能够访问到他,也是千载难逢的机缘啊！

阿尔泰语系民族

　　一九九五年八月,带慈儿去了一趟蒙古国,盘桓了几天之后,还想再往北去探看。就去申请了签证,从乌兰巴托市郊的机场起飞,目的地是俄罗斯境内的布里亚特共和国首府乌兰乌德市,从那里再坐车去贝加尔湖。

　　飞机上原本有六七十个座位,不过,这班蒙古航空的航机却只有三个乘客,第三个乘客是位笑嘻嘻的喇嘛。

　　飞机起飞之后,喇嘛向我们打了个招呼,就径自走到第一排座位前躺下来睡觉了。我和慈儿挑了个视野最好的窗边,飞机飞得很低,窗下的草原、河流和散布的羊群,在阳光和云影交错缓缓铺展开来的旷野上,清晰可见。

　　越往北走,森林越加浓密,随着丘陵起伏,几乎看不见边际。美丽的空中小姐给我们端来茶点,并且指着窗外说:"这里就是南西伯利亚了。"

　　我忽然猛醒,这几年才从书里读来的零碎知识原来就是眼前真实的美景。苍天在上! 我和我的女儿正在横越"阿尔泰语系民族"的发源地啊!

　　在古远的年代里,从中亚细亚一直到南西伯利亚,在这一处草原植被绵延不断、森林无边无际的大地上,孕育了质朴纯真的初民。他们生活在一起,以游猎、游牧或者渔猎为生,有着共同的信仰——敬拜长生苍天和万物有灵的萨满教,并且从此而发展出共同的哲学、文学、音乐、舞蹈、绘画和造形艺术,甚至一直到今天,已经散居在世界各地,还是能从许多生活的细节里,找到彼此可以呼应的

骏马与史前岩画。

1993 年 9 月蒙古国中央省

讯息。

"阿尔泰语系"是语言学上的分类,之下还分三个语族:突厥语族、蒙古语族、满—通古斯语族。

如今,古老的阿尔泰语系民族已经繁衍扩散成为有着五十多个不同名称的民族了,总人口数有一亿左右,分布在东起鄂霍茨克海,西至横跨欧亚大陆的安纳托利亚半岛之间。俄罗斯境内以及其周边、蒙古、中国、阿富汗、巴基斯坦、伊朗、土耳其、塞浦路斯等地,是他们主要的生活地区。另外,在西亚和东欧的一些国家里也有比较少数的居民。

在我们从小背诵的历史课本里,譬如匈奴、鲜卑、柔然、突厥、回鹘、契丹、女真、蒙古等等,都属于"阿尔泰语系"。

不过,在课本里,提到这些名字的章节,从来都只谈争战,不谈其他,即使这些民族已经建立起王朝或者政权,书中也必定说是肇因于极度仰慕中华文化。从教科书里我们很难看到他们的内心世界,对这些民族的形容词,最好的用语也不过是"豪迈粗犷"而已。

那个八月的午后,抵达了乌兰乌德,接机的画家朋友送了我一束玫瑰,芳香无比,欣喜之余不禁让我想起了一段与契丹有关的记载:

> 在辽宋相安的一百多年之间,契丹常常送礼给邻邦,除了有天下第一美誉的鞍辔之外,还会送一盒玫瑰油。书上说契丹的玫瑰油"其色莹白,其香芳馥,不可名状",想来一定是非常珍贵吧。可惜每次只给宋朝一盒,到了宋徽宗的时候,这位皇帝实在忍不住了,就厚贿辽朝来使,终于得到了制作的秘方,仿制成功。

在千年之前,契丹人就知道珍惜并且学会如何留住玫瑰的芳香,这样的民族,除了征战以外,在日常生活里,想必也应该有一颗非常细致的心。

在俄文里,如今仍将中国称为"契丹"。想是从辽到西辽(公元九〇七年至一二一八年)这历时三百多年的王朝,对于那个时代的俄罗斯人以及其他的西方人来说,代表的就是东方的华美与丰饶了吧。

化铁熔山

　　十四世纪初,波斯伊儿汗国的宰相,史学家拉施特受朝廷之命主编《史集》。在这套大书之中,记载了一则关于蒙古史源"化铁熔山"的古老传说,鲜明有趣,大意如下:

　　大概是距离成书之时的两千年前,古代被称为蒙古的那个部落,和另一些突厥部落发生冲突,终于引起了战争。蒙古人战败了,敌人对他们进行了几乎是灭族的大屠杀,最后只剩下两男两女。

　　这两家人心惊胆战地拼命奔逃,最后逃到了一处人迹罕至的地方,那里四周惟有群山和森林,除了通过一条羊肠小径,历经艰难险阻才可到达其间之外,任何一面都别无途径。在这些山岭中间,有丰盛和肥美的草原。

　　这个地方叫做额儿古涅—昆。

　　"昆"的意思是"山坡","额儿古涅"的意思是"险峻",所以,这里的地名应该叫做"峻岭"。这两家人的名字是"捏古思"和"乞颜",他们就从此在这里定居,子孙繁衍,代代不息。

　　"乞颜"(即成吉思汗先世)在蒙古语中,意指从山上流下来的狂暴湍急的"激流"。因为乞颜人勇敢、大胆又极其刚强,所以世人以这个词为他们的名字,而"乞牙惕"则是乞颜的复数。在这个氏族中,最古老的名称就是"乞牙惕"。

　　当这个族群在这山中和森林里生息繁衍,人口越来越多,以至于地域显得日益狭隘和不足之时,他们就互相商议,有什么正确以及容易达成的好方法,可以使得全体走出这个严寒的峡谷和狭窄的山道。于是,他们找到了一处从前经常在那里熔铁的铁矿产地,大家都聚在一起,在森林之中准备了许多木柴和煤,整堆整堆地放置在旁。又宰杀了七十头牛马,剥下整张的牛皮和马皮,用这些皮做成了风箱。然后在那个山坡脚下堆起木柴和煤,安置就绪之后,就用七十个风箱一齐燃点那已经在木柴和煤堆之下的火焰,直到山壁熔化。

鼓风烧山的结果,熔出一条铁汁铸成的道路。于是,不但获得了大量的难以估计的铁,同时也开辟出一条宽广的通道。全族一齐迁徙,终于从山隘中走出,奔向辽阔的草原。

这传说极其古老,而又恰巧与史实的一部分相结合,居于亚洲北方的民族从森林中的游猎转而为草原上的游牧,从地域的转变到生活方式的转变的确是这样过来的。

当然,并不是所有的人都离开了,《史集》上说:"有一群现在住在这里并且曾经见过额儿古涅一昆的蒙古人肯定地说,虽然这个地方很艰苦,但尚未达到所说的那种程度,他们熔山的目的,只是为自己的光荣开辟出另一条路。"

果然是如此。为自己的光荣开辟出的那一条路,成就了世界史上疆域最为宽广的蒙古帝国。由于成吉思汗出身于乞颜氏族,所以,他的子孙们从来没有忘记过那座山,还有化铁熔山的旧事。因此,在氏族之中有这样的习俗和规矩:在除夕之夜,准备好风箱、熔炉和煤,把少许的铁烧红,放到砧上锤打,让它展延成条状,以纪念先祖和表示感激。

额儿古涅一昆如今即指内蒙古自治区呼伦贝尔盟大兴安岭的额尔古纳河流域旁的山地,而额尔古纳河也是蒙古民族最早最早的生命之河。我在一九九四年初进大兴安岭之时未能前往,在二○○○年的秋天终于得以一偿夙愿。

额尔古纳母亲河

刚开始的时候,当地的朋友都说:"饿了吧? 先吃中饭,等下再去看界河。"

一大清早就从海拉尔市赶着上路的我们,确实也是很饿了。此刻,还算清爽的小饭店里已经支开了两张大圆桌,菜肴也慢慢上来了,几乎都是鱼,煎、炒、炸、烩,还有鱼丸汤。大家快乐地坐下来吃喝,外面阳光灿烂,朋友都说我们运气好,九月下旬,此地不是刮风就是阴天,十月一日之后一定会下雪,今天的天气可说是难得的晴朗。

"不急,多吃一点,这是中俄边境上最靠近界河的一家饭店,等一下出去一转身你们就可以看见界河了。"

真的是这样,酒足饭饱之后,出门一转身,没几步就已经置身在边界上了。

界河上有岗哨,有办公室,虽然是黑山头口岸,但是这座建筑盖得和满洲里的边境办公室一模一样。河流在此比较狭窄,一座中型的木桥架在河道上就是两国的通道了。河边用绳子在半空中串起一些小小的三角形彩色旗帜,像是带些节庆装饰气氛似的在风中闪动着。有一个像是仿俄式建筑的尖顶木造厕所,还有两艘载客游河的小型客轮,都在河边停泊着。

感觉上就是个乡间的渡口。

可是,等到上了船顺着河流往前航行的时候,我的感觉就完全不一样了。

马达的声音很小,船速也很平稳,河道平坦并且越来越宽阔,真是风和日丽。站在船头的我,觉得温暖而又平安,好像进入了一种无法形容的愉悦氛围之中。

河水时绿时蓝，河岸边的水草已经全部变成带着浅褐色的金芒，河面有日光反射，那碎裂的跃动的波光，是整幅沉稳安静的画面上惟一的炫目光点。

船离岸越来越远，有时行驶在河心，有时更偏向俄罗斯边境，这时候有人就会笑着说："出国了！现在我们已经出了国了！"

河道平坦并且越来越开阔，对岸属于俄罗斯的地方，有些地形较为陡峭，山崖靠水边的阴影里，几个俄罗斯士兵正在垂钓，山坡上是散落分布的木造平房，更远处有人骑匹白马沿着山路下来，一只小黄狗摇着尾巴跟在马后面边吠边追。

朋友靠近我身边，对我说："看见了没有？在河中间的地方，有些小岛刚好正在国境线的正中，所以反而不属于任何一方的管辖，是自由区。"

在宽阔的河面上，远远正对着我们的，果然有一座长满了金色水草的无人小岛，静静地盘踞在河心。

在阳光照耀、微风吹拂的眼前，那些水草在转折间所反射的光泽，一丝一丝如绣线般的金色细芒，如针刺一般刺进我的眼帘，也同时刺进了我的心中。

苍天在上！任何人，任何人都可以叫这一条河流为"界河"，惟独蒙古子孙不可以这样称呼她！

这条长达千里的河流，虽说是因为"尼布楚条约"而成为这三百年来中俄两国之间的分界线，但是，这只是政治上人为的界限而已。

对于蒙古民族的子孙来说，这一条河流是额尔古纳母亲河，是属于最早最完整的记忆，是不容分割不受管辖的生命之河啊！

终于来到源头，让我把我微小的心愿就放在这河中的无人小岛之上吧。

母 语

　　年少的时候,在家中,父母都是用蒙古语交谈。只能听懂几个单字的我,有时候会故意去捣乱,字正腔圆地向他们宣示:"请说国语。"母亲常常就会说:"好可惜! 你五岁以前蒙古话说得多好!"

　　一九八九年八月底,母亲已逝世两年,我在父亲的祝福之下,开始我的溯源之旅,从北京向蒙古高原前行。和我一起出发的还有好友王行恭,远在德国的父亲又特别请托了他的忘年之交,居住在北京的蒙古族诗人尼玛先生来给我们带路。

　　尼玛到机场来接机,等到我们的行李都在王府饭店安顿好了之后,天色已近黄昏。他就带我们直奔在市区另一端的中央民族学院,说是在那里刚好有个晚会,一方面是在北京工作的蒙古族同乡一年一次的联谊,一方面也是款待从各地前来参加蒙古族史诗《江格尔》研讨会的学者。

　　会场里人很多,空气不太流通,灯光又不够亮,每个人对我来说都是第一次见面,包括尼玛。所以,尽管我努力要适应这个新环境,慢慢地还是觉得有点力不从心,就想法子找到一处比较空旷也还安静的角落坐了下来。

　　坐定了之后,往周围一看,原来早已经有三位男士坐在那里了。大概和我差不多,都是觉得有点疲累的远客,只是衣着不同。我穿的是普通城里人穿的衣裙,他们却是穿着蒙古袍子,系着腰带,头戴毡帽,脚下是长筒的靴子,衣冠齐整,正襟危坐。那被草原上的太阳晒得很黑、被高原上的风霜侵蚀得皱纹满布的面容,有一种很奇怪的肃穆和漠然。看见我这个闯入者对他们微笑点头致意,他们三人

这小女孩拥有美好的"游牧童年"。

1990 年 10 月于蒙古国

也只是稍稍欠身还礼,依旧沉默着不发一言。

　　我可是忍不住了,第一次见到从草原过来的蒙古族同胞,我很想和他们攀谈。于是,侧过身去,用我有限的蒙古话向他们问候:"您好吗?"

　　原来漠然的双眸忽然都重新调整焦距,向我专注地望了过来。我心中一热,又急着说了两句蒙古话来自我介绍:

　　"我也是蒙古人,我的父亲和母亲都是蒙古人。"

　　在昏暗的灯光下,有些什么在我眼前忽然变得非常明亮,他们三个人同时向我展现的笑容是那样天真、欢欣，充满了善意，一切暗藏着的藩篱在那瞬间全部撤除得干干净净，只因为，只因为我说的是我们共同的母语。

当然，在这之后的交谈，我那几句蒙古话是绝对不够用的。不过，我尽可以找一位住在北京的蒙古族同乡来帮我们翻译，他们也不会在意了。好像那最初的几句话已经成为我的护照，让我从此可以自由进出他们的国境——那一处曾经因为遭受过无数的挫折与伤害而不得不严密设防的大地。

果然，他们来自遥远的天山，是土尔扈特人，而且是用一生的时间来记诵和演唱《江格尔》史诗的艺术家、民间诗人。蒙古人尊称他们为"江格尔齐"。

心中珍藏着卫拉特先民的文化瑰宝，一代又一代传诵下来的英雄史诗，却在强势的文化挤压之下，几乎要失去了生存的空间，直到最近这几年才得到学术界的重视。因此，在他们饱经风霜的面容之上，才会流露出那种内在的肃穆以及外在的漠然了吧？

这种神情，出现在许多牧民的脸上。从一九八九年那个晚上开始，十年来，走在高原之上，常会遇见相似的情景。可是，只要我用蒙古话一开口问候，那藩篱就会自动撤除，然后光灿温暖的笑容就会出现了。

有一次，我用玩笑的语气向一位教蒙古文的教授说："这些牧民，怎么就凭我这几句话就轻易地相信了我？"想不到他却正色回答："你现在虽然说不出几个句子，可是每个字的发音都很标准，我们的耳朵一听就知道。你要晓得，在母亲怀中学会的语言，有些细微的差异别人是学不来的啊！"

发 菜
——无知的祸害

　　齐邦媛教授说过一句话："世界实在很大，文化的距离比地理的距离更大。"

　　而在文化的认知与接纳之间，还有什么比"心理的距离"更大呢？

　　随便举个例子，譬如古埃及和希腊的文化，虽然离我们有几千年和几万里的时空距离，却并不会妨碍我们对她的向往和认知，因为，在台湾的教育里，这是列入基础的必修课程，以了解古代文明和世界的关系。

　　可是，请问，有谁知道什么是"阿尔泰语系民族文化"？（我们顶多只能耸耸肩，笑着回答一句："好像是有座阿尔泰山，对不对？"）

　　不但是"不知道"，而且并不以为这种"知道"有什么必要。

　　这就是我想要标示的"心理的距离"。大多数的人其实很安于这种"无知"的状态。

　　当然，在"无知"只是造成隔阂与误解之时，最多不过是不相往来罢了。农耕民族不想去"知道"游牧民族的历史文化以及对世界的影响，在从前的社会里，应该也没有什么不可以。

　　问题是，当多年的"无知"终于引起了灾害之时，就不能不让人心里发急了。

　　去年冬天，春节之前，我曾经投书报纸，为内蒙古的草原求情。

　　因为是看到一篇迎接春节的餐饮报道，说是台北各大饭店的名厨秀出年菜，都以发菜为主角，要大家"吃发菜，好发财。"让我心刺痛的更是报道中的一句话，大意是说发菜原是僻地的野味，如今由

草原生态脆弱,不可任意伤害!

1999 年夏锡林郭勒草原 (白龙 摄)

于谐音"发财"之故,竟然身价不凡,真是有趣。

怎么可能是"有趣"呢?

年轻的记者如果不知道还情有可原,但是,难道整个社会竟然没有一个人知道这件事情是一点也"有趣"不起来的吗?

在汉文化世界里,从香港、台湾一直到大陆,大家起着哄吃发菜,只是为了谐音"发财",讨个吉利而已。却不知道为了这个牵强附会的发财美梦,毁掉了蒙古高原上多少草场!

发菜,是一种寄生在牧草上的菌类植物,在内蒙古地区,也不是每一处草原上都有。最可怕的是,在海外和中国沿海地区有着众多的想发财想得疯了的食客,在整个中国内陆地区又有着众多的被穷困给逼得疯了的盲流,听到些一知半解的讯息,就成群结队每个人都拿着大耙子往北方走来,见了草原就上去乱耙一气,蒙古牧民出来干涉,他们因为人多势众,不但不听劝告,反而常常出手伤人,这样几十年下来,不知道毁掉了多少蒙古牧民的家园。

就算是终于走到了有发菜寄生的草原上,也是大浩劫的开始。要先不管青红皂白地把牧草连根耙起,一大堆一大堆地在屋子里堆积起来,每天往上浇水,慢慢才能把牧草和缠绕在其上的发菜分开,发菜又轻又细,一棵牧草上也许只有几丝几缕而已,因此,要泡出二两发菜,就需要先毁掉十几个足球场那样大的草地,想一想,这种因无知而造成的祸害,如何还"有趣"得起来呢?

令人欣慰的是,我的读者投书发表之后,听年轻的朋友告诉我,网络上马上有人响应,劝告大家切莫再吃发菜。也有人说,他们一直以为发菜是长在海里的哩!

前几天,海北在车中听到新闻播报,回来转告给我听,很庆幸在香港政府里面也有人注意到这个祸害了。现在,香港的有关单位,已经想办法找出一些有吉祥譬喻的食物在春节期间推广食用,以代替发菜。并且还用许多资讯来忠告香港市民——吃发菜让内蒙古地区的草原严重沙漠化。以邻为壑,即使是远邻,也于心不安啊!

小孤山

　　在靠近内蒙古自治区边境、张家口以北的张北县附近的山上，有一座苏联红军烈士墓。从十一年前开始，在我回父亲家乡的路途上，都会经过。不过，为了赶路，也都只能遥遥望上一眼，从来没下过车。

　　直到去年，三位年轻的蒙古族朋友与我同行，好奇心比我更重，在山坡前停下了车。墓地管理人打开了铁栅门，从长而陡直的石阶下望上去，一座水泥筑成的尖塔形墓碑矗立在山坡高处，尖塔的顶端镶了一颗铜铸的五角的星星，衬着天空上微微发亮的白云，显得更加暗黑和沉重。上了墓园之后，只觉得疾风凛冽，荒草蔓生，仿佛已多年无人闻问。

　　今年的九月中，我从台湾飞到北京，再飞到海拉尔，又和他们会合，准备在大兴安岭里同行十天。

　　想不到，这趟行程的第一站，竟然又是一座苏联红军烈士墓！

　　这座墓园坐落在内蒙古自治区呼伦贝尔盟海拉尔市（现呼伦贝尔市海拉尔区）的市郊，也是在一座小山坡上，山名小孤山，墓园建在峰顶。

　　同样的感觉，有人为我们打开路边的铁栅门，就来到一条长而陡直的石阶之下。从山脚往上眺望，石阶尽头，还有一道铁栅门，门后有一座水泥筑成的尖塔形墓碑，尖塔顶端镶了一颗暗沉沉的五角星，和另外一座的完全相同。

　　惟一不同的是，山坡上植满了白桦树，在九月中的晴空下，金黄色的叶子闪着各种不同的光泽，令人目眩神迷。

当地的朋友为我们介绍,这里有一千一百零一名为打击日本帝国主义侵略者而英勇牺牲的苏联红军烈士,完全是为了解放中国人而捐躯的好战士。

可是,我所知道的历史好像不是这样说的。我记得老师说过,苏联开始是置身事外,等到二次世界大战接近尾声,日军疲态已显之时,才迅速进军我国东北,打了一场并不怎么光荣的战争,应该算是一种充满了私心的侵占恶行才对吧?

我把所记得的历史都说了,可是这位朋友却不同意。在谈话之中,彼此各不相让,竟然让原先随意的相谈隐隐有些不愉快了。

幸好这时已走上坡顶,寒风袭来,面对着暮色中更显荒凉的墓园,大家都不说话了。墓塔正面铜牌上刻有纪念文字,好像是从背面的俄文翻译过来的:"赤军与日本军作战于一九四五年八月九日至八月十九日间阵亡的勇士们纪念碑"。铜牌旁原有装饰图样,已遭毁损。

在这个纪念碑两旁,是几块长方形与地面相接又稍微凸出的水平墓座,上面也镶有铜牌,每块铜牌上都刻满了俄文的姓名。

另外一位朋友说,这些士兵当年有的是十四五岁时就参军了,最多不过二十岁,如果活着的话,五十五年之后,不过是七十到七十五岁。他自己就亲眼见过,每隔两三年,就有当年的幸存者,白发苍苍,步履蹒跚,由家人陪伴一步步走上小孤山顶来祭悼同袍。

历史要怎么由他人来诠释,恐怕都与他们无关了。躺在这里的是真真实实的少年,在异乡冰冷的土地上倒下,多少美梦与期盼戛然而止,到了最后,只剩下一个潦草刻就的姓名。

这样的真相,任何人也不能再置一词了吧。

无 题

在旧的户籍法里，孩子都跟从父亲的籍贯，并且视为理所当然。因此，长久以来，我们家里就有三个山西人、一个蒙古人。

其实，在台北出生，在新竹和龙潭长大的这两个孩子，从来也没背负过什么"血脉"的包袱。在家里，他们对我那种不时会发作的"乡愁"，总是采取一种容忍和观望的态度，有些许同情，然而绝不介入。慈儿甚至还说过我："妈妈，你怎么那么麻烦？"

想不到，这个多年来一直认为事不关己的旁观者，有一天忽然在电话里激动地对我说："妈妈，我现在明白你为什么会哭了。"

那是纽约州的午夜，她刚听完一场音乐会回来，从宿舍里打电话给我："今天晚上，我们学校来了一个图瓦共和国的合唱团，他们唱的歌，我从前也听过，你每次去蒙古，带回来的录音带和 CD 里面都有。可是那个时候什么感觉也没有，为什么今天晚上他们在台上一开始唱，我的眼泪就一直不停地掉下来？好奇怪啊！我周围的同学都是西方人，他们也喜欢这个合唱团，直说歌声真美，可是，为什么我会觉得那歌声除了美以外，还有一种好像只有我才能了解的孤独和寂寞，觉得离他们好近、好亲。整个晚上，我都在想，原来妈妈的眼泪就是这样流下来的，原来这一切根本是由不得自己的！"

然后，她就说："妈妈，带我去蒙古高原。"

那是一九九五年的春天，因此，夏天的时候，我们就动身了。先到北京，住在台湾饭店，准备第二天再坐飞机去乌兰巴托。那天晚上，我们去对面的王府饭店吃自助餐，慈儿好奇，拿着桌上的菜单读着玩，中式的什么"广州烩饭""扬州炒饭"，和台北的菜式也没什么差别,我问她要不要试试?她说没兴趣。

因为对她来说是第一次,所以,到了蒙古国,我特别安排住在乌兰巴托饭店,房价虽然比较贵,但是饮食可以选择西式或者蒙古式,慈儿还觉得我多虑了,她其实什么都可以吃。

这句话好像说得太满了一点。等到过了几天,我们飞到更北的布里亚特共和国时,她胃里的"乡愁"就慢慢出现了。到了离开乌兰乌德的旅馆,开车穿越山林到贝加尔湖,住进了画家朋友在湖畔的木屋的那几天,慈儿真可说是什么都吃不下去了。眼前的风景是美得不能再美的人间仙境,然而每天的食物却是蒙古得不能再蒙古的传统滋味,羊肉、马奶酒还都是小事,有一天竟然在野鸟静静回旋、野花怒放的河边现杀现烤羊肝给她吃,晚餐桌上是画家的夫人、女儿和女秘书忙了一个下午灌好的血肠,煮了满满的一大盘,大家都劝我的女儿要多吃几口。临睡之时,慈儿悄悄在枕边对我说,这几天晚上她都在默念王府饭店的菜单,回北京之后,可不可以去点一客扬州炒饭?

当然,这个愿望不久就实现了,在王府饭店的餐厅里,慈儿的快乐是看得见的。后来,我去德国时,就一五一十都转述给父亲听,想不到父亲听到羊肝和血肠时却忽然轻轻叹了口气,无限向往地说:"唉!那可真是好东西啊!"

口传的经典

宛如荷马形容海伦之倾国倾城，在蒙古族史诗《江格尔》里，赞美江格尔可汗的夫人阿盖·莎布塔腊公主的美貌时，用的也是间接的方法，譬如有一段：

> 阿盖向左看，左颊辉映，
> 照得左边的海水波光粼粼，
> 海里的小鱼欢乐地跳跃。
> 阿盖向右看，右颊辉映，
> 照得右边的海水浪花争艳，
> 海里的小鱼欢乐地跳跃。

在有些段落里，还形容这如日月般光辉的阿盖出现之时，即使是黑夜里也不需要灯盏，少女可以裁衣绣花，牧人也可以在河滩牧马。

这样的美丽，当然会令人觊觎，因而也如海伦一般引起了血流成河的争战。在"江格尔和暴君芒乃汗决战之部"这个篇章里，掠夺者芒乃汗派使者向江格尔提出五个无理要求，第一就是要江格尔献出他美丽的夫人，永远如十六岁少女般青春的阿盖·莎布塔腊，曲折的情节由此而展开。

不过，长达十几万诗行的《江格尔》，与《伊利亚特》或者《奥德赛》的不同之处，也有很多。一是它并没有一个传说中的作者如荷马，而是一种集体创作。雏形来自史前时期的古老英雄史诗，发源

额济纳旗土尔扈特人的千年胡杨神树。

2007 年 9 月阿拉善盟

自世居新疆的卫拉特族人之中，以口传方式散布，在蒙古民族之间绵延了无数世代。即使也有手抄本传世，却仍然固守要由民间艺人"江格尔齐"（或译成"江格尔奇"）来演唱的传统。这些"江格尔齐"在卫拉特蒙古人的社会中有极高的威望；一方面是在文学艺术上延续了古老的生命，再不断加入与时代脉动相合的素材，一方面又都是唱作俱佳的社会教育工作者。他们在牧民的毡帐之中、在王公贵族的盛宴之上，弹着陶布舒尔（六弦琴），缓缓带引听众进入以江格尔可汗为主题的美丽富饶而又惊涛骇浪的世界里。

深研《江格尔》的内蒙古著名学者仁钦道尔吉先生在他的著述中，特别提到这些民间艺人自己的一生也就是一部奋斗史。绝大多数出身贫苦，历经沧桑，却能以出众的才华、不懈的努力，终于掌握到演唱《江格尔》的精髓。有些人甚至能够加入再创作的行列，使得这部史诗在几百年间不断发展、深入，终于成为一部结构宏伟独特而又抒情优美的长篇英雄史诗。它的情节和人物虽然从表面上看来是虚构的，然而却忠实地反映出蒙古民族的历史、社会、文化、风俗，以及人民的思想愿望和崇高的理想，不单是口传文学的经典，也是游牧文化的精华纪录。

一切从缓缓吟唱的序诗开展：孤儿江格尔诞生在宝木巴圣地，那里是幸福的人间天堂，人们永葆青春，永远像二十五岁的青年，不会衰老，不会死亡——

> 江格尔的乐土，四季如春，
> 没有炙人的酷暑，没有刺骨的严寒，
> 清风飒飒吟唱，宝雨纷纷下降，
> 百花烂漫，百草芬芳。

冬天的长夜

朋友一早打电话来,笑着说了几句话:"从来没想到蒙古人还会有文学! 更没想到还会有流传了几百年的长篇史诗! 从小到大,总以为游牧民族应该就只会骑马打仗而已。怎么回事? 我们是无知还是被蓄意教育成这个样子的呢?"

无知当然是由教育造成的,偏见也是。不过,只要有一点疑问,事情就会有转机。我真高兴他能够这样告诉我,起码,我们都开始看见那在几千年间慢慢筑起的一堵又厚又高的石墙了。

蒙古族史诗《江格尔》的创作者是卫拉特人,"卫拉特"是蒙古民族古代一个部落的名称,汉译的意思是"森林之部"或者是"林木中的百姓"。他们原来聚居在贝加尔湖以北安加拉河一带的八河流域,以狩猎和游牧为生活方式,后来逐渐往西南方迁徙。十一到十三世纪,蒙古各部落大致被区分为森林部落和草原部落,卫拉特人属于前者。

在《江格尔》史诗形成的年代,他们已经游牧于阿尔泰山、天山到巴尔喀什湖、额尔齐斯河中间的辽阔草原和山区了,风景奇美、河流与湖泊散布在绿色的大地之上,如诗如画。

内蒙古学者仁钦道尔吉先生是这样形容的:

"这里是富饶而美丽的大草原和森林地带,也是个神话般的世界。"

因此,诗中的"宝木巴"圣地,虽然加上了许多夸张的色彩,诸如人民的青春不老,以及用珊瑚与玛瑙铺地、用珍珠和宝石砌墙的华丽宫殿等等,不过那自然环境的绘本却是来自周围真实的乡土,生活中的种种细节也是。

十五到十七世纪初叶,《江格尔》的主要架构与核心内容已经大致形成,那也正是蒙古民族各汗国、部队分裂割据的战国时代。连年争战所引起的痛苦和不幸,使得人民渴望有勇敢的英雄、圣明的君王,可以带领大家渡过一切困难,重新得回那和平安乐的家园。

史诗正如明镜,反映出人民的渴望与憧憬:宝木巴地方的主人是孤儿江格尔,他刚刚两岁,蟒古斯(恶魔)就袭击了他的国土,使他成为孤儿,受尽人间痛苦,幸好有神驹、十二名雄狮大将和六千名勇士的竭诚相助,终于能够将劫难一一化解,建立起辉煌的汗国。

史诗是由江格尔可汗和他的英雄们所遭遇的几十个故事所组成的,每一部(章)都是一篇独立的叙事长诗,可以单独演唱。

演唱《江格尔》,通常不受时间、地点和环境的限制,不过,最好的时刻也许是在冬天的长夜里。试想一下,毡帐之外,星沉野阔,大雪满江山;而毡帐之内,温暖而又静默,众人是如何跟随着江格尔齐悠扬的语调和节奏,心驰神迷,忽悲忽喜啊!

因此,自古有个规矩,就是一旦开始演唱其中一部,就必须把这部唱完,演唱者绝对不可以半途中止,听众也得有始有终全部听到底。

这个规矩立得好!否则如果有哪一个江格尔齐忽然闹情绪,一不高兴就出门上马走远了,我们这些把心都还放在说了一半的情节里的听众该如何是好?是跟着追出去追到天涯海角呢?还是坐在毡帐里生一整个冬天的闷气?

最早搜集、翻译和出版《江格尔》的,竟然是俄国和德国的学者,那已是十九世纪初年的事了。

喀尔玛克

——"留下来的人"

　　一部游牧民族的迁徙史,要用多少多少万册的史书才能说得清楚?

　　今天先只说"卫拉特"。这三个字是音译,在元朝的汉文史册中称"斡亦剌",明代称"瓦剌",到清代才称"厄鲁特"或者"卫拉特"。而照蒙古文意译,就是"林中之民",或者更白话一点,称为"林木中的百姓"。

　　这些自古居住在林木中的百姓,在十五世纪初期,已经从贝加尔湖周边山林的发源地,逐渐南迁到新疆的阿尔泰山、天山一带了。元、明、清以来,先后以辉特、绰罗斯(后再分为准噶尔和杜尔伯特两部)、土尔扈特、和硕特等部为中心,吸收邻近的其他蒙古和突厥语族的部落,结成联盟,又称"卫拉特四部"或"四卫拉特"。

　　十六世纪末期,和硕特人跟随着他们的固始汗去了青海,就是今天"青海蒙古"的前身。而土尔扈特人从一五七四年开始,就先派探路者往中亚大草原上去观察移民的可能性。

　　那时候,没有任何政治势力介入的中亚大草原上,人烟稀少,水草丰美,先驱的探路者一直走到了伏尔加河流域。消息报了回来,一六三〇年,土尔扈特人就在首领和·鄂尔勒克的号召下,大举迁徙。经过了十多年的时间,终于在里海北岸的阿斯塔拉罕一带停下了脚步,建立了汗国,从此过了将近一百年的美好时光。

　　可是,到了后来,沙俄的势力伸进草原,并且日益专横,到了令人无法容忍的程度,在这时又听说在新疆故居,准噶尔部已经被清朝灭族,千里之内,竟无一人,于是兴起了重返故土的愿望。

一七七〇年的冬天，领导者先举行了一次极机密的会议，决定在下一年——虎年，开始行动，一切都在暗中默默策划。

由于整个汗国已被沙俄视为自己的财产，也早有驻军，所以东返故土等于是一次武装革命的行动。一七七一年一月五日，有十七万土尔扈特蒙古人随着年轻英明的渥巴锡汗，浩浩荡荡地踏上东返的征途。但是，这并不是一条平直的大道，而是充满了凶险劫难的漫漫长路，史家称之谓"历史上最悲惨的迁徙"，到了最后，历尽千辛万苦终于返回新疆的人，只剩下不到六万的劫后余生者。

在一七七一年一月五日出发之前，渥巴锡汗原来有近二十五万的土尔扈特臣民，大家也都做了万全的准备。可是，由于伏尔加河在那年迟迟没有结冰，出发当日，居住在河西岸的七万土尔扈特人，却无法渡河东返，不得不留了下来，成为必须承受沙俄的报复以及奴役压榨的悲惨族群。同时，他们也有了一个新的名字，那是一直冷眼旁观又颇为同情的突厥邻居给他们取的名字——喀尔玛克，就是"留下来的人"的意思。

从此留了下来的，除了喀尔玛克人之外，还有跟随着他们多年的长篇英雄史诗《江格尔》。

俄国作家果戈理曾经这样记录过：

"喀尔玛克人有相信神奇之事的特点，人人爱听故事。关于他们热爱的那些故事中英雄们的丰功伟绩，他们有时可以一连听三天。而其中最爱的英雄故事就是《江格尔》。"

别尔格曼在一八〇二到一八〇三年，在阿斯塔拉罕的草原上采集喀尔玛克民间文学，他用德文发表了两篇取自《江格尔》的故事，是西方第一个记录和翻译这部史诗的学者。此后苏联和各国学者陆续加入研究行列。一九四〇年，在厄利斯塔召开的《江格尔》诞生五百周年纪念大会，可说是俄国学术界的研究高潮。

因为是先由伏尔加河流域开始采集,所以最初还有人误以为喀尔玛克是《江格尔》的源头,由西传向东方的新疆去哩!

在成吉思汗时代,蒙古已有文字,然而无论有多少手抄本在民间流传,仍然不能代替演唱《江格尔》的现场魅力。《江格尔》全本有七十几部,优秀出众的"江格尔齐"据说可以演唱七十部悠长的篇章,惊人的记忆力与迷人的风采实在难得。

何其不幸的是,如今,无论是在伏尔加河畔还是天山山麓的蒙古人,都受着社会与文化的排挤,民间几乎已经没有人再能演唱出完完整整的一部了。

关于"离散"

我把父亲留下的书　都放在
我的书架上了
当然　只能是一小部分
父亲后半生的居所在莱茵河边
我不可能
把他整个的书房都搬回来

隔着那样遥远的距离
不可能整个搬回来的还有
父亲心中的　故乡

生命如果是减法
记忆　就是加法
是我八十八岁在异国静静逝去的
父亲的财富　是用一年比一年
更清晰完整的光影与回音
筑成的　百毒不侵的梦土

父亲是给我留下了一个故乡
我却只能书写出一小部分
是那样不成比例的微小啊

纵使已经踏上了回家的路
却无人能还我以无伤无劫的大地

昨天如果是加法
这今天和明天　就是减法

是一日比一日的拥挤和破败
一日比一日更远　更淡
更难以触及的根源

父亲是给我留下了一个故乡
却是一处
无人再能到达的地方

今天早上起来,梳洗完毕之后,到园中摘了几朵五彩缤纷的马缨丹,插进书桌上的小瓶子里去。知道这些野花最多只能陪我几个钟头,叶子就会先萎谢下来,不过,这是我童年在香港半山上最先认识的花朵,有它们陪伴,总觉得比较愉悦。手边这枝零点六号的针笔才刚开锋,好写得不得了,在细滑的稿纸上,用浓黑的墨水一个字一个字地写下去,是一种难以言说的幸福。

是的,幸福!在窗明几净的夏日晨间,对着不远处一山的深绿浅绿的相思树林开始工作,我不能不说这样的感觉是平安而又幸福的。

翻开书本,准备慢慢整理出关于我们蒙古人最为尊崇的一本大书《蒙古秘史》的介绍。

但是,泪水已经先于一切而滚落了下来。摊在桌上的书,有好几本都是原来放在父亲的书架上的,他用端正的字体加注的眉批就在眼前,而我亲爱的父亲已经永远不在了。

其实,我现在要从父亲留下的书本和话语之中去追溯的故乡,也早已经不在了。留在我的父亲以及族人记忆深处曾经那样美丽和丰饶的大地,如今已是万劫不复。

去年,在深夜的台北街头,杨泽说:"席慕蓉,你来写蒙古人的离散吧。"

然而,这是今天的蒙古子孙心中怎样难以言说的疼痛啊!

可以回老家了,我先去德国见父亲。

1989 年 8 月慈儿摄于波昂家中

渡 海

　　"成吉思汗的先世,是奉上天之命而生的孛儿帖·赤那。他的妻子是豁埃·马阑勒。他们渡海而来,在斡难河源头的不峏罕山前住下。生了巴塔·赤罕。"①

　　这是我们蒙古人的圣典《蒙古秘史》第一卷第一节的译文。"孛儿帖·赤那"是音译,原来蒙古文的字义是"苍狼"。"豁埃·马阑勒"的意思,就是"美鹿"。

　　苍狼与美鹿这对年轻夫妻横渡的海洋,其实是大湖。如果以如今在内蒙古自治区内的大兴安岭为出发点,他们渡过的就是呼伦贝尔盟的呼伦湖;如果是以如今在布里亚特共和国的境内,也就是南西伯利亚的原始山林为出发点,他们渡过的就会是贝加尔湖了。

　　这两处湖泊,我有幸都见到了。然而,站在湖边,无论是面对呼伦湖还是贝加尔湖,无论是前者的两千三百三十九平方公里,还是后者的三万一千五百平方公里的面积,对我而言,并没有什么差别,在我眼前,都是汪洋大海,想到先民当年要跨越这淼淼烟波,是需要有何等样巨大的勇气啊!

　　而这浩瀚的湖面,是不是正好象征了从游猎进入游牧文化的时代区隔?

　　从林木茂密的崇山峻岭走了出来,渡海之后,就进入了另外一个无边无际的新世界——在大兴安岭之下,呼伦贝尔大草原的面积

---

　　① 《蒙古秘史·新译并注释》札奇斯钦,联经版。

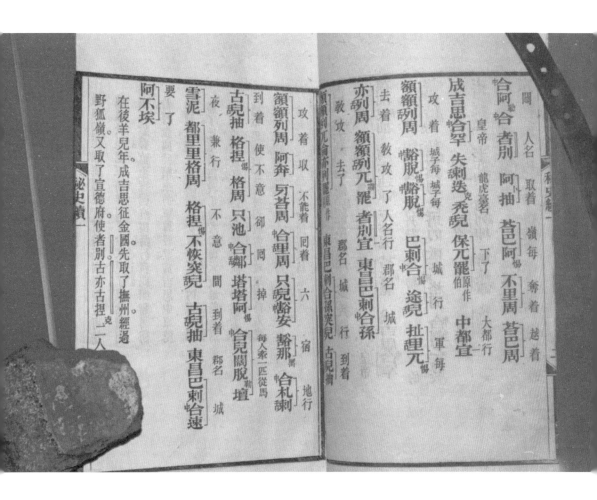

《蒙古秘史》蒙古音汉字本。

超过八万平方公里。并且从东向西,依次排列着三种不同类型的草原,那就是森林草原、草甸草原和典型草原。好像是上天用他慈和的安排,顺序而又渐进地带领着苍狼与美鹿,让这对夫妻在美丽丰饶的大地上安顿了下来,让他们子孙繁衍,终于成就了游牧民族历史上最为辉煌的一段黄金时光。

《蒙古秘史》成书于十三世纪,如果照蒙古文的书名直译,可以译作"蒙古的机密史纲"或"蒙古的机密大事记"。一般都认为它应该是在窝阔台可汗执政的后期,于一二四〇年左右写成的。全书共十二卷,两百八十二节。前十一卷都是写成吉思汗一生的重要事迹,后一卷是窝阔台可汗继位之后的大事以及自论功过的记述。所谓"机密"应该是指称只供执政者内部阅览之意。

这一本史书,无论在历史的可信度以及文学的优美品质上,都是不可多得的珍本。

更重要的一点是:这部将近十万字的记录,是蒙古人在开国初期,把自己的观点用自己的文字来书写的历史。虽说是"机密史纲",却光明磊落,朴实真挚。从可汗的先世源流,少年时代的孤苦艰困,到被推举为大汗之后的丰功伟业。历史的事件,用文学的笔法一一写来,使得七百多年后的读者也恍如身临其境,在草原上,在狂风中,或者在如水般清亮的月光之下,听"当事人自述甘苦",真是亲切动人。

已逝的历史学家姚从吾先生就曾在一九五八年九月三十日的演讲"漫谈《元朝秘史》"讲稿中说了以下一段:

"……但这些史书百分之九十五以上都是汉文,都是由中原汉人或准汉人所写的。关于其他民族,完全另用一个立场写成的历史书,除了受佛教影响以后的翻译与著述以外，真如凤毛麟角，不可多得。像富有十二卷之多的《元朝秘史》，那真是例外中的例外了。因此之故，《秘史》一书，亦觉难能可贵。它实在是汉文正史，汉文记载以外惟一的、大部头的，用蒙古文在蒙古人的立场，直接报道塞外边疆民族生活的历史巨著。因此东亚中华民族史中，也有了一位相当忠实的被告可以陈述另一面的事情，以便与汉文正史彼此比较，因以说明我们泱泱大国兼容并包的精神。治史者痛快之事，无以逾此。"

不过，对于蒙古子孙来说，翻读《秘史》，犹如翻读先祖留下的书信，仿佛这本书已经有了生命，可以带领我们渡过波涛起伏的海面，直达草原深处。只要翻开书页，就可以聆听游牧民族历史与文化里最真切的声音。

初 遇

人与人初遇时,在第一印象里,彼此的不同特征会特别鲜明,而文化与文化初遇,也会有这种直觉的感受。

在《黑鞑事略》一书中,有段汉人形容蒙古文字的模样,就是神来之笔。

"其事,书之以木杖,如惊蛇屈蚓,如天书符篆,如曲谱五凡工尺,回回字殆兄弟也。"

我一面看,一面忍不住笑了起来。可不是吗?从一个汉人只写方块字的角度来观看,蒙古人以拼音字母所构成的文字,可真是像极了"惊蛇屈蚓,天书符篆"啊!

元史记载是成吉思汗在一二〇四年灭乃蛮之后,命令乃蛮的掌印官塔塔统阿以古维吾尔字母拼音书写蒙古文字。这里还有段感人的经过。

塔塔统阿原本是畏兀(维吾尔)人,深通本国的文字。乃蛮塔阳可汗尊他为傅,主掌金印和钱谷。成吉思汗灭了乃蛮,塔塔统阿身怀金印逃亡,被捕之后,可汗问他:"整个乃蛮的人民和疆土如今都是我们的了,你一个人背着个大印要到哪里去呢?"

塔塔统阿回答说:"这是我职责所在。要以生命守护,只求有一天能找到故主再亲手交上吧。"

可汗不禁称赞他的忠义,同时也起了爱才之心,于是托以重任,让他教太子诸王以畏兀字母书写蒙古语言,就成了蒙古文字。以后经过许多人的整顿与改进,即使在忽必烈可汗时代,因为推行"八思巴"新字,而曾遭朝廷冷落,结果还是无法禁断而一直使用到今天。

反倒是把畏兀字母借给了蒙古人的维吾尔人,在信奉了伊斯兰教之后,却放弃了自己固有的文字,改为以阿拉伯字母来拼音,变成了如今的维吾尔文。

成吉思汗在一二〇六年即大汗位,任失吉·忽秃忽为大断事官,《蒙古秘史》记载可汗降旨:"把全国百姓分成份子(分封)的事,和审断词讼的事,都写在青册上,造成册子,一直到子子孙孙,凡失吉·忽秃忽和我商议制定,在白纸上写成青字,而造成册子的规范,永不得更改!"

然而,世事真是难料啊!虽说有可汗的殷切叮嘱,虽说有史官的尽心记录,在窝阔台可汗执政后期的一二四〇年左右写成的《蒙古秘史》,最初的蒙古文本却从这个世界上消失了。如今只剩下明朝初年的"汉译蒙音本",而且也被改名叫做《元朝秘史》了。

一九八九年,我第一次见到蒙古高原,心中真是如惊如喜,百感交集。回程在北京和同行好友王行恭一起去逛琉璃厂的旧书店,我还在茫然四顾之际,王行恭却把我叫住,指着案头一套六册由叶德辉在光绪后期(一九〇八年)精刻的《元朝秘史》说:"席慕蓉,你要把它买下来。"

语气是命令式的,我正想发问,他又说:"你这个蒙古子孙,今天能做的,也就是一句话不说地把这套书买下来而已。"

于是,这套书就放进了我的书柜里,当做是我和蒙古高原初遇的纪念了(此六册史书已于二〇〇四年捐赠给内蒙古大学)。

星　祭

穹苍无垠,风雨雷电更是无数不可测的突然变化,对苍天的畏惧与崇敬,是北亚民族萨满教信仰思想的基石与根本。

这"苍天"虽然等同于"天神",但是又与如今汉族社会里对"天神"的认识有些差别。就是说,其间并没有什么如尘世间那样的阶级意识,把崇拜的对象变成一种如人间帝王的宗教化和神圣化,而是更偏向了赞颂自然界的力量,包含了云雾露雪霞虹及星辰等诸种现象。

远古的初民坚信自然天体具有生命、意志以及伟大的能力,这样的信仰虽然在之后悠长的岁月中历经了种种的发展与修饰,然而主要的精神却从来没有任何改变。从小,父亲就告诉我,他相信大自然之中有一种力量。而如今,年岁渐长的我,回顾来时路,也越来越相信父亲所说的话,大自然之中是有一种令人不能不信服而又深深爱慕的力量啊!

在踏上蒙古高原之后,那无边无际的苍穹与旷野对我是一种撞击,甚至日月星辰都展现出一种在城市生活中根本无从领会的美感。在细读了满族学者富育光先生的巨著《萨满教与神话》(辽宁大学出版社)时,才恍然于那种自然生发的无法抵挡的美感,就是生命初始之时宇宙对人类的吸引与召唤。

富育光先生对亚洲北方民族传承至今的宗教与文化充满了自信与自豪。整本书中,最吸引我的,就是贯穿在字里行间那种对信仰内容与仪式的真挚爱慕,由这样的感觉而形成的文字,更是美得令人心动。

譬如他写"星祭",说到早年满族传统为激励后辈不忘创世之艰,让族人能够体验祖先古昔"栖林火猎"的生活,仿古祭星。

> 乌拉街东北四十里之凤凰山麓,往昔古刹晚钟,闻名遐迩。附近满族各庄,从康熙至乾隆朝以来便有拜星传统。祭星时,山顶与山腰无数篝火长夜燃烧,像一片明星落地,很是壮观。祭期,满族诸姓萨满会聚,所谓同族祭星,同姓祭祖,推举各姓中有德者为总祭星达,白羊、白马、白兔皮均可制祭服,但必以皮为面。各姓萨满分管周山四处,击鼓诵唱"唤星神赞",祭众呼应,此起彼伏,声传数里。俗传祭星要唤星,星越唤越明,邪恶不侵。

这样的画面,这样的呼唤,纵然季节是在严冬,也不由得让人热血沸腾的啊!

在此单单只说仪式的本身,就是一种群体的凝聚以及精神上的净化活动。远古的神话进入真实的生活,燃烧着的篝火是眼前和心中的光与热,诵唱着的赞歌是耳边族人的呼唤回应着灵魂深处的企求;我多希望能够赶得上参加这样的一场祭典,在严冬的山林之间高声呼唤满天的繁星,希望星辰越唤越明,邪恶不侵。

蒙古民族特别崇敬北斗七星,在萨满教中称呼为"七老"。对日月的崇拜更甚,在阴山地区如今犹可见到初民的岩画,包括了日、月、星、云等等的形象,而且有的画面上还刻着正在拜日或者向着星星舞蹈等等的图像。

好像已经成为远古陈迹的宗教仪式,表面上在蒙古高原已经趋于静止甚至消逝,然而在灵魂深处,我们都明白,腾格里天神与日月星辰同在,从来不曾离开。

在蒙古高原上，从来就是地广人稀，再加上游牧社会的传统是严格执行族外婚，也就是说，女儿不能与近处同族的男子婚配，一旦出嫁，必定是听从父母的选择，嫁到非常非常遥远的地方。因此，从古老的歌谣与诗文里，我们就会读到许多思念与不舍的心情。

譬如内蒙古阿拉善盟的一首短调歌曲《布谷鸟的幼雏》[①]前面两段是这样描述的：

> 刚刚出生的小布谷，
> 它的命运在山冈上。
> 可怜的女儿才成人，
> 命运将她嫁到远方。
>
> 飞鹰的幼雏一出壳，
> 命运就将它系在山崖上。
> 亲爱的女儿刚成人，
> 命运将她送往他乡。

蒙古的少女，以往多是将长发编成乌溜溜的发辫垂在身后，到结婚那天才戴上用金丝或银饰衬底，镶嵌上珊瑚、珍珠和绿松石的"嘉丝勒"。这是从头顶一直垂挂到胸前的头饰，是一份贵重的嫁

---

① 斯庆巴图记词、记谱。郭永明译词。达·布和朝鲁配歌。

妆,是父母用无限的爱心与不舍送给她的祝福。在鄂尔多斯的民歌里,我们常会看到这样的形容:

> 在那沙丘上奔跑的,
> 玉点的骏马是我们的。
> 用蟒缎和珊瑚装扮起来的,
> 出嫁的姑娘是人家的了。
>
> 在那旷野上狂奔的,
> 豹花的骏马是我们的,
> 用绿松石和珊瑚装扮起来的,
> 美丽的姑娘是人家的了。①

　　这样美丽的新嫁娘,却从此要跟随着夫婿远走天涯,在婚宴上听到这一首又一首的"送亲歌",真是令人柔肠寸断了。

　　不过,到了今天,游牧文化也可以跟随着时代的脉动前行,最近,我忽然想到一则很好的商业广告,写在这里供君一粲。虽然仍要标明是"版权所有",却欢迎取用。

　　广告一开始就是戴上了"嘉丝勒"的新嫁娘泪眼盈盈地向父母叩别,然后转身上马,跟随着迎亲的马队和送亲的马队一起往远方行去。父母凝望的影像和辽阔的草原与山峦不断重复或者交叠着出现,古老的歌谣一首又一首地唱起,从清晨到黄昏。当落日在最远的地平线上为世界镶上了一层金边的时候,忽然间歌声停顿,响

---

　　①　遵照伊克昭盟(现鄂尔多斯市)鄂尔多斯民歌采录编译小组所译译文,惟参照其他版本略有更动。

起了清晰的铃声,满头珠翠满眼热泪的新娘拿出手机放在耳旁,顿时破涕为笑,手机里,妈妈的声音在问:

"心肝宝贝,你们现在走到哪儿啦?"

只要国家把通讯系统维持好,这是轻而易举就能实现的梦想。

同理,游牧文化也并不是不能享用现代的科技与文明,观诸澳洲与新西兰,就是成功的例证,只看政府是站在哪一个角度上来实行了。

不过,当然,现在草原上的新娘如果真要远嫁,也可以选择坐火车或者搭飞机了吧?

眼中有火，脸上有光

—— 帖木真与孛儿帖之一

上个星期说到传统的蒙古社会严格遵守族外婚。至于父母是如何决定子女的对象,在《蒙古秘史》一书中,有几段提到成吉思汗的父亲择媳的经过,可以参考:

在帖木真九岁的时候,也速该勇士为了给他从他母舅家找一个女儿定亲,就带了帖木真去他母亲诃额仑的娘家——斡勒忽讷兀惕人那里。走在扯克彻儿、赤忽儿古两山之间,遇见了翁吉剌惕族的德·薛禅……德·薛禅说:"你这儿子是个眼中有火,脸上有光①的孩子啊!也速该亲家!我夜里做了一个梦,梦见白海青抓着太阳和月亮,飞来落在我的手臂上……我这个梦,原来是叫你带着你的儿子前来的预兆啊。梦做得好!这是什么梦呢?必是你们乞牙惕人的守护神前来指教的。我们翁吉剌惕人自古就是外甥们相貌堂堂,女儿们姿色娇丽……也速该亲家!到我家去吧。我的女儿还小呢。亲家你看看罢!"说着德·薛禅就把他们领到他自己的家里住下了。也速该一看他的女儿,果真是个脸上有光,目中有火的女孩子,正合了自己的心愿。她比帖木真大一岁,有十岁了,名字叫做孛儿

---

① 自古至今,蒙古人对于小孩儿的容貌,是以"眼中有火,脸上有光"为最优秀出众的标准。因为如果脸上容光焕发,又目光炯炯,就表示这孩子不单是身体健康,个性明朗,同时也对事物专注,具有热情与决心。

帖。当夜住下,明天向德·薛禅求他的女儿。德·薛禅
说:"多求几遍,才许给啊,会被人尊敬;少求几遍,就许给
啊,要被人轻看。但女儿家的命运,没有老在娘家门里的。
把我女儿给你们吧,把你儿子当做女婿给我留下,回去
吧。"这样约定。也速该勇士说:"把我儿子给你留下做女
婿。我儿子怕狗。亲家!可别叫狗吓着我的儿子呀。"说
了就把自己的从马当做定礼给了,把帖木真给德·薛禅留
下当做女婿,自己回去了。

这是公元十二世纪左右的婚姻制度和习俗。札奇斯钦教授在
《蒙古文化与社会》一书中说到一经许婚,男方必须送上定礼的这个
习俗,一直存留到今天。但是把儿子留住女家的事,古代曾存在于
乌桓社会里,在成吉思汗的时代里可能还有,不过后来则渐渐停
止了。

九岁的帖木真和十岁的孛儿帖,在两位父亲做主之下,欢欢喜
喜地定了亲之后,原来可以共度一段比较长久的快乐岁月,想不到,
噩运竟然接踵而来。

噩运首先埋伏在也速该的归途上,在黄野原上遇见了塔塔儿人
正在宴会,因为渴了,就下马入席。想不到塔塔儿人之中,有人认出
了他,就在食物中下毒。也速该在路上已经很不舒服了,勉强支撑
着走了三天,到家之后,自知不起,就嘱咐身旁的人照顾家小,并且
赶快去把帖木真带回来。

失了父亲的帖木真,在自己的族群之中也失去了原先该有的
地位和力量。泰亦赤兀惕的族人,把他们寡妇弱子一家,都撇在斡
难河畔的营盘里,大伙儿自顾起营迁移,很快就走远了,只留下一句
话,那是对追上前去劝阻的老人说的:

"深水已干，明石已碎！"

也速该生前是泰亦赤兀惕族的领袖人物，然而此刻他的族人却恩尽义绝地表示从此再不愿有任何牵连了。

不过，连同族的兄弟都可以弃你而去的绝境，并不能折损帖木真一家人求生的勇气。

《秘史》上说：

> 美丽的夫人用野韭野葱养育的强悍的儿子们，成了不知畏惧的好汉，成了膂力过人的丈夫，成了斗志高扬的豪杰。

而自小就被称许为"眼中有火，脸上有光"的两个孩子，在分离的岁月里，想必也会互相思念吧。

那夜月光明亮

——帖木真与孛儿帖之二

和孛儿帖分别之后的帖木真,少年时代,可说是历尽了千辛万苦。

被同族的兄弟们离弃了之后,依靠着坚毅而贤明的母亲,一家人就算是以野果野菜维生,也能逐渐成长。但是,泰亦赤兀惕部的一些人还是不肯放过他,他们说:

"原先抛弃的帖木真母子们,现在像飞鸟雏儿似的羽毛丰满了,像走兽羔子似的牙爪长成了。"于是就前来偷袭。

帖木真被困在帖儿古捏高山的密林里,三次要出来,前两次都有障碍让他犹疑,认为是上天示意,就又退了回去。到九天之后,终于想到:"怎么能就这样无名地死去呢?"于是毅然出来,就被把守着的泰亦赤兀惕人抓住了。托天之幸,在被带回到部族的营地之后,戴着木枷的帖木真也能乘机逃脱,又加上有人冒死相助,得以逃出重围,再逆着斡难河踏踪寻找,终于和母亲及弟弟们会合。

不畏险阻,不在意贫困,少年帖木真慢慢长成。《秘史》第九十四节,记述他前去求亲:

> 帖木真、别勒古台两个人,顺着克鲁涟河去寻找,从九岁见面以来,至今别离未见的,德·薛禅的女儿孛儿帖……德·薛禅一看见帖木真,非常高兴,说:"听说你那些泰亦赤兀惕弟兄们嫉恨你,我愁得都绝望了。好容易才见着你啊!"说了就把孛儿帖夫人许配了他。

送亲的时候,新娘的父亲送到半路就回去了,新娘的母亲却依依不舍,一直把女儿护送到帖木真的家里,并且给孛儿帖准备了一件黑貂皮褂子,作为初见翁姑的礼物。

也速该已逝,然而他生前曾与客列亦惕部的王汗结拜为兄弟,帖木真就慎重地把黑貂皮褂子送给王汗,并且说:"你在前与我父亲曾结为'安答',就和父亲一样。我现在娶了妻,把我妻呈送翁姑的衣服拿来给你。"故人之子前来相认的这份心意,深深地感动了王汗。

从这一件由孛儿帖带来的礼物开始,帖木真一步步地迈向那千古无人能匹敌的勋业之路。

然而,灾厄尚未远离。这之后不久,三族的篾儿乞惕人,在攻击中掳掠了孛儿帖夫人。

帖木真向王汗求援,王汗马上答应派兵两万,做右翼,又教帖木真去向童年好友札木合求兵两万做左翼,会合之后,大家誓言要毁灭全部的篾儿乞惕人,营救孛儿帖夫人。

《秘史》第一百一十节,有极为生动的描述:

> 篾儿乞惕百姓夜间顺着薛凉格河惊慌逃走,我们的军队在夜里也紧随着……帖木真在那惊慌逃走的百姓中喊着:"孛儿帖!孛儿帖!"走的时候,遇见了她。孛儿帖夫人在那些惊慌逃走的百姓当中,听出帖木真的声音,就从车上下来,跑上前去。孛儿帖夫人和豁阿黑臣两个人虽在夜里也认出帖木真的缰辔,就上前抓住。那夜月光明亮,一看就认出是孛儿帖夫人,就互相用力拥抱起来……

大兴安岭北麓夏夜月光明亮。

2013 年

　　那夜月光明亮，即使在旷野上，在慌乱的人群之中，也可以认出心爱的人儿的面容。

　　那夜月光明亮，紧拥着孛儿帖的帖木真，一定曾经向妻子发誓，绝不再让她陷入任何危难了吧。

　　而他们果然从此没有再分离。

锁儿罕·失剌

一九九〇年夏天,在蒙古国首都乌兰巴托的美术馆里,有张油画让我印象深刻。

画幅尺寸不小,画家的素描功力也很强,他用杂沓深暗的蓝绿色系,描绘出一条夜间的河流,河边阴暗的杂草与河面细碎的波光,戴枷的少年平躺在河中,只露出小部分的脸孔在水面上。画家给了我们一个从侧上方观看的角度,少年也从画中望了过来,那眼中深藏着的锋芒,即使是在暗影里,也紧紧地吸引住我们的目光。

在那瞬间,我们这些观众,就好像在八百年前刚好从河边经过的那个锁儿罕·失剌一样,心中无限疼惜,忍不住要对他说:

"你就这么躺着,我不会告发你。要小心!等我们都散了之后,找你母亲和弟弟们去吧!如果遇见人,你可别说见过我啊。"

《秘史》第八十一节到八十三节里,说的正是这一段:

> 塔儿忽台·乞邻勒秃黑把帖木真捉去,通令自己部族的百姓,叫他徇行轮宿,在每个营子里住宿一宵,那时正当盂夏四月十六的"红圆光日",泰亦赤兀惕人在斡难河岸上举行筵会,日落才散。在那筵会中,叫一个瘦弱的少年看管帖木真。等筵会的人们散去之后,帖木真就从那瘦弱的少年手中拉起枷来,打他的头颈,打倒了,跑进斡难河岸的树林里去躺下。恐怕被人看见,就跳进河里,仰卧在水溜之中,让枷顺水冲流,露着脸躺下了。
>
> 失了人的人大声喊叫:"拿住的人逃了!"这么一叫,已

经散了的泰亦赤兀惕人又聚集起来。月光明朗好像白天，他们就在斡难河树林里挨排寻找。速勒都思氏的锁儿罕·失剌正经过那里，看见帖木真在水溜里躺着，就说："正因为你这样有才智，目中有火，脸上有光，才被你泰亦赤兀惕兄弟们那般嫉恨。你就那么躺着，我不告发！"说完就走过去了，当泰亦赤兀惕人说"再回去挨排寻找"的时候，锁儿罕·失剌说："就按着个人原来的路，看看所没有看过的地方，回去寻找吧！"大家说好，就按原来的路去寻找。锁儿罕·失剌又经过那里说："你的兄弟们咬牙切齿地来了！还那么躺下！要小心！"说罢就走过去了。

找了两回，众人不肯罢休，锁儿罕·失剌又说："你们泰亦赤兀惕官人们啊！白天把人逃掉了，如今黑夜，我们怎能找得着呢？还是按原来的路迹，去看未曾看过的地方，回去搜索之后解散，咱们明天再聚集寻找吧。那个戴枷的人还能到哪儿去呢？"大家说："好啦！"就回去寻索。锁儿罕·失剌又经过那里，对河中的帖木真说："等我们都散了之后，找你母亲和弟弟们去吧！如果遇见人，你可不要说见过我，也别说曾被人看见过。"说完就走过去了。

我一直在想，锁儿罕·失剌是个什么样的人呢？在救助少年帖木真的时候，应该就只是心中的不忍吧。然而看他这样来回三次冒着危险通知帖木真，又用平静的语调支开众人，则又不止是一点点的恻隐之心了。而当时的他，也并不能预知将来这少年会成为蒙古帝国的大可汗，历史真是比小说还要引人入胜啊！

躺在深夜寂静无人的旷野之间，躺在越来越冰冷的河水之中，少年帖木真心里知道，必得要有人相助才能脱离危难。前几天在各人家中轮流住宿的时候,曾经住过锁儿罕·失剌的家里,他的两个儿子沈白和赤老温很同情帖木真,晚上松了他的枷,叫他可以安睡。而此刻锁儿罕·失剌即使发现了他也不告发,看样子,现在也只有这一家可以投奔了。

于是,帖木真从河中慢慢起身,戴着枷,披着湿透了的衣服,静静地顺着斡难河,找到了锁儿罕·失剌的家。

《秘史》第八十五节是这样记述的:

> 他家的记号,是把鲜马奶子灌到盛酸马奶子皮囊里,从夜间一直拌搅到天明,听着那个记号走,就听到了正在拌搅马奶子的声音。来到他家,一进去,锁儿罕·失剌就说:"我没说过让你去找你母亲和弟弟们去吗?你干什么来了?"他两个儿子沈白和赤老温说:"鸟儿被鹞子赶到草丛里,草丛还要救它。现在对来到我们这里的人,你怎能那样说呢?"就不以他们父亲的话为然,卸了他的枷,丢在火中烧了。叫他坐在后面装羊毛的车里,让他们名叫合答安的妹妹去照管,说:"对所有的活人,都别讲!"
>
> 第三天,泰亦赤兀惕人开始按户互相搜查,到锁儿罕·失剌家中时,把车子里床底下都搜完了,又上去后面装羊毛的车上,把装在车门里的羊毛向外拖,快要拖到帖木真的脚时,锁儿罕·失剌冷静地说了一句:"在这么热的时候,在羊毛里怎么能受得了!"大家一听也有道理,就从车上下来走了。
>
> 等搜查的人都走了以后,锁儿罕·失剌才说出真心话来:"你差一点弄得我像风吹灰散般地毁掉了,现在找你母亲和弟弟们去吧!"

四野无人,给帖木真一些逃亡的必要装备,马匹、食物、饮料,还有一张弓和两支箭,就催他赶快走,看着他翻过了远处的丘陵之后,锁儿罕·失剌心中必定是如释重负了吧。

　　对这个落难的少年,他一无所求,只不过是疼惜一个年轻美好的生命而已,然而,历史铺展在他们前面的道路,真是比小说还要引人入胜啊!

　　多年之后,帖木真羽翼已丰,二十八岁那年(公元一一八九年)被推举为蒙古本部的可汗。又过了两年,在一场向泰亦赤兀惕的复仇之战里,乱军之中,有个穿着红衣服的妇人站在岭上,大声哭着喊叫:"帖木真啊!"那是合答安,当年那个负责照顾躲在装羊毛车中的逃犯的小女孩。可汗救下了她,并且让她像后妃一样坐在身旁。据说元史中太祖第四宫帐的哈答皇后,也许就是这位合答安。

　　而第二天,当锁儿罕·失剌出现在可汗面前的时候,可汗问恩人为什么这么迟才来?锁儿罕·失剌回答得可真漂亮:"我想,心里有现成的倚仗,忙什么?……我们如今赶来,与我们的可汗合在一起了。"

　　一二〇六年,绥服了所有居住毡帐的百姓,在斡难河畔召开大会,立起九脚白旄纛,大家共上成吉思汗以可汗之尊号时,可汗分封群臣,除了土地的分封之外,特别加封锁儿罕·失剌为"答剌罕",就是"自由自在者"的意思,可以享受许多譬如自由自在下营、取猎获物等等的特权。

　　帖木真少年时从恩人手中得到的生命与自由,如今终于得以还报于锁儿罕·失剌以及他们全家和子孙后代。

金色的塔拉

在金黄色的旷野之上
因着悲伤而唱起的这首歌
这里实在找不到纸张
只能用我的衣襟
在没有墨汁书写的路途里
只能以我的鲜血代笔

金葫芦里的奶酒啊
献给父母品尝吧
父母要是问起我
就说我在路上吧

十两银子的玉镯啊
献给爱妻佩戴吧
爱妻如果问起我
就说我在人间吧
爱妻如果问起我
就说我在人间吧……

　　我是前几天在大兴安岭上第一次听到这首歌。已经快到九月底了,满山的落叶松都变成金黄。夜里刚下过一场大雨,泥沙铺成的道路吸足了水分而现出一种更为沉稳的土黄色,有深有浅,缓缓地在林间回绕。树林中低矮的灌木丛，叶已落尽，只剩下极细又极密的深黑色的枝丫，一大片一大片地铺展在落叶松下，好像黑色的厚地毯。山路旁就是峡谷，再往深处看下去，是闪着光的激流河跟着我们曲曲折折地流淌着，那波光细碎如鳞，在车行中，悲伤的歌声又重复了一次：

> 爱妻如果问起我
>
> 就说我在人间吧……

这是一首古老的蒙古歌谣，有人说是写在清朝，有人说更早。应该是军人出发征战，在路上遇到要返乡的朋友，匆忙中托他带上的礼物和家书吧。

"塔拉"是蒙古文"旷野"之意，也有人说可以译为"无主之地"或者"荒原"。

在旷野上成长起来的蒙古男子，常常被他人固定在几个形容词里面，譬如"粗犷"，譬如"豪迈"。然而既是有血有肉的灵魂，怎么会没有任何可以言说的柔情与牵挂呢？

在大学读书的时候，溥心畬老师来给我们上过一个学期的课。他并不教我们绘画的技巧，却先讲五代官制，又要我们对对子，后来又要我们作诗填词。我呈上的作业中就有一首试着要揣摩征战中蒙古男儿的心思，虽然只是些笨拙的尝试，溥老师却注意到了。隔了几天，他让他的入室弟子，也是我的同班同学建同，抄了两首蒙古将军写的关于战争的诗给我，那一张纸我留到今天。在山路上听到"金色的塔拉"的时候，那些诗句虽然背不完全，却也都成为这首歌的背景，在深秋的山路一一浮现。

在金黄色的大兴安岭之上，我聆听着这一首歌，也想起了溥老师低头看我的作业时那样安静的笑容。

当年班上的同学只知道我爱写诗，所以老师来上课时他们就把我推出来，让我一个人去交作业。而我其实是在溥老师的课堂上才开始学着平仄去作旧诗和填词的，当然是很生硬和幼稚，可是不知道为什么老师每次看了都会微笑。有一天，还对围在桌前看他批改的同学们说了一句话，由于声音比较小，我们都没听清楚，老师就一边指着我再说一次，一边用笔把那个字写在纸上，老师说："像这位女同学就是一块璞，要琢磨之后才可能成玉。"

同学当时都假装妒忌地哄叫了起来。那张写了"璞"字的宣纸，被老师身旁的一个香港侨生一把就抢跑了，老师微笑地看着我，那眼神似乎在问我为什么不去追回来？而我只能傻傻地坐在桌前，动也不动，什么话也没说。

我们是老师最后一班的学生，上了一学期的课之后，老师身体不好就再也没来了，没多久就传来逝世的消息。

年轻的我虽然心里有些悲伤，可是很快也就过去了。反倒是年龄一年年增长之后，才开始明白，自己曾经错过了多么难得的学习的机缘。

今天的我，在蒙古高原上追逐着一切外在和内里的触动时，也偶尔会想到，如果能够更早一点开始，不是更好？

在聆听着"金色的塔拉"之时，激流河细碎的波光伴着我让我想起从前，忽然有点明白了。

其实，我可能是从很早很年少的时候，就已经开始这种追寻了，只是自己当时不能察觉，而老师也并不想先说出来吧？

失去的居延海

单车欲问边,属国过居延。

征蓬出汉塞,归雁入胡天。

大漠孤烟直,长河落日圆。

萧关逢侯骑,都护在燕然。

——唐·王维《使至塞上》

在唐朝的边塞诗里,最为人知的恐怕就要数"大漠孤烟直,长河落日圆"这两句了,凡是形容蒙古高原游牧生活的背景,几乎都要引用。然而,可有人听说,那条辉映着落日的长河,在居延境内今日遭逢的厄运吗?

长河古名弱水,在今天也用来称呼居延境内的额济纳河以及其上游黑河整个流域。

发源自祁连山麓的弱水,不一定水"弱"(有人考证,"弱"或者是从北亚民族语言中的音译)。因为,在《史记·夏本纪》中,让大禹忙得三过家门而不入的九川之中,就有这一条弱水。

主流为二,分东源与西源,都从祁连山流下,经张掖、酒泉分别向北方流去的黑河,在东西两支会合之后,就称额济纳河。然后再浩浩荡荡往东北方向流去,在居延境内不断分支,散成如网状分布的十九条支流,这丰沛的水源,就在巴丹吉林沙漠以北的戈壁之中,形成了三万多平方公里长满了胡杨树、长满了青草的神奇美丽的大绿洲。

这片神奇的绿洲,在《山海经》里也提到过:"流沙之处有居繇

居延海旁的敖包山。

2000 年 10 月额济纳旗

干涸的居延海。

2000 年 10 月额济纳旗

国。"匈奴时称"居延"。据说以匈奴语意的解释,应是"天池"或者"幽隐"之意。

还有比这更贴切的形容吗?所有的弱水支流,最后都流入浩瀚无边的居延海,在焦渴的戈壁之中能够拥有这样清凉甜美的淡水湖,不是天赐的恩宠还能是什么?而周围这一大片绿洲,不正是最好的幽隐之乡?

对曾经在这里生活过的北亚游牧民族来说,居延绿洲,真是天赐福地。

然而,在二十世纪五十年代还是芳草遍地,红柳丛生高达丈余,黑河浩荡奔流,两岸芦苇铺天盖地,居延海碧波千顷,湖滨布满原始森林的三万多平方公里的绿洲,却在黑河中上游不时被人为截水断流之下,百般无奈地就要逐渐消失了。

额济纳旗为了在绝境中求生,想出了在今年(公元两千年)的十月四日到六日,举办第一届"金秋胡杨旅游节"的主意。然而,我千里跋涉,经贺兰山再穿越戈壁而来,却只见尘沙遍野,大地干涸。落日果然是又红又圆,但是车子经过一道又一道的桥面,桥下却只剩下空空的河床,胡杨树林在大面积地死去,幸存的几处果然叶子开始转成耀眼的金黄,而居延海呢?我那么渴望一见的湖泊会不会还留下一些浅浅的水面?

我的土尔扈特朋友那仁巴图忧伤地回答:"居延海早在八年前就完全干涸,一滴水也没有了。"

狐背红马

狐背兔腰的红走马，
黎明时拴在那马桩上。
相亲又相契的弟兄们，
相聚只是短暂的时光。

剪耳抖鬃的红走马，
扬尘卷雾奔向远方。
并坐在一起的弟兄们，
相聚只是短暂的时光。

应该是在一场盛宴之后的惜别的歌吧，然而却能让我清清楚楚地看见那离别之时的场景：日出之前草原上的微光，清冽的寒意，朋友的背影逐渐走向那匹安静地站立着的骏马，然后将马鞍放上去了，一切的准备工作都做好了，当他跃身上马之际，年轻健壮的坐骑也抖擞精神准备出发，挥别之后，转瞬间就奔出了我们的视野之外。怅然地凝望着那远处依稀的尘烟和云雾，思念已经无边无际地开始了。

这首《狐背红马》是内蒙古巴彦淖尔盟(现巴彦淖尔市)的长调歌曲，是从达·布和朝鲁先生送给我的两本厚厚的内蒙古民间歌曲中选摘出来的。

达·布和朝鲁先生在扉页上给我的题字写着：这是蒙古文化的一个侧面，是族人的心灵世界。

初春的激流河。

2007 年 5 月大兴安岭

我完全同意。

蒙古民族早期的文学和历史,都是以口传为主。从游猎到游牧,从部落、氏族到方国、帝国,每一个时期的文化特征和心灵现象,差不多都收录在如海洋一般无穷尽的歌曲之中了。

譬如由十七世纪的蒙古学者罗卜桑丹津在《黄金史纲》一书中收录的一首年代久远的狩猎歌曲,就可以看出来在蒙古氏族部落时代,集体狩猎、平均分配猎物,并且一定会在狩猎的前后祭神、祝祷与感谢的习俗。

行猎于多石的山崖，
射杀那黄羊野马。
每当分享猎物时啊，
你们莫要争斗残杀。
行猎于起伏的丘陵，
猎获那褐色黄羊。
每当分配猎肉时啊，
让我们祭祀神明，欢宴歌唱。

蒙古诗歌喜欢押"头韵"，译成汉文时会稍嫌重叠。但是那些精心挑选的字词，在原文里却有着悠扬细腻的音韵效果，而从文句中展现出来的高原今昔，更是令听众悠然神往。

蒙古人爱唱歌是出了名的，而且，除了极少数的例外，几乎每个人都有着让人惊喜与心醉的金嗓子。蒙古人爱喝酒也是出了名的，不过，在我个人这十年来有限的经验里，我的朋友们的酒量实在不怎么样。

不过，难得相聚，我们这些终于能够并坐在一起、相亲又相契的朋友，绝对是不可无酒也不可无歌的，总要全力以赴，尽欢而散。

今年秋天，一位内蒙古的艺术家在欢聚的最后，站起来举杯向我说："今天，在内蒙古，歌颂草原美景的歌曲越来越多，可是，我们美丽的草原却眼看着就要在歌声之中逐渐消失了……"

无人可以应答，盛宴到此结束。我们悄然道别，默默地离去，屋外，夜已经很深很深了。

族群的形成

我们并不是多年的好友，有些人更是在这次的行程中才刚认识，还没说上几句话。

秋天的午后，这一群人，分乘了三辆吉普车，长驱直入地驶进了内蒙古呼伦贝尔盟的黑山头古城遗址之内，其中有一辆当地政府官员的座车，还直接开上了城中偏北处原来宫殿的所在地，微微隆起的土坡上。

下车之后，大家所谈论的主题是，如何能够吸引更多的游客到此观光。

公元十三世纪之初，成吉思汗在统一了蒙古诸部之后，分封领土，就把额尔古纳河一带给了小自己两岁的弟弟拙赤·合撒儿，而这黑山头古城，就是当年合撒儿居住的宫殿。

如今极目四望，却只见牧草苍茫，华美的宫殿早已消失，只剩下外城和内城的残垣，而在我们脚下的土坡上，遗留有排列整齐的花岗岩圆柱的基座，荒烟蔓草之中，可以捡拾到一些色彩斑斓的碎琉璃瓦，或者一些青砖碎片。

在交谈中，我心中隐隐有些不安，然而起初还不太能清楚辨识究竟是为了什么？

等到听到一位局长说，常有蒙古人前来，都带了酒与祭品，叩拜之后才开始进入城垣之内……我才猛省，这不安的根由原来在此。

然而已经站在这里，也说了半天的话了，眼前的情势好像也不容我来打断，并且重新开始吧？

我只好继续有些慌乱不安地应答着。

等到要离去之时,官员们的座车很快就驶离古城,开到远远的城垣之外去了,我们这两车的人还留在原地,慢慢地逡巡着。

我已经坐到车子的前座上了,忽然看到同行的蒙古长者毕老师正拿着酒瓶朝遗址的方向洒酒,心中顿悟,马上下了车朝着他走去,他转过身来对我低声说:

"磕个头吧。"

我即刻随他跪下,向祖先叩首告罪,恭恭敬敬,心无杂念。

然后站了起来,招呼同车的两位朋友,都是蒙古人,下来磕头。她们两人也二话不说地马上下车,就在遗址前跪了下来,静静叩首。这时,另外一辆车中的蒙古青年们也默默地走了过来,也跪下了。

此时此刻,四野沉寂,万籁无声,只有这一群人在满怀歉意地向祖先叩首告罪,好像只有如此才能消融那心中的愧疚与不安吧。

这就是"族群"的定义了吗?

我们原本互不相识,以后也可能各奔天涯,然而,就在此时此刻,因为拥有共同的历史与记忆、共同的敬畏与孺慕、共同的眷恋与不舍,竟因而也就不得不同时觉得愧疚与不安起来了。

这就是"族群"形成的要素了吗?

我因此而一直记得那个秋天的下午。在高谈阔论之后,在别人都离开了之后,这一群人终于安静而又满怀歉意地跪了下来,四野沉寂,万籁无声,好像有一种不需要任何解释的感觉,把我们连接成为一个团体。

我也因此而有了一些在今天来说也许不是很合时宜的反省——虽说世界应该大同,然而,在大同之中,小异也是美好的。如果能够保有些少的差异,或者是由于血脉,或者是由于文化,或者甚至只是由于生命中共同的际遇,能让自己在某些时刻里,非常紧密地属于一个特定的族群,其实也是值得珍惜的幸福。

樟子松·落叶松

　　二〇〇〇年九月中旬,我到了北京。原来是想先好好看几个博物馆,再去内蒙古的呼和浩特,在那里有朋友陪我去赤峰市看红山文化,然后到了十月初,再去赴西部的阿拉善盟额济纳旗"金秋胡杨旅游节"之约的。

　　想不到,第一天晚上,从北京的旅馆里和一位朋友通了个电话,事情就全不一样了。

　　在电话里,她说:"博物馆有那么好看吗? 我们现在都在海拉尔,马上准备进大兴安岭。昨天有人从山里回来,说整座山的颜色漂亮得不得了,树也是,一整棵的翠绿,一整棵的金黄,真吓人哪!她是一路看一路哭着回来的。这么好的秋天你不来,钻到黑漆漆的博物馆里干什么?"

　　说的也是。博物馆大概永远都会在那里等我,但是一整座的秋山却是难得的艳遇啊!

　　于是,计划全部推翻,机票全部重换。隔天中午,我人就到了海拉尔,兴致高昂地要和大伙同车入山了。

　　记得好几年之前,在台湾南部写生时,一位画坛前辈忽然对我说:"你去内蒙古,都是到处有人帮忙。不像我,喜欢独来独往。"

　　对我来说,去内蒙古是回到原乡,为什么要独来独往呢? 无论到哪一处,都有朋友或者朋友的朋友前来做伴。几个志同道合的人,一部或者两部吉普车,不管是新认识的还是早就相知的,大家欢欢喜喜地上路,这种快乐,我是绝对不能拒绝的。

　　从海拉尔到额尔古纳的时候,叶子还是金灿灿的。等到从额尔

春日白桦，枝头新叶如烟如雾。

2007 年 5 月大兴安岭

古纳往莫尔道嘎出发的时候,路旁有些树叶的颜色就有点枯黄了,地上铺满了落叶,才两三天的时间,世界就不大一样了。

入山的道路平坦而又弯曲,我们是慢慢地不知不觉地进入大兴安岭的。

先是起伏的草原,斜斜的坦坡,然后有许多杂树林、白桦林,细而长的枝干在林中层层叠叠地往上伸展,然后,针叶林就出现了。

从山脚山腰一直长到山顶,一层又一层的樟子松和落叶松像是一幅金碧辉煌的屏风,阳光照上去,那碧绿和金黄的颜色逼人而来,炫目而又惊心,果真让人几乎要落泪,不得不惊呼。

落叶松的枝干非常挺直,叶子黄得纯净而又热烈;樟子松则是通体翠绿,即使在严寒的时节也是这样。小的樟子松很像卡通里面的圣诞树,分杈时也极平滑和圆润,要到了很老的时候才会有纠结的枝干。

山路迂回,每一转折,就是一座矗立在眼前金碧交错的山林,而在这些巨大无比的画屏之前,我没有任何喘息的余地,找不到合适的形容词,不能说它"秀美",因为那气势无与伦比;可是"壮丽"也不对,因为在这重峦叠嶂之间,其实每一片如针的细叶都是不可或缺的主角,那满山的秋色是它们用一针又一针的细微差异所绣出来的。

生命在此是这样认真!

山中数日,常看见路边突然有棵小得不能再小的樟子松站了出来,那碧绿的枝叶让人眼睛一亮。如果阳光够好,土壤够健康,它应该是可以长大长高,如果不被人砍伐,它可以有好几百年的美丽时光吧?

白　桦

往大兴安岭的途中，白桦林不断。开始的时候是年轻的再生林，有的只有二三十岁而已，长得特别密，下车拍照时很难选景，枝丫杂乱，找不到重点。可是，只要一上车，车子一开动，两旁的白桦林从车窗外匆匆掠过，忽然就活起来了，是一种绵延不断深深浅浅的光影律动，一闪一闪地跟随着我们。

银白色斑驳的枝干，忽近忽远，忽明忽暗，交错地呈现。发亮的金黄色树叶在风中闪动，可以从最靠近我们的路边一直透视到密林深处，杂沓的光影间好像有些什么旧日的触动若隐若现，伴随着一些似曾相识的旋律，沉郁而又缓慢，忽然间就不得不悲伤起来。

往大兴安岭高处驶去的时候，白桦林还在，然而年岁可能大了一些了，又因为夹杂着许多笔直的落叶松，白桦的枝子也因而只能向上伸展，长得又细又长又直。

车行中，以为远山起了雾了，仔细一看，才认出来是一片白桦林，生长在落叶松群的左下方，灰白色细细的枝干并列在一起，自成一种有深有浅的层次，就像雾，就是雾。

这些长在高处的白桦林，要怎么样才能形容呢？和落叶松的金黄、樟子松的碧绿交杂在一起，它们的颜色比较没有那么鲜明，有点带着粉彩的色调，又像是笔触很轻的铅笔素描。

在深山之中，每一座山林都好像是直直地随着山势往上腾跃着生长，有点像是从前在国庆时让学生坐在阶梯式的看台上拼图一样，并且还更加陡峭，看不见山壁上的土石，只看见浓密的金黄、碧绿和灰白。

秋日的落叶松,是金色大兴安岭的主角。

2000 年秋

金黄和碧绿是以团云的形式,一片一片地往外围漫开;而长在较为寒冷的高山上,叶子几近全落的白桦林,则是以深灰浅灰再加银白的垂直线条紧紧地排列着,远看就像是随风而起的烟云和雾气。

有一次,刚转了个弯,有一整座山壁迎面而来又一闪而过,什么都来不及,来不及惊叹更来不及拍照,只知道一山的落叶松像是着了火一样的通体金红,在底下的一角是成片的白桦枯枝,贴得紧密站得笔直,美得惊心动魄!

我生在南方,长在南方,对于白桦的认识,是从俄国的文学、音乐和电影里面得来的零碎印象;而如锦屏一般的山林,我也只从日本画里有些画家的作品中看到一些,却从来也没想到,这里原来也是白桦的原乡!

　　这整座大兴安岭,孕育了北亚的游牧民族,孕育了由来已久的"桦树皮文化",孕育了这漫山遍野无穷无尽的美景。虽然我眼前所见的,都只是生长了几十年而已的再生林,然而如果能真的实行"封山育林"的政策,我相信,在这里,生命的复元能力是很旺盛的。

　　离开的那天早上,清晨五点出发,林间的空气像冰凉的薄荷,沁人心脾。在日出之前,草地上铺满了霜,雀鸟好像也还没醒来,那种安静几乎到了肃穆的程度,没有人舍得破坏它,连司机开动马达也是轻手轻脚的。

　　我们慢慢往遥远的山下开去,山路迂回曲折,远处的河流蒸腾着雾气,一长列的山岚,横绕着一长列的青青山脉。转过一个弯,整座金黄翠绿的山林又出现在眼前,晨曦刚刚照上去,白桦的枝干特别洁净,又是一种面貌。

　　我对生命,再不敢有怨言。

　　童年少年时所不能得到的经验,上天如今加倍给我,在欣然领受之际,我知道这一整座大兴安岭都在帮助我,建构属于原乡的色彩记忆。

原乡的色彩

我已经有点明白了,无论是在什么季节里上大兴安岭,当地的朋友总会说:"你应该早几天来的,现在叶子的颜色都差一点了,不像前几天,那五颜六色都好像会发光似的特别好看!"

或者是这样说:"你应该在杜鹃花开的时候来,我的天! 那真是漫山遍野啊!"

或者有人又这么说:"下次要在野牡丹开花的时候来,那花朵有碗一样大,兴高采烈地开……"

反正每个人都有点遗憾,都觉得我没有看见大兴安岭最美的时候,一直到我遇见一位朋友,他说:"大兴安岭每天都不一样,每时每刻都有不同的美,你要在这里起码住上一年,才算没有错失了什么难得的美景。"

他说得完全正确。因为,在这几年中,我两次上大兴安岭,虽然好像都不是别的朋友所说的"绝美时刻",却仍是令我惊艳。那种在平日生活中所无法得到的美感震撼,随时随地会出现在眼前。整座秋山,虽然已不是绝对的金黄翠绿,然而那稍稍暗下来的铬黄和雨后砂土路上湿润的赭黄,还有路边树干上苔藓的石绿,再加上树下整片深黑的灌木丛细细的枯枝,那样沉静的秋色不也是一种无法取代的美? 如果再在一转弯之后,忽然看见一条闪着细鳞般波光的河流迎面而来,或者是一座横跨在山林之上的彩虹,有一端隐没在被细雨浸湿了的金黄色落叶松林之中,光影互相映照,使得整座落叶松林的顶端从我们置身的高处远远望过去,竟然幻化成为一大片金色的湖水。

有哪一种颜色不是绝美？有哪一个时刻不是难得的丰收呢？

而惟一的遗憾，恐怕只是没能在更早的岁月里见到大兴安岭吧。如果早几十年，在"巨树的故乡"这个称号还没有成为传说之前，在原始林还没有被砍伐摧残之前，如果我的童年能在大兴安岭度过，如果我所有的美感经验是由大兴安岭启蒙，那生命又会是什么面貌？

去年夏天，在上海拜访了一位我极为仰慕与喜爱的作家。在"文革"中，她还是一个小女孩，而三十多年之后，她忽然发现，在观看中国古老建筑的斑驳色彩时，记忆中可以与之比拟的经验，竟然全是从西方得来的，她说：

"譬如有一种蓝，我会觉得很像我在威尼斯什么建筑里看到过的蓝，而有一种红又很像在德国什么城镇里看到过的红，可是，这是我自己的土地，自己的历史，自己的根源啊！为什么在我应该早已有所储存的美感经验里，却是一片空白呢？"

我们相对默然。文化上的"洗礼"在表面上好像已经过去了，然而几代人在童年记忆中的空白，却不知道要再在几代人之后才可能得到填补的机会。

漂泊的族群其实不一定是远离了家乡，就算是一直生长在自己的土地上，也可能是不知根源的浮云啊！

那么，也许任何时候开始都不算晚吧？只要我们愿意面对自己的来处，让所有的颜色和光影一一进入，让记忆的库存越来越丰厚饱满，那所谓的"乡土"，就再也不是可以被他人任意夺取的空白了吧？

夏日草原

　　若是问我,每次舟车劳顿、千里迢迢地到了蒙古高原,最想要做的是什么?

　　我一定会说,没有比走在无边无际的夏日草原上更好的事了!

　　有过几次,正当七月,刚好经过蒙古国中央省或者近库布斯固勒省境内那些辽阔美好的草原,我只求能赶快下车走路。

　　从来没有比走在无边无际的夏日草原上更令人难忘的欢畅快意了!

　　首先是视觉上的舒展。

　　我们的眼睛可以望到无穷远。然而,蒙古的草原又不是平坦开阔到无趣的地步,相反地,她总是有着和缓而优美的起伏,像是放大了的微微动荡的海浪,又像是转侧的女体,这里那里总有一些圆润的隆起,总会引诱你想稍微快走几步,好登上眼前这座基地广大的丘陵,眺望前方又有些什么新的动向和美丽的线条。

　　即使有时在更远处真的有比较高大的山脉,那和草原连接起来的山坡坡度也不大,无论是步行或是骑马,都可以从山下从从容容地走到山腰,一路也铺着有如地毯一般的绿草。

　　草原是广大的圆周,苍天真如一座高不可测的穹顶,以无限宽广的弧度覆盖着大地,而我自己这小小的身体,就是这片天地的圆心。如果我把身体做三百六十度的旋转,那极远处微微起伏的地平线也绕着我转一圈而无始无终,也就是说,无论我往前走了多少步,依旧是这个广大圆周的惟一的中心点。

　　然后就是那云影与天光。

草原上的云朵,有时候又多又大又平整,在蓝天列队而行,天高云低,风起的时候,一朵一朵依序飞过,那草原就忽明忽暗,人好像走在梦里。一下子所有的青草都闪着金光,逆光处背后的丘陵像镶上了发亮的边线,身体被阳光照得暖烘烘的;然后忽然间所有的颜色都沉静了下来,在云影掠过之处,草色在泛白的灰绿和透明的青绿之间挪移,风也凉多了,像擦了薄荷油一样。

然后,还有那难以形容的芳香!

那不只是青草的清香而已,而是混合着好几种香草的草叶被压折碰触后所发出的香气。在刚刚站定时还不太显著,不过,只要一开始往前走,每走过一步就会马上有一股翻腾而起的独特的芳香,弥漫在四周。

野生的香草,在夏日遍布草原,好几种香味混合之后,那强烈的芳香如药酒又如甘泉那样地提神醒脑,沁人心肺,进入每一种感觉细胞的最深处,让生命苏醒,让我忘记了所有的疲劳困顿,只想就这样一步一步地走下去。

我当然明白我的祖先在游牧生活里有许多艰难之处,可是,七八月间,时当草原的盛夏,阳光静好,青草繁茂,鹰雕从云层下低飞掠过,草丛间被我们的脚步惊扰起来的蚱蜢和草虫,在身前身后弹跳得好远,还不断发出"嘎"声的鸣叫,旷野无人,只有轻柔的风声,这里,应该就是天堂了吧?

草原深处,有时会遇见一泓弯泉极尽曲折地流过。小河的流水清澈,河中长长的水草顺着水流的流势忽左忽右轻轻摆荡,连几颗小石子的滚动也看得清清楚楚;薄暮时分,从山腰往下眺望,那样一条狭窄弯曲的河流映着天空的霞光,像条灰紫色的发亮的缎带,在暗绿的旷野上蜿蜒伸展,不知道从何处起始?到何处终结?然而,我深信,几千年来我的祖先们所追求的"水草丰美",应该就是这样了吧?

伊金霍洛与达尔哈特

史书上说,圣祖成吉思汗的陵寝,是在蒙古国的斡难、克鲁涟、土剌三河发源之地不峏罕山、合勒敦诸山之中,陵地名起辇谷,然而葬后密林丛生,至今也无人能清楚辨识究竟是在哪一处确切的地点了。

位于内蒙古自治区鄂尔多斯高原之上,却有一处卫护传承了七百多年的陵园圣地,那就是伊克昭盟的伊金霍洛。

"伊金霍洛",在蒙古文的字义是"我主的营帐"或是"主之园地"。

这里是安放和供奉圣祖成吉思汗与他的夫人孛儿帖哈敦灵柩的地方,然而,虽说是可汗陵园,却并非圣祖真正的埋骨之地,而是一座"衣冠冢"。

鄂尔多斯地方父老的传说,是说成吉思汗征西夏时路过此处,看见风景优美,金鹿在林间徜徉,是美丽富饶之乡,当时可汗突然失手落下马鞭,随从想要拾取的时候,可汗阻止了他,并且认为这其中必有缘故,曾经晓谕说,死后可葬于此处。

结果一二二七年八月十六日,可汗驾崩于萨里川哈老徒之行宫。诸将密不发丧,奉枢日夜兼程归返蒙古。回程又经过这里的时候,灵车的车轮深陷于泥淖之中,怎样也拉不起来。这时左右有人想到先前可汗失落马鞭时所说的话,就将他生前使用的一些物件留了下来,灵车才重新移动。

《汗统黄金史纲》中也有记载:"圣主来此(为风光)动情而降旨,故灵车陷于泥淖而没辐也。"又说:"向全国发布通告,佯称(将圣主入葬），实则只将所穿衣衫、所住府邸、单只袜筒葬于彼也。"

毡帐之民，即使是他们的领袖也从未离弃过草原的传统。成吉思汗一生之中，一直保持了草原民族简朴纯真的美好习惯。因此，伊金霍洛的祭奠活动，发端于窝阔台可汗时期，到了忽必烈可汗之时，为了表示遵守旧制，所以仍然将祖父的灵柩，安放在传统的蒙古宫帐之中。

虽然只是衣冠冢，但是忽必烈可汗仍然颁布圣旨，详细规定如何向圣祖四时献祭，更拟定了祭礼的详文细则。甚至还从四十万青色蒙古的各部之中，从四面八方征调出五百户守卫的勇士，这些勇士被称为"主圣的五百户沙日达尔哈特"。

他们是世袭的职务，七百多年来，惟一的任务就是守卫与祭祀。守护圣主的陵园，不分昼夜，不分冬夏，并且恭敬谨慎地延续一切由忽必烈可汗时代就规划好了的大小祭典。

他们不纳任何捐税，不服任何兵役，甚至不为任何其他的皇帝服丧。并且可以以祭奠圣主的名义，向任何人从百姓到官员到可汗去征收募化祭祀的用品。这是自初始以来就赋予他们的神圣权力，因此叫做"达尔哈特"，就是"神圣的人"的意思。

七百多年来，靠着这些神圣的卫士们一代又一代的尽心维护，伊金霍洛的祭典就像一本从历史、文化、信仰、风俗、法律、世系到语言的大书，把蒙古民族传统的精华丝毫无损地传承了下来。虽然在"文革"时期遭逢浩劫，所有珍贵的历史文物损失殆尽，但老达尔哈特们仍忠心耿耿用自己的记忆努力想使一切复原。

一九九〇年九月，我第一次谒圣祖成吉思汗之陵，静听老达尔哈特用清朗的语音诵读古老的赞歌，友人与我都不禁泪下如雨。

三月二十一日

　　每年的阴历三月二十一日，是蒙古人的大日子，无论是定居在蒙古高原，还是分散在世界各地的蒙古子孙，在这一天都会举行庄严隆重的向圣祖成吉思汗献祭的大典。

　　传说这天是成吉思汗遭受克烈亦惕人的突击后，重整旗鼓，反败为胜，从此就一直赢得了胜利的日子。《多桑蒙古史》一书根据伊儿汗国时代的记述，有如下一段：

　　　　帖木真以人数不及敌众，不免败逃……退至巴泐渚纳河，水几尽涸，仅余泥汁可饮，帖木真见从者在患难中尚相从不去，乃合手望天而誓众曰："至是以后，愿与诸人共甘苦。如若失言，愿同巴泐渚纳之泥水！"遂自饮其水，以盏示诸将共饮之。诸将亦誓永不弃之而去。同饮此水者，后皆有饮水巴泐渚纳之人之号，而受重赏焉。

　　札奇斯钦教授在《蒙古文化与社会》一书中特别强调：

　　"经过了这次的誓师之后，就奠定了永久的胜利基础。所以这是一个蒙古历史上极有意义的日子。往昔，蒙古各盟旗到了这时，都要派人去伊克昭盟可汗衣冠冢所在的圣地——伊金霍洛致祭，使这沙漠草原，一时车马云集，营帐林立，使人向往成吉思汗盛世的风光。现在这一个日子仍是深深地印在蒙古人的心里，无论是在伊金霍洛的原地，或是在蒙古人士聚居的台北，都隆重地举行典礼，以表崇敬。"

札奇斯钦教授这本书是一九八七年十一月在台湾出版的。然而,在伊金霍洛原地,却并非一如往昔地不废祭典。相反地,由赛音吉日嘎拉先生和沙日勒岱先生二位所著的《成吉思汗祭典》,在一九八七年七月由内蒙古人民出版社出版,书中就沉痛地指出,从二十世纪五十年代开始,有些特有的传统祭礼就已经部分终止。一九六六年秋天,"文化大革命"的狂飙席卷可汗陵园,将圣祖的棺椁和大殿中的一切历史文物一扫而空,祭奠活动也彻底告终。如今虽然又恢复了部分仪式,然而却再也不可能有往日的规模了。

这两位先生花费了八年的时间,走访于鄂尔多斯七旗之间,又向忧心忡忡的守陵卫士达尔哈特长者们作访问记录,努力将七百多年间一直不曾中断的祭典细节留存下来,这样一本三百页的著作,可真是费尽了苦心啊!

在这本书中记述的三月二十一日的祭典,则是毡帐之民"查干苏鲁克"大祭的最重要的一天!"查干苏鲁克"的意思是"吉祥的畜群"。这祭典又叫做"鲜奶祭",有时还称为"淖尔祭"。蒙古民族喜爱白色,认为是吉祥的颜色,凡是乳制品也都是承自上天恩典的美食。"查干"在蒙古文字义里是"白色",也同时含有"吉祥"的意思。

这祭典是由成吉思汗创始的,又经忽必烈可汗圣旨钦定的春季大奠。

元代的《十福经典白史》中,有明确记载:"成吉思汗系母马九十九匹,洒圣乳而祭天。"史学家拉锡彭楚克在《水晶珠》一书中也写道:"彼年五十,居于克鲁涟河畔之时,用宝马之初乳德吉,向无上苍天奉献与祈祷,并将此事好生定为法令,降旨蒙古全国而行之。"

无论是武功上的转败为胜,还是向上天奉献与祈祷,阴历三月二十一日这天,都是圣祖成吉思汗为毡帐之民所定下的感恩与祈福的大祭啊!

黑城一隅。

2005 年阿拉善盟

时光之河

　　在台湾的蒙古人不多,几乎都是在一九四九年前后过来的,不过仍然有个"蒙古同乡会"的组织,除了新年的团拜以外,最重要的活动,就是每年阴历三月二十一日的圣祖成吉思汗大祭了。

　　几十年来,祭祀的地点虽然都是借用的场地,十年五年总会更换一下,仪式的内容却始终如一。每年,在由"蒙藏委员会"代表官方主祭的典礼一结束之后,就是由同乡会上场了。

　　献祭的仪式和官方的并无太大差别,只是主祭与前排的陪祭者都换成年高德劭的长者,穿着蒙古礼服出席,司仪和念祭文者都用蒙古语发音,献香、献爵,仪式的最后,还由蒙古文学习班的少年们合唱一首《成吉思汗出征歌》。

　　在我读高中的时候,也曾经是蒙古文学习班里的一员,课程是排在星期六的下午,两个钟头。我记得有一阵子,在星期天的早上,还去台北市诏安街向伊德木札布叔叔补习蒙古文。有时遇见了哈勘楚伦叔叔,他也常会兴致勃勃地教我许多单字,那首歌"大雁已经飞回北方去了,我的家还是那么远……"的歌词,还是他翻译给我听的。然而,年少的我玩心太重,蒙古文成绩始终没有好起来。

　　每年大祭日,外婆和父母一定要我们孩子全体出席。到了会场,还不时会被叔叔阿姨们叫过去,在圣祖的画像以及用黄缎子装饰起来的香案、供品之前拍照,其实每年会场的布置都一样,那时的我总不明白他们为什么那么兴奋。我当然知道长辈们都是真心诚意地在看待着我们,不过,也许当时所有在场的年轻人都和我一样,觉得这种场合有点无聊,好像惟一的用处只是能够互相认识而已。

身为在台湾的蒙古人有个义务(也许离散在世界各地的蒙古人都是如此),就是当你一旦表明祖籍的时候,对方马上就会问你认不认得他曾经认识的另外一个蒙古人?而你就必须回答。幸好,每次我们都可以说:

"认得。我们在台湾的蒙古人,从小就见过面,知道谁是谁家的孩子。"

这每年一次的会面,在一次不误地遵循了五十年之后,如今才算终于明白了长辈的苦心。

可是,长辈中有人却慢慢地走远了。

伊德木札布叔叔很早就去了美国,哈勘楚伦叔叔在前几年离开了人世,今年春天,从小看着我长大的哈娜大姐也逝去了。平日拿起电话就可以为我解答疑问的长者,一旦离去,才猛然醒觉那时光之河的流动,从未稍停。

偶尔在旧相簿里发现几张零散的从前在大祭时拍的相片,才知道自己的父母在那时有多年轻! 也不过是刚过四十或者接近四十五岁左右吧? 有几位阿姨应该才三十多岁,因这平日难得的相聚,在镜头前笑得好高兴。

如今的我常会自问,我有没有像我父母那样的勇气?在人生中途,硬生生截断一切,远离故土,还要携儿带女面对那不可知的命运。

少年时的我也不能体会父母的乡愁,要等到自己在四十多岁的时候开始踏上了蒙古高原,才知道,从这样的苍茫大地上走出去的游子,是不可能在世界上任何一个角落找到可以替代的星空和旷野的。

前两年,一位内蒙古的诗人来到台湾,我陪他去台北青田街的"蒙藏文化中心"参观,刚好看到大家正在兴高采烈地装置一座展示的毡帐,哈勘楚伦叔叔的女儿——莎玲过来亲切地问候,那美丽的笑靥触动了诗人的心。后来他写信给我,说他在回程的车中忍不住热泪盈眶,只因为想不到在这么遥远的地方,在这么多年以后,还有这么多蒙古人没有忘记祖先的规矩,而莎玲的活泼有礼正是草原女儿的典型啊!

如今的我,才算明白了长辈们的苦心。因此,除非不得已,我每年一定会去参加圣祖的大祭,遇见白发的叔叔和阿姨们,心中倍感亲切;有时看见一两个年轻人一副事不关己似的无奈和无聊的表情,也不禁莞尔。想着时光之河在慢慢流动,离散在世界各地并且已经在异乡生了根的蒙古人,就靠着血缘里的呼唤,总会有重新开始认识自己的一天吧。

蒙古国肯特省草原夏日一景。

2006 年

发现草原

最近,香港商务印书馆发行了一套专辑,形式是一张光碟加一本书,专辑的标题是"发现草原"。

我喜欢这个大标题,觉得含义很深,所以在此借用。

草原早就存在,然而,在中文的教育(包括社教)领域里,对它的诠释却十分有限,同时对草原上游牧民族的哲学、宗教、美术与文学等作品方面的研究,更是稀少。

正如班固在《汉书》中所言:

> "夷狄之人……与中国殊章服,异习俗,饮食不同,言语不通,辟居北垂,寒露之野,逐草随畜,射猎为生,隔以山谷,雍以沙幕,天地所以绝外内也。"

因此,在中国社会里,长久习惯以"辟居北垂,寒露之野"这样固定的心态去看待北亚的游牧民族,即使在历史上有了像拓跋鲜卑的北魏王朝与契丹的辽代,还有横跨欧亚两洲的蒙古帝国,也从不曾改变那种"隔绝"的心态。

其实不只是中国,西方社会也是如此。在威尔斯的《文明的故事》(新潮版)中,有段话语很有趣味:

> "……教皇所派遣的使节,来自印度的僧侣,波斯、意大利、中国的工匠,拜占庭、阿尔美尼亚的商人等,与阿拉伯的官吏、波斯和印度的天文学家、数学家等混居于蒙古

宫廷。历史上有关蒙古人的征途与杀戮，吾人听得太多，而他们对学问的好奇心与愿望，吾人所知则十分有限。"

真的，在许多种文字的资料里，关于蒙古帝国的成因都归于武力的强大或残暴，却很少提到战略与战术上的智慧，领袖的知人善用，爱护战友和部下，以及自身品德和性格上的优点等等；至于如何治理这广大的帝国[元朝虽说时间较短暂，但如钦察汗国、伊儿汗国等，时间就久远多了，有的甚至达到两百四十年之久，而至于蒙古高原本部，是直到清朝才被征服。更确切地说，从成吉思汗建立大蒙古国（一二〇六年），到最后一位可汗林丹汗逝世（一六三四年），这中间有四百二十八年的蒙古帝国兴衰，也是史实。]以及文化上的成就等，更是绝口不提，好像文治与武功之间有着毫不相干的"隔绝"似的。

举个最明显的例子，如今大家都爱慕珍惜的敦煌莫高窟，在北魏中期，规模空前壮观，同时又开凿了龙门石窟，可说是形成了石窟艺术在创作上的高峰期。主要原因有三：第一是北亚民族初民时代就已经跟随着萨满教的发展而产生的凿刻岩画的创作方式和习俗，这些岩画至今犹存，以阴山为中心，旁及到贺兰山等地广大的蒙古高原；第二是汉族的佛教绘画艺术；第三是印度宗教绘画上的特色。这三种影响再加上信仰的推动，才可能出现艺术上的高峰期。然而今人评论，通常都会说到第二、三种的影响因素，却鲜少提到第一种的主要原因，就算是我们这些游牧民族的子孙，若不是有机会读到蒙古学者的著述，恐怕也不能知道。

如今这个世界，人与人之间，再也不应该互相隔绝了，我衷心期待大家都来"发现草原"，发现她的文化与历史，发现她最优美与珍贵的品质。

辑二　日记

——二〇〇六年七月

慈儿在苏赫巴托广场上。

1995 年 8 月蒙古国乌兰巴托

一日（星期六，晴、热）

快要出发了。这次，要带哪一种相机？

老 Nikon 加上变焦镜头，对我来说，一年比一年重。可是，小数码相机轻巧是轻巧，却绝对比不上幻灯片的层次多，真是苦恼！

想当年，还没用数码拍摄的时候，我每次去蒙古高原，都会随身带三个相机，一个 Nikon 拍幻灯片，一个 Leica-Minilux 拍负片，还有一个"拍立得"是准备拍好就当场送给牧民的。然后，提袋里还有几十卷底片，是怎么行动的？

也不过是几年前的事，那时，一个重背包背在背上，连眉头都不会皱一下，多么无忧无虑。

好吧！要学会对现况知足，好汉不提当年勇，关于重量，还是仔细斟酌一下再来决定吧。

三日（星期一，晴、热）

真是令人着急！

我用 DHL 寄到上海的快信，李静都能在两天之内收到。但是，她回寄给我的稿件是在上周四下午寄出的，已经过了四天，我今天上午十点左右打电话给 DHL 去查询，他们却说，我住得"太远了"，不在投递点内。所以，他们就转交给邮局来处理，应该会在两三天后收到。

这"远"是什么意思？

我是住在台北县，又不是住在新疆的喀纳斯湖，号称"无远弗届"的国际快递，原来只是广告上的文字，真相是连近在咫尺的淡水镇也照顾不到吗？

大概我的语气颇为焦急，电话那端的小姐对我说，她可以去查查看，如果信还没交给邮局，我也许可以直接去士林的营业站领取。

小射手参加那达慕竞技。

1991 年 7 月乌兰巴托

射箭是好男儿必须学习的技艺。

1991 年 7 月乌兰巴托

幸好,信件还在士林。

于是,飞车直奔 DHL 的营业站,领到了新书的三校稿。

但是,比预计的已经迟了两天,七月七日要出发去蒙古国,七月五日原来答应要和新竹师专第二届的毕业生在新竹聚餐的,看样子恐怕不能赴约了。

五日(星期三,晴、热)

不能去新竹与学生聚会了。这是他们毕业三十年的同学会,很早很早以前就跟我约好了的。为此,我还特别把去蒙古国的日期多延了一天,改在七月七日。

现在,只好向他们说声对不起了。(谁让我要相信 DHL 呢)

想打个电话给桢栋,要他替我向他那班的同学说一下原因,他的手机却没开机。

传真机也坏了,凤凰电视的史先生要传一份将在北大讲演的文字稿来让我校对,也传不进来。(这就是我不用电脑的后果!)

我忽然想到可以请他传到希望协会,因为明天要去参加他们的"彩绘希望"颁奖典礼,果然一试就成功,十页的资料都收到,心就安了,这也是要在去蒙古国之前做完的事。

七日(星期五,台北晴、乌兰巴托雨)

出发了啊出发了!

昨天晚上收拾行李到凌晨两点半才上床,今天早上起来觉得精神还好。

能够去蒙古国还是快乐的事。只有行李是难题,因为四季的衣服都可能用到,到了最后只能减少再减少,才不会过重。

九点多,素英来接我,这次是两人同行,比较有个照应,心安一些。

在机场海关检查护照的时候，看到我的名字，那位年轻的官员微笑问我：

"去探亲吗？"

我忍不住对他说："去参加庆典，今年是蒙古帝国成立的八百周年！"

他对我笑一笑，没再说什么，大概觉得我的话太多了吧。

我也觉得自己有点奇怪，对陌生人如此热切地解释做什么？可是，实在是忍不住。

今年是成吉思汗登基八百周年，也是大蒙古国成立的八百周年。

一切一切的准备都是为了这次的旅程。

早在三年前，就开始盼望了。

《蒙古秘史》第二〇二节一开始就是这样记载的：

> 绥服了所有居住毡帐的百姓，虎儿年（丙寅，一二〇六），在斡难河源头，召集大会，立起九脚白旄纛，共上成吉思汗以可汗之尊号。[①]

八百年前的那一天，那时刻，是学者们所公认"部落社会的终点，蒙古人的起点"的历史时刻。

蒙古国已经宣布，今年，从一月一日至十二月三十一日都有庆祝活动。不过，对我来说，七月的蒙古国国庆，应该是庆典中的庆典。我什么都不求，只求在那几天可以置身于乌兰巴托市内，置身

---

① 《蒙古秘史·新译并注释》札奇斯钦，联经版。

于广场上从世界各地奔赴前来的群众之间。

千载难逢，应该就是这个意思了吧。

所以，三月间就拜托回蒙古的其木格帮我在乌兰巴托预订好旅馆，也拜托了慧珠替我办手续，又早早就预订了机票，并且邀约素英与我同行。

这次，我和素英坐的是韩航，从台北到首尔，在仁川机场等上几个钟头，再飞乌兰巴托。虽说是当天可以到，但是，飞机真正降落在乌兰巴托机场之时，已是深夜十一点多了。

回蒙古过暑假的查森索罗梦和一位年轻男士在等着我们。办完入境手续之后，一出机场大门就闻到草香，我不禁叫了起来：

"是草香，是草香哎！"

多么奇妙的感觉，深夜的机场被草香所包围住了！

这草香，是只有在蒙古高原上才能闻得到的草香啊！

八日（星期六，晴、偶阵雨）

昨天晚上，飞机在十一时十五分准时抵达，查森索罗梦和她的朋友荷斯巴雅尔先生来接机。我们住进了在市区一角的"台湾会馆"，蒙古文的称呼应该是"台湾中心"。

荷斯巴雅尔先生说昨天下午下雨了。看样子是大雨，因为路边还有蛮深的积水未退。

台湾会馆的房间还算宽敞，但是陈设有些简陋。好在浴厕都有，还全天供应热水，赶快洗完澡就睡了。

今天九点下去吃早饭，竟然是几个大圆桌，并且是供应稀饭的台式早餐。

遇见了魏台英小姐，她很热心地提供给我们许多相关的讯息。

原来这台湾会馆真是我们台湾人在蒙古购置的产业。一幢有五层楼的楼房,二楼好像有些办公室,其他楼层的房间就是旅馆,有专人负责打扫与整理的工作,楼下服务台的接待人员虽是蒙古女孩,却会讲我们的中文。

非常有趣!来到了迢迢千里之外的蒙古国,却遇见了一整个旅馆的台湾人!并且,早餐桌上还有稀饭、肉松、腌海带丝、皮蛋、咸鸭蛋、炒高丽菜……

整个下午,其木格带我们在外交部与市政府之间跑来跑去,因为我希望能够得到一张记者证,可以在庆典中摄影。

今天虽是星期六,因为即将来临的国庆的关系,所有的政府机构还都在上班。

可是,交通却是个问题。

从一九九八年之后,我已有七年多没来蒙古国了,没想到乌兰巴托市区有这么多车子,堵车的情况严重,计程车也都客满,其木格最后只好用手机把她的堂妹乌云娜叫来。

可爱又豪爽的乌云娜飞车前来,我们的困境才得以解除。

在外交部专为各国记者所设的表格之前,我问心无愧地填下我要为它工作的杂志的名称——《网路与书》。

说来也真巧,在《天下杂志》二十五周年的庆典上,遇见了郝明义先生。他问我最近的计划,当然,我又忍不住说了,我要去蒙古国,参加这八百周年的庆典。

没多久,《网路与书》的编辑就与我联络,约好了要我写些报道,所以,我应该就算是有了个专题采访的身份了。

真的要谢谢其木格,费心又尽力地为我拿到了一张非常珍贵的记者证,让我可以近距离地去拍摄所有的活动,实在感谢!

随着记者证的领取,我们还在同时得到一袋资料,里面有观光地图以及一些简介。其中有一本大概二十页的小册子,是大会印制

草原上的"查玛"舞蹈（这些人只是表演的舞者而已，非宗教性的"查玛"）。

1993 年 9 月蒙古国中央省

的节目单,翻开来的封面内页上方,印有一幅在蓝天白云下被微风轻轻吹拂的查干苏鲁德的相片,觉得很眼熟,和我在一九九一年拍的那张有点相像,可见是英雄所见略同。

其实已经很累很累了,但是因为早上与查森索罗梦约好,所以仍然准时在下午六点与她会合,一起去访问一位学者,蒙古艺术与文化大学的校长策道布先生(Dojoogiin Tsedev)。

策道布校长写诗、写散文、写游记,又是个文学的评论者和研究者(早期因为工作关系,曾经办过许多次蒙古学的国际学术会议)。他先在校长室接见我们,说的都是学校的历史沿革以及现在的规模,由查森索罗梦用英语翻译给我听,我在笔记本上用汉文记下。

可是,这样的访问确实有些沉闷(当记者原来也不是容易的事)。所以,当我很努力地记了四五页之后,校长忽然给我递上一本印刷好的学校概况的册子,然后用比较轻松的语气宣布访问结束,邀请我一起去吃晚饭的时候,我真是如释重负。

饭店在大学附近,是一间号称意大利风味的餐厅,门口有小小的回廊。

菜肴的味道不怎么样,但是,在用餐与品酒之间,策道布校长的谈话却越来越精彩。尤其当他谈到我们都知道的诗人纳·赛音朝克图的时候,我简直听得都入迷了,同时又一直插嘴,仔细询问,让查森索罗梦都来不及翻译。我也从来不知道自己速记的本事有这么强,一直写、一直写……

纳·赛音朝克图(一九一四年至一九七三年),内蒙古锡林郭勒盟正蓝旗人,是蒙古民族近代深受喜爱与崇敬的"牧民诗人"。他曾经留学日本与蒙古国。策道布校长今晚所说的,就是他发现了这位诗人留在蒙古国的一本笔记簿的事。(有关这本笔记簿的内容,以

及其后的种种，我觉得将来应该好好写成一篇文字才对。）在中国，
"文革"中不少知识分子被冤屈下狱，纳·赛音朝克图也是其中的
一位。

但是，诗人年轻的时候在蒙古国所写的诗，清新而又热烈的文
字，都留在一本被珍藏着的笔记簿里了，如此令人疼惜的才情和梦
想啊！

饭后，与策道布校长道别，不，这时应该说是诗人策道布，因为，
官式的客套已经消失，在此刻，当他与我们挥手道别，走到对街之
时，已是一位亲切又热情的诗人朋友了。

九日（星期日，晴）

我对乌兰巴托的市容有些惊讶，有些失望。

惊讶的是几年不见，怎么多出这么多车子？这么多人？失望的
是从前那种宽敞安静的市区景象不复存在，眼前充满的是零乱和混
杂的大大小小的广告牌子，又总是有人在街头巷尾很不耐烦地按着
汽车喇叭。

只有博物馆里还是一样安静。

早上先去看历史博物馆。

记得一九九〇年第一次来乌兰巴托的时候，还看见许多年轻的
俄国士兵，金发碧眼，带着天真的好奇，在博物馆里上上下下地
参观。

那时大概俄国已经开始撤军，要离开蒙古的这些军团，尽量利
用最后的时间来对蒙古文化做些浏览吧。

苏联撤出之后，资本主义的影响就慢慢进来了。其木格告诉
我，尤其在这最近的三五年，好像突然间变得热闹得很。

这样的改变是好还是不好？我一时还真不知道。

不过,历史博物馆倒是比从前好看多了,无论是展出文物还是呈现方式,都很精彩。

魏台英小姐说得好,她总是劝每个刚到蒙古国的台湾人,先去参观一下历史博物馆,看看这个国家的蒙古人,如何在博物馆里呈现他们自己的历史脉络,才不会说出很离奇的话来,譬如这样的问题:

"他们讲不讲'国语'?"

博物馆里的展示从旧石器时代开始,一路慢慢走来,匈奴之前,就有游牧族群,匈奴之后,有鲜卑、柔然、突厥、回纥、契丹、蒙古部落时期,一二〇六年开始的大蒙古国、蒙古帝国(四大汗国在内)、封建分裂时期(时当中国的明朝),清朝统治时期,再下来,近代史就是一九一一年脱离清朝,一九二四年蒙古人民共和国成立……

被苏俄控制了七十年之后,一九八九年,我们这一代人都注意到在乌兰巴托的苏赫巴托广场上的民主运动。在风雪交加的广场上,在零下二十几度到三十度的酷寒里,从四面八方聚集而来的群众齐声呼唤自由。一九九〇年终于脱离苏俄而独立,如今,国家称号是——蒙古国(Mongolia),重回到最初始的本质。

所以,他们讲不讲"国语"呢?

我常常这样回答台湾朋友的问题:

"他们讲国语,只是,他们的国语从最开始到现在,都是蒙古话。"

下午四点,回到旅馆,查森索罗梦与荷斯巴雅尔来带我与素英去参观一座纪念碑。

这座纪念碑在苏赫巴托广场的外围,与广场隔着一条车水马龙的大街,它的右边,隔着一小块草地,就是外交部的俄式建筑。

整块石碑横置在黑色大理石的基座上,形状就像是一幅蒙古国

历史从未远去,就活在我们心中。

2006 年 7 月乌兰巴托

的地图,查森索罗梦说,这块灰色(像是花岗岩)的岩石没有经过任何人工雕凿,它的原形就是如此。

在这块浑然天成的蒙古地图上,刻着几个大字,"二十世纪最佳歌曲",下面是那首歌曲的前段几个小节的乐曲五线谱以及歌词,歌名是《我热爱的故乡》……作曲与作词的艺术家的名字,标示在基座上。

作词者就是我已故去的朋友巴达拉先生。

站立在碑前,听着查森索罗梦为我翻译歌词的大意,在她旁边的荷斯巴雅尔也应我的要求开始轻声唱起这首歌来,午后的阳光仍然明亮,我忽然热泪盈眶。

在一九九一年初识巴达拉先生的时候,我从来没有想到会遇到今天这样的一幅景象,站在故友的纪念碑前,静听他疼爱的孙女为我翻译他的作品,而一个年轻的蒙古男子用他没有经过训练却很好听的歌声,为我把这首蒙古人喜爱的歌曲诠释得极为温暖。

时间让我们与友人分隔在阴阳的界限两端,时间却也让这样的友情有了更深厚的底蕴,如今,这已是串连起三代的友谊了,在故人的纪念碑前,与他的孙辈一起追思,是令我亦悲亦喜的一刻。

然后,我也想起在一九九二年的花莲,巴达拉先生应邀来台湾访问,同行的还有男高音普鲁布道尔吉,以及马头琴手普鲁布札布。有一天,在花莲山中的旅馆里,蒋勋和我与他们三人飙歌的那一个晚上,开始只是互相敬酒时,你唱一段,我再来唱一段,到了后来,真的是分成两队了,每一队里都有一人主唱,另外一人或两人伴唱。由于对方的歌实在太好听了,引起了自己的惊叹,也激起了自己的斗志,于是努力搜寻一首更美的唱回去……

那个晚上,真是疯狂啊!后来说给晓风听,她说我们为什么没有录音?多可惜!

真的,我们五个人,马拉松般地唱了大半个晚上,却没有一个人想到应该录音。

真的,也就只有那一个晚上而已,从此以后,就再也没有第二次了。

十日(星期一,晴)

国庆的庆祝活动是从七月十日开始,到十三号结束,今天是第一天。

我渴望能够看见在《蒙古秘史》中所记载的旗帜——九脚白旄纛,也称九斿白旗。

这象征和平的旗帜,在蒙古文里的原音是"查干苏鲁德"。"查干"是"白色","苏鲁德"是"大纛"。书上说它是"金刚宝矛的下面装着圆盘,圆盘上钻出八十一个眼儿,每个眼儿里栽入白缨,用皮条联缀起来,外面再套进柄儿竖立起来,跟八个陪纛链在一起使其稳定。"(《成吉思汗祭奠》第二二二页)

这白缨,是以雄马的白色鬃毛束集而成的。中间有一支主纛,旁边围绕着八支陪纛,和平的时候,这九支旄旗作为国家的象征。

征战之时,则是由木华黎家族举起的"镇远黑纛"(又称四斿神矛)来指挥了。这是成吉思汗的军旗,蒙古文音"哈剌苏鲁德"。"哈剌"是"黑色",是以九九八十一只枣骝公马的鬃毛束集而成的,黑纛的木柄是用笔直的柏木制成,有一支主纛,四支陪纛。这五支黑色的大纛,又有一义,称作是"灵魂的灵魂",是军威的象征,也是天赐的神物,意思是说这镇远黑纛一出,天下所有生命的灵魂都将被它收服与降伏。

成吉思汗的"哈剌苏鲁德",如今还供奉在内蒙古鄂尔多斯伊金霍洛的成陵之中。

圣祖成吉思汗铜像。

2006 年 7 月乌兰巴托

蒙古国供奉的"查干苏鲁德",平日是在乌兰巴托政府办公大楼大门入口处,遇到国庆,则由马队请出,恭置于市中心的苏赫巴托广场之上,然后,再在举行"那达慕"时,移置在庆典会场的中央。

一九九一年,我和十六位台北的文艺界朋友,曾经应邀前去蒙古国参加那一年的国庆活动。好心的蒙古友人,帮我办了一张记者证,让我可以进入"那达慕"会场的里面,近距离拍摄各项选手们的活动。

我却对查干苏鲁德情有独钟。在蓝天白云的衬托之下,在风中微微扬起的九脚白旄纛实在美丽,接连拍了许多张,回到台湾之后还放大了好几张送给同乡。同年九月再去乌兰巴托之时,也分送给几位当地的朋友。

可是,底片不知给我放到什么地方去了。这一次,一定要再去试着拍摄一下。

十一点钟,其木格来到旅馆,带我和素英走路去到苏赫巴托广场。

天气晴和,广场上已经围起了警示的围栏,标出典礼场地的范围,由警察站岗,禁止一般民众进入。素英和我,把记者证件挂在胸前,其木格是我们的翻译,三人因此得以通过岗哨,终于进入会场,站在各国记者的行列之中,美梦成真,好不兴奋。不过,且慢,有状况了! 我带了两个相机,一个小的数码,一个是用了许多年的单眼Nikon。可是,典礼还没开始,我在拍场内那许多可爱的小马头琴手时,老相机就按不下去了。

恐怕是匆匆忙忙换底片的当下,又出了什么事。真是气人! 大老远背着个这么重的东西来到蒙古,一卷底片刚拍完,就报废了。

这时,护送查干苏鲁德的马队已经慢慢走进来,只好拿起数码相机来拍吧,有什么办法呢!

数码相机的层次当然是比不上幻灯片，可是，它也有个好处，就是不用一直换底片，我因而得以捕捉到了马队的许多动作。

马队里主要的角色是那九个用右手举着九支白色旄旗进场的士兵，穿着古式的戎装，稳稳地骑着骏马成一直线前行，到了会场前方的中间，再一起将马头转过来，排成横列，手中的旗帜笔直，交给另外九个站到马前的兵士手上之后，他们才再下马。那动作真是好看，马匹也极为安静，动也不动。果真是马背上的民族，与马儿的沟通极为良好（不像我春天在波兰看见的马队游行，状况百出）。

会场中央，木制的台座早已摆好，九位士兵，现在是双手举着旗帜，跨着正步前行，在环绕了台座一圈之后，第一位举着主纛的队长，先登上台座，将旗帜插在中间的位置，他退下之后，其他八位士兵才再一起将八支陪纛插在外环，然后再退下。

蓝天白云之下，查干苏鲁德白色的毛旄在风中微微飘扬起来。

这时，另外有四个负责守护的士兵又跨着正步前来，在台座更外围的四个角落站定，右手握拳叉在腰间，左手握着佩刀的刀柄，同时一齐仰头，双目注视着旗帜，姿势就从此固定，再也不动了。（我自己忙着拍照，没替他们计时，不知道这一班要站多久？）

然后，马队离场，这时，场边的军乐队开始吹奏一首很缓慢很悠扬的曲子，其木格靠过来对我说，这是古老的军歌。乐队人员的穿着，和马队以及护旗的卫兵一样，都是古时候的戎装，不过设计的感觉很浓，主要的颜色是正红、稍深的灰蓝，还有金边，当然，还有头盔。

很有趣的一种时空交错。穿着古代戎装的兵士，与穿着现代制服的兵士和警察各司其职，都在等待典礼的开始。

典礼最重要的一刻，是成吉思汗铜像的揭幕仪式。

在政府行政大楼与苏赫巴托广场之间（应该说是紧贴着行政大

楼），新盖起一座窄而长的建筑，像有着许多柱子的高大走廊，高度与长度刚好遮住了原来的行政大楼，在这座建筑的中间，现在还蒙着蓝色布幔的，就是一尊巨大的成吉思汗坐像。走廊两端，各有一尊比较小的坐像，在成吉思汗右手那端是他的儿子窝阔台可汗，左手那端是他的孙子忽必烈可汗。在成吉思汗坐像前方，在两层平台之间，是宽阔的梯级直下广场。而梯级两方，各有一个长形的高台往前伸出，上面有两尊骑在马上的将军塑像，我猜想，那两位将军的名字，一位可能是者勒篾，一位是孛斡儿出。

除了成吉思汗的坐像以外，旁边这四尊雕像都已完整地陈列在众人眼前，而众人却都在等待总统和总理以及贵宾的来临。

终于，典礼开始了，在致词、献花、奏乐种种仪式逐渐展开之际，不知道为什么，我的注意力却始终在那九支直直矗立的查干苏鲁德之上。每当有风吹过，那白色的旄缨也在风中扬起，像银丝一样的光芒在阳光下闪耀。

八百年了，从在斡难河源土地上矗起的那一刻，这查干苏鲁德就成为国族的象征，一如赞歌中所称颂的：

> 由永恒的苍天所造化
> 成为大蒙古国的旗徽

这美丽而又独特的旗徽，曾经见证过辉煌灿烂的岁月，也曾经经历过被污蔑被埋藏的时光。八百年的沧桑都已过去，如今，它就矗立在广场中央，矗立在重新得回自由和独立的国土之上。在旗徽的后方，沿着宽广的阶梯，此刻，众所瞩目的焦点，就是在高处被蓝色布幔所包裹着的可汗坐像。

乐声起处，圣祖成吉思汗铜像的揭幕仪式开始了。蓝色布幔各从左右两方被扯开,以极慢的动作,一寸一寸地从铜像上方往左右两边降下,于是,我们先看见可汗的面容,然后是双肩,然后是双手放在两边的扶手上,最后静坐在宝座之上俯视着我们的可汗坐像终于完整地显现出来,全场欢声雷动。

威严、肃穆而又带着一些些的慈和,这是坐在宝座上,拥有着三千万平方公里国土的大蒙古帝国可汗在后代子孙心中日夜揣想着的面容吧。在全场的欢呼声中,忽然,一阵疾风拂过,在圣祖坐像目光俯视下的查干苏鲁德,那被日光照耀得丝丝发亮的九簇蓬松的白缨同时在风中飞掠而起,那姿态是我从来没能见过的美丽和昂扬。

晴空丽日之下,可汗坐像的沉稳色调,与飞扬着的查干苏鲁德的耀眼光芒,在我眼前,交织成一种庄严而又华美的氛围,我心中只觉得被强烈的孺慕之情所充满。面对着眼前这万众欢腾的典礼,我脑海在同时却浮现出另外一幅画面,极为安静、极为朴素,却充满着与此刻完全相同的感觉。

那是去年秋天,在内蒙古阿拉善盟,在那一片四万七千平方公里的巴丹吉林沙漠深处,一位牧民在他家中墙上所供奉的可汗画像。这应该是台北故宫博物院所藏的那张的版本,但是印刷的效果比较粗糙。而在像前的供桌上,只摆着一个简陋已极的塑料小水桶,让我暗自惊动的却是桶中满满插着的草叶与花。它们是牧民从沙地里采来的绿色沙柳和一朵又一朵圆绒绒的金黄色小花(叫做"七十颗纽扣"的小花朵),门窗外照射进地面的阳光反映到圣祖画像和黄色的花朵上,给二者添加了一层流动的柔光。如此简陋的材质,如此简单的供品,却令人不由得肃然起敬,并且感觉到了那种极深却又极为沉默的孺慕之情。

请问,在这个世界里,有哪一位君王能像成吉思汗一样,到今天还依然活在他每一个子民的心上?

是的,对于今天遍布在世界各个角落的一千万蒙古人来说,无论是飘泊在外的,或是世居故土的;无论是在拥挤的都市里工作,还是在空旷的草原上放牧,我们总是藏着一个神圣的名字在自己心中。

有人也许不停地诉说,有人也许终生保持沉默,但是八百年来,这个深深置放在我们心中的名字却从无变易,他如父如亲,如君王,也如神祇。

此刻,由蒙古国的艺术家所塑造出来的可汗坐像终于呈现在众人的眼前,其木格过来邀我与大家一起慢慢登上台阶,在更近的距离观看致敬。

典礼已经结束,所有在会场的人士都受到邀请往阶梯高处走去。可是我们其实并没能真正靠近可汗坐像,因为在那里已经有脚程比我们快很多的同胞排起长长的一层又一层的队伍来了,每个人走到坐像之前的时候,都双手合十,躬身以前额轻触铜像的基座,默祷片刻,才依依不舍地后退着离开。

队伍的阵列如此拥挤,就是因为每个人在亲近可汗坐像时那短短片刻的忘我,也许只有两三秒钟,然而,对一个蒙古人来说,是多么珍贵的片刻啊!

那虔敬的队伍触动了我,反而不敢向前了。是的,能够迢迢千里来到这里,我已经享有太多的恩宠,心愿已足,不可再多有贪求,应该把位子让出来,让别的同胞能够更往前一步吧。

其木格这时也若有所感,在我耳边轻轻地劝说:"席老师,我们下去吧。"

我们两人相对微笑,转身准备往台阶之下走去,却不禁被眼前出现的景象所震撼,竟然同时惊呼起来:"啊!"

天哪!站在台阶高处,往下看去,才发现眼前的苏赫巴托广场已是一片人山人海。原来在广场周边拦起的警戒线已经撤下,所有的群众从四面八方聚集,正缓慢地朝可汗的坐像走来,在阳光下,色彩缤纷,如一片铺展开来的锦绣织成的花毯。在花毯之间,高高矗起,飘扬在风中的,远处是今日蒙古国的国旗、乌兰巴托的市旗,而在近处,则是闪着金光,闪着银光的九斿白纛所组成的查干苏鲁德——从八百年前一直传延到此刻的大蒙古国的旗徽。

在旗徽下的群众已经离我们很近,微仰的面孔上都带着笑容。我相信,整座广场上的群众也都有着同样的笑容,不急不赶,缓缓地随着大家往前移动,这就是"参与"的心情。

在这一刻,所有的蒙古子孙,都别无他求,只想和周围的人站在一起,缓缓前行,缓缓地感受终于实现了的这种在心中期待已久的"参与感"——是一种把整个人都缓缓包裹了起来的愉悦和温暖。

这一刻的愉悦和温暖,足够我们反刍一生。

从阶梯上往下走的时候,人群中有人叫我的名字,原来是父亲家乡的乡亲,十七年前(一九八九年)第一次踏上蒙古高原时曾经见过的一位阿姨与她的先生。然后又有两三位内蒙古的蒙古人,可能是在电视的访问里看过我,也过来彼此问好。广场的那一边,正在忙着录像的赛纳和他的工作团队,是我们昨天就在历史博物馆里碰个正着的,这些还都是极少的一部分,环顾周遭,我想,应该还有许许多多从内蒙古、新疆、青海、布里亚特蒙古、卡尔梅克蒙古、图瓦、阿尔泰以及世界各地前来奔赴这一场盛会的蒙古人吧。

在晴空丽日的抚慰之下,在查干苏鲁德的召唤之下,在圣祖成吉思汗的俯视之下,这一刻,我们每个人终于都如愿以偿了。

十一日（星期二，晴）

乌云娜和其木格上午来到旅馆，接我和素英去参加那达慕的开幕式。十点出发，原来只是一段不算长的路程，却忘了有交通管制，车辆不可从桥上通行，所有的人都只能从桥下绕道。

还好，我们可以把车子停在桥下路边，穿过河岸边草地上的小路往不远处的那达慕会场走去。

这座围绕着阶梯式看台的露天体育场，看台下对外有十几个入口，在这里，必须和其木格与乌云娜分开，因为素英与我有记者证，才可以走一号入口。

看台上其实还有空位，但是我们两人都情愿去站到场边的栏杆那里，好能抢镜头。在这里，素英也要与我分开，因为两人拍摄的角度都相同的话，就可惜了这好不容易才申请到的记者证了。

我们来得只比有些人稍稍早一点，所以才能抢到栏杆边的第一线。不一会儿工夫之后，我的左后方与右后方都有摄影记者和电视台的采访架起了重装备，又长又粗的望远镜头几乎是紧贴着我的右侧和左侧，我心中暗自好笑，等一会儿节目一开始，大家纷纷拍摄起来的时候，我口袋里那个小之又小的数码相机还能拿出来吗？

不过，节目一开始，我对自己这个小数码相机的自卑感好像就消失了。尤其在游行队伍浩浩荡荡行经我们眼前之时，真是眼花缭乱，美不胜收，一面惊叹，一面猛拍照，根本顾不得去跟别人比较相机的大小了。

想是因为庆祝八百周年的关系，这游行的行列几乎是一场微型的历史再现，也是不同年代与不同地方的服装表演，再加上马术的特技、大型的舞蹈，整个开幕典礼好像一场嘉年华会。

中间，总统恩和巴雅尔要到场中央去对全场观众演讲，于是，一直被栏杆挡住的媒体记者忽然都被允许走到场子中间去拍照了。

蒙古国八百年庆典。

2006 年 7 月乌兰巴托

我开始还不怎么想去,忽然悟到可以趁这个机会去拍查干苏鲁德
(是马队护送前来并且已经安置好了的,就在体育场的正中)。

于是,赶快跟向前去,排到行列的最后一名,从栏杆中间的一个
出口走向场中。

天上有云,也有风,从记者群中望过去,我的镜头里人头太多,
拍不出一九九一年时那样干净的画面,只有天空只有云朵的背景。

绕过人群,镜头里的人头是少了一些,但是还不满意,我应该再
蹲下一点,成一种"仰望"的角度,天空才会比较漂亮。

可是,我的双膝已经不允许我做"蹲低"的动作了,会疼痛。所

八百年庆典上的游行队伍。重现当年圣祖英姿。

2006 年 7 月乌兰巴托

以,只能整个人坐下来,坐在草地上,才能仰望。

　　不对,这样的角度好像又太低一些,恐怕得换个姿势,跪在地上才行。

　　就在这样起起坐坐挣扎着的时刻,我忽然笑了起来,察觉到自己的疯狂,于是扪心自问:"你到底想要干什么?"

　　就在这一瞬间,就在这一刻,我想,我终于知道原因了。

　　一九九一年,在同一个场地所拍到的那张好像很满意的查干苏鲁德,其实,我还是不能满意。我总觉得,当时应该再多拍几张,应该可以捕捉到更好更完美的画面。

这就是真正的原因。十五年来,我潜意识里其实一直在责怪自己,为什么没有多试几次？我本来应该可以做得更好的。

所以,终于在国庆日来到蒙古国,终于遇到被供奉在晴天丽日下的查干苏鲁德,我就渴望能再试一次,然后,做得更好。

有这个可能吗？

今年的节目确实比较丰富,时间比较长,所以等到游行、舞蹈都已结束,摔跤比赛正式开始之时,那些真正是"看门道"的忠心观众才会留下来观赛,我们这些"看热闹"的就都作鸟兽散了。

走出会场,起风了,天阴下来,忽然变得有点冷。和乌云娜、其木格会合之后,急急地想去找个好饭店吃中饭。

乌云娜带我们去一间不错的饭店吃西式的自助餐,幸好到得早,挑了个好位子,后来是一车车拥来的西方与日本的观光客,他们就都转到后面的大厅去了。

在饭桌上就宣告我累了。吃完饭后,两位年轻人很贴心,送我和素英回旅馆休息。我们两人和衣躺下,竟然从四点一刻睡到五点三刻,是极为甜美的一大觉。

好像比昨天还累。

其实,昨天我是满满一天的活动,参加了国庆的开幕仪式之后,下午,还应巴达拉的夫人巴达拉齐的邀请,和她的儿子巴特尔纳仁、儿媳妇巴特其其格以及孙女和孙女的男朋友,再加上两位从内蒙古来的贵宾拉苏荣和姚克勤先生,一起到乌兰巴托市郊国家公园内一所名叫"努呼特"的饭店内吃晚饭。

巴达拉夫人说,乌兰巴托市内有那么多好饭店,选择这里,只是因为这是一九九一年我们那一行十六人的台湾团所居住的旅馆,既然我一直吵着想来重游一次,那么她干脆就决定请我们大家在这里用餐了。

一九九一年，我陪着台湾文艺界的许多位朋友来到蒙古国，是受巴达拉先生邀请，并且由他所主持的"呼尔玛格纳民间艺术协会"负责接待的。那天，刚下飞机，就被接到这间旅馆，它所处的地方，是乌兰巴托国家公园的边缘，周围是起伏的山丘，山坡上长着密密的林木，非常美丽。

　　在以后的十几年间，我虽然来过乌兰巴托许多次，却一直没有机会再来这里看一看。昨天，是十五年后第一次重临旧地，而且还是在七月，在同样的季节，只觉得一切还是和当年一模一样，一样的青青草色，一样的郁郁苍苍无止无尽的森林……

　　昨天的晚餐是在旅馆的一间小厅内吃的，紧临着这间小厅，隔壁就是我们当年团体用膳时的大饭厅，这时也有游客在那里用餐。他们彼此之间的谈笑声隔着两大扇镶着一格一格毛玻璃的落地门传过来，让我有了一种错觉，好像是当年的我们正在隔壁，那谈笑声就是我们那一团十几个人所发出来的。

　　很奇妙的错觉，然而却让我一直觉得自己同时身处两个不同的时空，而一切都历历在目。

　　昨天傍晚，吃完晚饭之后，往乌兰巴托回去的路途上，天色还很明亮，一路看到远远的山坡上挤满了密密麻麻的毡房，心头觉得有极重的压力。因为在市区外围的山坡上，住在这些临时搭建的蒙古包里的，大多数都是从外地前来，已经一无所有的牧民，他们原本在草原上放牧，自给自足，可是只要有一场大风雪，或者极严重的低温，将牛羊全部冻死，他就会成为赤贫。而现在的政府不像从前社会主义时代有种种救济的措施，一切只能自求多福，所以，他们只好举家迁到首都市郊，寻找任何工作的机会。

　　这些牧民前来乌兰巴托，并不想久留，反倒是希望在赚到足够的金钱之后，就能重新购买一些牛羊，重新回到他的故乡。

但是,能够达到愿望的牧民家庭,在比例上是居于极少数。因此四周山坡上的毡房就越搭越多,一层又一层地往山坡更高处搭建上去,黑压压的,压在我这旁观者的心头,不知该如何是好。

十二日(星期三,晴)

和素英分开活动,她去和其他的朋友看赛马,我要去拜见边巴苏荣先生。一九九三年夏天的"世界蒙古人大会",是由边巴苏荣先生召开的,那是一次极为成功的聚会,从世界各地来了两百多个蒙古人参与会议。

边巴苏荣先生和他的夫人都兰罕女士,后来在同年的十二月应邀到台湾访问,我刚好在台北阿波罗画廊有油画个展,他们还特别来到画廊参观。

一九九五年夏天,我带慈儿去蒙古国,他们夫妻也热诚款待,还在河边野餐、教慈儿骑马。

洪格尔是他们夫妻极钟爱的小女儿,一九九三年时还是少女,一九九五年时正是新婚,因为是学绘画的,与我很投缘。而现在又过了十一年,她在电话中告诉我,已经有了三个孩子。不过,值得欣慰的是,她还没有放下画笔,还在继续创作。但是,接下来,洪格尔说:"可是,妈妈在去年过世了。"

我不禁愕然。

我原来以为可以很容易就见到都兰罕的,已经到了乌兰巴托,和她的女儿通了电话,去他们家拜访只是迟早的事而已。

想不到一九九五年的一别却是最后一面了。

最记得,在一九九三年夏天,与初识的这个家庭道别要返回台湾之时,都兰罕送给我一件礼物,一个很小很小的锦缎包袱。打开来,才看出是一方白底绿面缝成的双层锦帕,每边大约十四公分见方,有一角缝上一小条红缎带,是为包扎这个包袱用的,而在白色锦帕里面,放着三颗小小的石头,一块灰黑而细致,一块褐红,另一块是半透明如玛瑙质地的白色石子,每颗都比葡萄还小一些。

都兰罕用蒙古语对我解释,她的声音低沉而又温柔,在她身旁的洪格尔用汉语翻译给我听:"这是土拉河的石头,我们古老的说法,想家的时候,把这三颗石子用沸水浸泡后,喝这杯水,可以治乡愁。"

我被这素朴的传说惊艳,不禁抬起头来对着都兰罕微笑,她也正微笑注视着我,知道我完全能够明白这份礼物的象征意义。

于是,我怀中揣着这个小小的包袱离开了蒙古,这是世代安居在土拉河畔的都兰罕所给我的最诚挚的祝福。

从一九九三年一直到今天,我都把这件礼物供奉在外祖母的遗像之前。在这一小方锦帕里,包裹着的是原乡素朴的山川大地,也是外婆的青春记忆。她曾经随着外祖父的军队,横越戈壁北走,抵达了乌兰巴托,在土拉河的环绕中,休养生息过一段时日,然后才南归。

我原来想把这几年的很多事情和想法告诉给都兰罕听的,想不到已经没有机会了。

洪格尔要她的丈夫到旅馆来接我,今天是在边巴苏荣先生的乡间别墅午餐。她有些不放心,怕我不认得他,我说:"九五年我见过他,不是叫做刚巴? 高高瘦瘦的一个小伙子。"

洪格尔笑了起来,她说:"早就不是小伙子啦! 完全变样啦!"

真的,刚巴变了不少,从一个高高瘦瘦的青年变成一个身形伟岸的男子,怎么也找不出从前的样子来了。

他穿着一身休闲便装,开着越野车来接我,车后座放了许多摄影器材,原来是准备要去拍赛马的。看样子是临时被妻子抓来出这个任务,我想,把我送到之后,他一定会转头直奔赛马场地而去(后来果然如我所料)。

刚巴是专业的舞台设计,平日的工作量也很大。他是蒙古国年轻的正努力着向外发展的一代,有着无限量的自由以及无限量的可能,是他们的父祖辈所从来没有享受到的际遇。

他说,他的岳母在去年因为肝癌去世,事出突然,从发病到逝世不过几个月的时间,大家都难以承受。

见到了边巴苏荣先生,想是因为悲伤,他有些憔悴。而洪格尔则丰腴了不少,有了两个儿子、一个小女儿,完全是个为母则强的妇人模样了。

我们彼此热烈拥抱。

在座还有客人,是奥其尔巴特先生与夫人,以及夫人的老父亲。

奥其尔巴特先生与边巴苏荣先生两人是中学同学,多年来的好朋友,如今都从政坛退休,仍是时相往还。

洪格尔的兄弟和妹妹也都来了,中午这一餐是新宰的羊,现做的烙饼、羊肉和血肠,再加上新鲜又甜美的莓子果酱、生菜沙拉,大家都吃得很尽兴。

饭后是咖啡与茶。等到奥其尔巴特夫妇与夫人的老父亲告辞离去之后,边巴苏荣先生就带我去参观他在这几年间所栽植的树苗。他说原先这面山坡上只有石块和小丛的灌木,他和妻子两人用心栽植了许多特别美丽的树种,盼望它们能慢慢成林,如今,有许多幼树都已快有一人高了,妻子却突然离去……

山坡上,有一块地方地势特别平坦,有点像向外伸出的一块长长的平台,在这块地上,用粗糙的原木搭盖了一座长方形的凉台,上面有顶,底下有围栏,有长形的条凳贴墙而立,凉台四周全空,是一座很好的观景台。

初见斡难河,我跪下叩首,心中满满的感谢。

2006 年 7 月 （陈素英 摄）

边巴苏荣先生招呼我进去坐,并且叫孩子们把饮料拿到这凉亭里来,他又和我谈到将要在和林故都召开的会议,希望我如果时间许可的话,也来参加。

三个小外孙不时跑来打岔,看得出来那个最小的外孙女儿是外公的开心果,抱在怀里就舍不得放开。

坐在我身旁的洪格尔轻声在我耳边说:

"这座凉亭是去年妈妈生病期间,爸爸为她盖的。天气好的时候希望她可以坐在这里看看风景,可是,妈妈只享用过一次,后来就病重,再也不能起床了。妈妈走了以后,这座亭子就一直空在这里,谁也舍不得走进来。今天是第一次,我们,包括爸爸和我,第一次再走进这里。"

想起了自己的母亲,洪格尔忍不住掩脸悲泣,这次是换我在她耳边轻声说话了:"在爸爸面前不可以哭。"

她果然就强忍住了。可是,我却有点懊悔,不知道这样的压抑是对还是错?

我想,恐怕只有等"时间"这位治疗师来慢慢地疗伤了吧。

向边巴苏荣先生拥抱告别之时,我说后天要去肯特省,他非常高兴,因为那也是他的故乡,今年雨水好,他说草原会更加美丽。

洪格尔开车送我回市内,我们约好明天去看画展。

我回到旅馆房间,素英还没回来。打开笔记本想写日记,眼前却一直闪过那座盖在山坡上的凉亭,还有边巴苏荣先生说的那几句话:

"从来没想到都兰罕会这么早就离开,我的心里现在是空空的……"

"你看,树都好好地在生长着,她却走了……"

十三日(星期四,晴)

早上,洪格尔来接我看画展,刚好有两位来乌兰巴托参观的台商,余先生和黄先生,在早餐桌上听说了,也想跟我一起去,于是就都上了洪格尔的越野车一起走了。

蒙古国的油画,明显受到俄罗斯的影响,但是题材方面不大一样,这次的画展是为庆祝八百周年,所以有许多蒙古历史里的场景和人物,就成为一种很奇妙的混合,还有些是从萨满教里找题材,也很有意思。

后来又去了美术馆,可惜洪格尔带着的小女儿开始不耐烦了,体谅这位年轻妈妈的辛苦,我让她赶快回家,约好了等我从肯特省回来,再去看她的作品。

下午三点,查森索罗梦与荷斯巴雅尔前来,带我和素英去看服装博物馆,荷斯巴雅尔本身是艺术家,对其中几件服装夸张的设计很不认同,他说这样就失真了。不过,我倒是有些想做一两件来穿穿看。

然后,荷斯巴雅尔带我去看他与朋友合资开设的画廊,有位老画家 Ichinnorov 先生以非常强烈的色彩把戈壁和草原的质感逼真地表达出来,我站在画前羡慕之情油然而生。

出了画廊,发现离甘丹寺很近,于是求荷斯巴雅尔开车带我们往山坡上走,可惜时间晚了,寺门已闭,只好到左侧的供奉大佛的大殿去参拜。

大殿里供奉的是观音立像,有二十六米,仰之弥高。原是一八三八年建成的甘丹寺的镇寺之宝,一九三〇年代被苏联发起的灭教行动所破坏,他们将佛像分解成块状,有些拿去铸熔成金属,成为兵器与炮弹的原料,有些细小的存留下来的部分,今天还保留在博物馆里。

"呼尔玛格纳"蒙古民间艺术协会的表演者。

1995 年 8 月乌兰巴托

如今这尊新的观音立像,是在一九九〇年争取到真正的独立之后才开始筹建,一九九六年才建成。在光玉和国瀚两人所写成的《蒙古国》导游书上注明,是由寺庙里新一代的喇嘛艺术家领导这重建工程,用了四十吨青铜和十六吨黄金,观音身上的珠宝和巨大念珠,都是产于蒙古本土的宝石。

我们参拜之后,顺着时钟行进的方向绕行大殿一周然后辞出。我心里回想着几年前有个女孩子对我说的一句话。

那是二〇〇〇年的秋天,夏颖,这位从上海大学考古人类学系毕业的女孩,陪我在内蒙古西部的阿拉善左旗参观广宗寺的重建工程。

广宗寺,在藏传佛教史里是赫赫有名的寺庙,因为这里传说是六世达赖喇嘛的圆寂之处。可是,"文革"时几乎全毁。二〇〇〇年时,修建工程不过刚开始,乏善可陈(二〇〇五年再去之时,就颇有可观了)。

我当时很气愤,就对夏颖说:

"这新庙就算盖了起来,也不会是原来的面貌了,又有什么意思?"

想不到,夏颖却对我说了这一句话:

"慕蓉老师,这个世界上有哪一座庙不是在不断被毁之后又不断重建起来的呢?"

夏颖,和我女儿同龄,她一定难以想像这句话对我的影响有多大!

我的心在那一瞬间忽然打开了,好像同时涌进了许多温暖的讯息。是啊!还执著于什么得与失?这整个世界不都是这样活下来的?

走出甘丹寺旁的大殿之后,素英请我们在荷斯巴雅尔画廊楼下的西餐厅吃晚饭,然后才与他们两人道别。

晚上答应了慈济的《经典》杂志记者叶心慧小姐来访问。她是第一次到蒙古国,早上见到时,约好了的时间是晚上八点半到九点,原来以为足够了,可是遇到关于流浪儿童的问题之时,我想到魏台英小姐在这方面实地在做援助的工作,应该请她来帮忙解说,魏小姐很乐意参加。后来《经典》的摄影志刚先生赶来加入,有朋友经过我们,也停了下来。于是,就在乌兰巴托市台湾会馆四楼宽阔的走廊里,几个人对坐在沙发上,一起热烈讨论如何来帮助蒙古的流浪儿童。从孩子的衣食到他们的教育,从短期的支援到长期的辅导,一件件问下去,毫无倦意,最后是因为已经到了凌晨一点三十分了,我不得不出面叫停,大家才各自道别回房休息。

台湾人的同情心是令人惊喜的珍宝。

十四日(星期五,晴)

早上等候其木格的讯息,她已经找到车子与驾驶了,是我们原来希望的越野车。在蒙古国,一离开乌兰巴托,最好还是要有一部底盘较高,性能较好的越野车才能上路。

约好下午四点出发,我觉得有点晚,但是,事前的准备工作也确实要做好才行。

素英和我,去旅馆附近的老百货公司买干粮和途中要喝的水。这个百货公司好像是一九二四年建的,可真够老了。

记得一九九〇年第一次来蒙古,没带靴子,我的蒙古朋友阿玛赛亚就带我到这间百货公司来选购。我对店内宽阔的楼梯印象深刻,因为,我去的那天,从一楼到三楼排队排得很长,都是些十几二十岁的小伙子,笑嘻嘻地紧贴着楼梯一边的扶手排着队伍。这么多人也不怎么吵闹,好像是电影开演之前排队的观众一样,也不争不抢。

我一面从他们让出的空间拾级而上，一面问阿玛赛亚这是怎么回事，她回答我说："公司新到了两百双皮手套，是男用的，所以这些孩子们排队等着购买呢。"

那时公司里的货样不算多，不过也还够我这个观光客买了一双靴子，又买了一件黑紫羔羊皮所做的大衣，后来在蒙古好几个寒凉的晚上都是靠它们来度过的。

如今的百货公司越开越多，与从前相比真是不可同日而语，货品大部分从中国和韩国进口，不过欧美与日本的东西也不少。

商品也不采配给制了，楼梯上看不见排队的队伍，当年那些笑嘻嘻的小伙子，如今该都已成家了吧？

下午四点，驾驶拉夏先生准时前来，车子状况也不错，素英、其木格和我，一车四人就往肯特省出发了。

方向应该是往东然后再往北。第一站是诗人达·纳察格道尔济(一九〇二年至一九三四年)的出生地 Gungaluut。这里原该是美丽的草原，可是，八十年代的时候，在这里成立了一个煤矿区，二十多年来开采而造成的土石，已经堆积成连绵的山丘。苏俄的工程人员进驻时，盖了许多粗糙的公寓楼房，成为一个没有什么特色的干涩的小城。

巴格诺尔(蒙古语意为"小湖")就是这个煤矿区的名字。

诗人坐姿的铜像竖立在区公所前的小广场中心，周围是杂乱的建筑。

多么悲伤的诗人！他所写的那首长诗《我的祖国》曾经激发了多少蒙古人对这块土地的热爱，对自己民族的自豪。而他也因为作品的巨大影响力被逮捕入狱，妻离女散，即使后来被释放了，精神也难以恢复，终于在一个晚上孤独地死在乌兰巴托的街头。

站在他的出生地上，站在他的铜像之前，我只希望诗人诗中所歌颂的祖国，千万别背离了他的期望才好。

重新上路出发，下一个目的地是呼和诺尔（蒙古语意为"青湖"），是年轻的帖木真被自己本部的大忽里勒台会议推举为可汗的地方。那年是一一八九年，管辖的是以三河之源为中心的蒙古乞颜部地区。在会议上，成吉思汗"根据战争、生产和生活的需要，建立箭筒、饮膳、牧羊、帐幕车辆、家人丁口、佩刀、调度军马、放牧马群和远箭近箭九个重要机构"。[①]

在路上停车，拉夏先生指给我看远远绕着一处山崖流过的克鲁伦河，他说蒙古历史上有名的五大河流是土拉、鄂嫩（古称斡难）、克鲁伦、鄂尔浑以及色楞格河，问我见过其中几条河流？

土拉河在乌兰巴托就可见到，鄂尔浑河在一九九○年去哈剌和林故都的路上见过了，克鲁伦河在内蒙古呼伦贝尔西边就已经可以看见，鄂嫩河是我们这次行程的主要目标，马上就能见到，那么，对我来说，探访色楞格河将会是下次前来蒙古时的计划之一了。

我们先去克鲁伦河边走一走，阳光很强，河水闪着明锐的细碎波光。在河岸上，已经停了两三部车，是城市里的家庭带着孩子到河边来享受野趣，这是夏季，最舒服的季节，没有人能够逃避乡野的诱惑。

在路边的一个小饭店里，吃到新鲜又美味无比的牛肉汤面。这是大概只有十五六岁的两个小姊妹做的，从生火、和面到拿上桌来，好像也没有多久，可是用的真是烧柴的大灶，现擀现切的面条。除了这一碗汤面之外，再加上一碟羊肉馅饼，蒙古话称做"Hosho"。这一顿吃下来，每个人都觉得好有滋味，上车的时候神清气爽，觉得可以有力气走到天涯海角。

---

① 《蒙古民族通史》。

不过,接下来就没这么如意了。

出发本来已经太迟,拉夏先生开得也不快,常常时速都只有五十公里。我们沿路又想拍照,看到羊群,看到美丽的草原就会央求停车,下来和骑在马上的牧羊人攀谈,这样耽搁了几次之后,天色就逐渐不那么明亮了。

拉夏先生和其木格,原来和我们一样,都是第一次来肯特省,所以,大家都必须帮忙看路标。

终于见到路边有小小标示"呼和诺尔三十五公里"之时,我们都欢呼起来,赶紧随着路牌指示的方向左转离开公路。

当车子走下公路之时,日已近暮,左前方的山影变得很暗。我们跟着一条草原上的小路走进有松树的区域,走着走着,林子越来越密,当看到一块长方形白色的小路牌子写着"呼和诺尔二十八公里"的时候,才发现车子已经顺着林间小径上了山了。这时,天色已经全黑,山中都是松林,开了车灯,只觉得在灯光的范围里,小路无限曲折,两旁全是直直矗立无穷无尽的斑驳树干。素英在前座已经睡着了,其木格和我坐在后座,透过身边的窗户往两侧望过去,虽是暗黑一片,可是又觉得在这黑暗里仍能隐隐感觉到树影幢幢,在逼视着我们,也在逼近着我们……

其木格小声问我:"慕蓉老师,你不害怕吗?"

我很诚实地回答她,如果是在别的国家遇到这样的情况,我会害怕,我本来就是个胆小的人。可是,很奇怪,每次来到蒙古高原,知道自己是置身在祖先的土地上,再黑的夜晚,我都还能安心面对。

其木格听到我这句话时,好半天没有回答。然后,她问我:"你在台湾有受到歧视吗?"

"什么意思?"

她再补充一句:"你在台湾,有因为是蒙古人而受到歧视吗?"

蒙古高原上的湖泊,很像我的油画。

2006 年 7 月蒙古国肯特省

144

"哦！原来如此。"

我正要解释给她听的时候，右前方出现了"呼和诺尔十八公里"的小路牌，好消息！应该不远了。

不过，森林却是越来越密，我想，如果白天过来，应该是极为美丽的地方吧。

回过头来重拾刚才的话题，我对其木格解释，在成长的过程里，在台湾，我以"席慕蓉"这个个人的身份，并没有受到丝毫歧视（初中时数理不好被老师骂，那是活该，不算是歧视）。但是，当我和对方都隐入各自所属的族源群体之时，蒙古族群在汉文化所形成的族群之前，确是受到歧视（譬如在初中地理课那次强烈的感受）。

但是，这么多年生活下来，我倒比较没有从"被歧视"这样的观点来看待，我一直觉得，我们这个族群是"被误解"的成分要来得更多一些。

可是，年轻的其木格，一直生活在蒙古国的其木格，为什么会突然问出这样的问题？现在，反倒是我很想要弄明白了。

在暗黑的森林里，其木格慢慢向我说出她的遭遇。原来，在来台湾求学的过程中，在课堂上遇到过许多莫名其妙的说法与待遇，其中的荒谬、蛮横、无理与无知，让她难以承受。

其木格说，她因此有了很深的感慨，从自身的遭遇，想到一直生活在台湾的这些蒙古人，所受的委屈，会不会比她的更多？

两人在后座用中文小声地交谈，车外的林木始终深暗浓密，拉夏先生忽然回过头来说："刚才的路牌说的是十八公里，可是从那里开始，我已经走了三十八公里了。"

（当然，拉夏先生说的是蒙古文，必须其木格帮我翻译才行。）

我们一齐往前方张望，似乎不可能有人烟，甚至一丁点的灯光。于是我说还是往回走吧，回到公路上，找一间旅馆投宿，等明天白天的时候再回来寻找比较安全。

回头走时，半路上出现了一处旅游营地，有十几顶蒙古包，我们车子靠近营区栏杆，一是为问路，二是如果有空房，就不必回去公路上，在这里过夜也行。

那时已经是晚上十一点多了。被车灯惊醒的管理人员，从毡房里出来，告诉我们今夜已经客满（的确，栅栏外停了不少部车）。他们指点一条路可以另寻他处。

拉夏先生不太放心，走了一会儿之后，看见前面有一顶毡房，于是又准备再去问路。

已经接近午夜，这座蒙古包灯火全熄，应该是早已入睡了。可是，拉夏先生把车子几乎紧贴着毡房的外缘停住，马达不熄，打开右侧车窗轻声问了两次："狗绑好了没有？狗绑好了没有？"

原来，这是草原上的习惯，来客总是远远招呼着主人。因为守家的狗非常凶，必须先把它绑好，来客才敢下马，靠近。

这传统的招呼没有奏效，房内一无动静。

等了一会儿，还是不行。干脆用现代方式，轻按几声喇叭。马上，从毡房底下的空隙，看见有了暗暗的灯光，有人影晃动，然后门开了，出来的男人还在扣着衣扣，蒙古袍子是刚穿上身的，动作有点慢，是那种刚从床上被叫醒的恍惚，却也不生气。

真的！这位先生一点也不生气，很仔细地给我们轻声指了路，等我们连连道谢，把车子开走了之后，我回头张望，看见他又转身进去睡觉了（有个扣子好像始终没扣起来）。

祝他有个好梦。

我们重新往山上走，走了很久，依然是无止无尽的松林，很暗很黑，而在林梢之上，是银白的云层堆叠在宝蓝色的夜空中。

忽然看见一块小路牌在路边，可是方向却是背对着我们，把车子驶过去,再回头转过来用灯光一照:"呼和诺尔十八公里!"

我们又回到原地了。

快两点了吧。拉夏先生应该很累了。我提议停车,就在车上睡一夜好了。其木格说,其实不必"一夜",因为四点多钟天就应该亮了。

拉夏先生想把车子驶开小路,到远处一块较宽的草地去停车休息。我觉得不妥,应该停得靠近路边,这样万一路上有车过来,我们还来得及打灯号让他们暂停。

最后听了我的建议,就在路边的草地上停车熄火,四个人坐在车里,竟然也能入睡。

是睡着了,因为听见马达声的时候,我们几乎是惊跳起来的。

想不到,在半夜两点多钟的时候会有一部卡车驶进山中,看见我们打的灯号,车子也停了下来。

好极了,是要给呼和诺尔的旅馆送货的,我们赶快跟在后面。也不知是其木格还是素英说的,到了旅馆找到床,谁都不要叫她,她要睡饱了才起床。

这个愿望并不容易达到。因为,走了一阵子,前面的货车又抛锚了,看样子一时并不可能修好。于是,向他们打听了方向之后,我们这辆车再单独向前出发。

也许是我和其木格又开始继续交谈,也许是前座的素英又睡着了,所以我们都没注意拉夏先生到底又开了多久,行行重行行,这山路似乎无止无尽……

不过,总有警醒的时刻,好像四个人都在同时起了疑心:"这山路到底有完没完?"

就在此时,前方出现了一块竖立着的小路牌,我们都坐直了,车子急急驶上前去。车灯终于照清楚了上面写的蒙古文,四个人一起惊叫。我发誓，我已经学会了这上面所有的字，因为，这路牌已经出现过三次了："呼和诺尔十八公里。"

我们再一次回到原地。

快睡吧，快睡吧，我说，什么都别想了，赶快去找个地方停车睡觉。

拉夏先生让车子滑离山路，在几棵松树之前停下了车，熄火，互道晚安。

车窗外好像露水都已经快浮在草面上了，有一种近似霜白的颜色铺在上面，四周无边寂静，偶尔有一两声轻声的鸟鸣，短又快速，然后复归沉默。快接近黎明了吧？其实，睡不睡也无所谓。

还是睡着了，而且极沉。

朝霞照醒了我。原来，拉夏先生昨夜（不！应该说是刚才）特意选择了一处面向东方的坡上停的车，所以，我睁开眼睛之前，已经感觉到了一种光照，然而，却没想到是如此鲜活如此旺盛的霞光。太阳其实还没升起，可是那样热烈的大片的红霞已经布满在天边，如果不是车子前面还有几棵直立的松树那安静的黑色剪影，让我有了一些空间概念的话，我恐怕真是不知此身究竟是在何方了。

十五日（星期六，晴）

清晨下山，问了一位牧民人家，究竟该要怎么走才可以抵达呼和诺尔？

牧民的回答很有趣："你们别去管那些路牌，照着我说的方向走就对了。"

大概他还向拉夏先生说了一些可以指引的地形特征，今天早上，用四十多分钟的时间，我们就看见呼和诺尔的旅游区了。

是几幢红顶的木造小房子，分散在湖旁的松林与草地之间，但是,时间还太早,大家都还在睡梦中。

有幢较大的木头房子,像是接待处,其木格和拉夏先生打算去探问一下,我和素英则往右边不远处的湖岸走过去。

"呼和诺尔",其义是"蓝湖"或是"青湖"。湖水此刻却是一种如玉石的浅绿。湖面不算大,可以看到对岸的山林,林中已经有人开车过来,支上了旅游用的帐篷,有些细细的白烟,是不是在煮早茶了?

对岸山壁上,有石块堆砌成的蒙古文大字(其木格后来走了过来,告诉我那几个字是"成吉思汗")。

素英比我走得快,已经进入河边长得稍深的细草地上,她惊喜地向我呼唤:"都是露珠!草上都是露珠!"

她说这样用露水就可以洗脸了。我远远看她俯首拍拍打打,然后用盈握的露水涂在脸上,想是一定很舒服。

可是,我的双腿有些疲软,很想坐下来,眼前刚好有几块平整的大石头,就不再往前走了。

静观湖面,还留有一些未散的雾气,周围的林木秀美,茂盛而又特别细致,这里果然是人称山川灵秀的好地方。

我读札奇斯钦教授译的《蒙古秘史》,"呼和诺尔"在书中被译为"阔阔海子",现在我完全明白了。"阔阔"是音译,一如"呼和",都是"青色"的意思。而"海子"是意译,也就是"湖",等于蒙古文的"诺尔"。

一一八九年(另一说为一一八三年),就是在这个湖边,乞颜部的贵族召开大会,推举年轻的帖木真为乞颜部的可汗,大家都宣誓对他效忠。可是,对这位年轻的领袖来说,前面还有很艰困的路要走呢。

二十多岁的成吉思汗(可汗出生于一一六二年),当时没有留下画像或是塑像,所以无人能知他年轻时的容颜。

在湖边一处宽阔的草地上,现今蒙古国的艺术家们,用木柱环立成圆形,木柱顶端雕刻有头像,象征当年来参加贵族会议的各个代表(这种形式,是沿用远古的鹿石石雕的传统)。但是,成吉思汗的头像却仍是台北故宫博物院所藏那幅画像的模样(是画师根据忽必烈可汗追忆他祖父的相貌所绘制的,已颇有年岁了),未免显得与当日的年轻容貌不合。

入口处栅门之上,木雕的白海青倒是与史实相契,这勇猛的禽鸟,正是乞颜部的守护神。

素英和我在这片草地与松林之间取景的时候,其木格与拉夏先生走了过来,说旅馆已经客满了,我们最好是去肯特省的省会温都尔汗市去休息,那里旅馆应该比较多。

好吧! 那我们就上路。眼前四个人都很疲累了,尤其是拉夏先生,必须让他有地方可以好好休息才行,我希望以后可以再找机会回来这里,多停留几天。

(从乌兰巴托出发之前,我曾拜托其木格先订旅馆,她说应该不用这么麻烦。问题是我们都忘了,今年的旅客一定比平日的多上好几倍,所以很容易就客满了。)

从车中找出些干粮来当早饭,附近的一个蒙古包里的主人让我们用他的火炉烧了开水,吃了喝了,就上路吧。

不过,拉夏先生要先去向早上那位给我们指路的牧民道谢,车子在他的毡房前停下的时候,他已经明白我们的意思,连连摇手说不必。牧民的女儿大概有十七八岁,也笑容满面地跑出来和我们打招呼,素英双手捧着巧克力和糖果,向她道谢,请她收下,她倒也大方地收下了。忽然转头跑进蒙古包,拿了一大把的干奶酪给素英,当做回礼,素英也收下,然后彼此热烈挥手道别。

拉夏先生转头对素英说："你手上拿的可是好东西,比什么巧克力、糖果都好吃上一百倍。"其木格一边翻译一边笑了起来,她说:"我完全同意! 你们尝尝看,先用小块放在嘴里含着,再慢慢咬碎吞下,再告诉我好吃不好吃。"

　　这干奶酪我是从刚做好的新鲜柔软,到逐渐干硬的各种时段的口味都尝过的,素英却是第一次尝试,她连说好吃。

　　有点惭愧,虽然身为蒙古人,但是如果要我在干奶酪与巧克力之间二选一的话,我恐怕会选巧克力(当然,必须是好的手工做的巧克力才行,要像玫玲送给我的那种)。

　　车到温都尔汗市已是午后四点钟,其木格下车问当地人,终于找到旅馆,房间有热水供应。为了大家都能好好休息,我们订了在二楼的四间房。去饭厅吃饭的时候,听说拉夏先生已经先进房去洗澡了,干脆请服务生把饭菜给他送上二楼。我们三个也匆匆吃完,都回房去了。我向素英和其木格说,如果她们要去市区走一走的话,我就不参加,想好好睡一觉。

　　房间是一房一厅一浴,阳光从窗帘隙缝照进来,好像特别热特别亮,往外突出的窗台有满满的阳光,洗完澡后,我把洗好的衣服袜子就挂在窗台上,知道傍晚一定会干。

　　床很旧,铺垫的褥子也很薄,不过都算洁净,我原来还想写点日记,但是很快就入睡了。

　　晚上才起来补写。

　　十六日(星期日,晴、偶有雨)

　　在旅馆吃完早餐后继续上路。

　　休息好了的我们,情绪也特别高昂,一路上看到美丽的草原总是会要求停一下车。

呼和诺尔。

2006 年 7 月 （陈素英　摄）

今年雨水充沛,草原上的草,长得欢欣鼓舞,营养充足得不得了。你会觉得它们披风吹拂的时候,原本应该是绿色的草叶竟然反射出蓝汪汪如湖面上的水光。

远远在牧马的小伙子,看到我们摇手招呼,就放马疾奔过来,以为我们要问路,其实,这几个人只是想和他聊聊天而已。

真正在原野上牧羊或牧马的蒙古人,不管是年轻或年老,总有一种安静沉稳的气质。说到什么高兴的话题,才会偶尔粲然一笑。

挥手道别之后,年轻的男子才显出活泼的姿态来,驱策着自己

乞颜部的守护神——白海青。

2006 年 7 月蒙古国呼和诺尔

的马用一种特别平稳的小步伐往前跑去,拉夏先生赞叹着说:"看哪! 他用的可是'走马'的步伐哩!"

午后,选好了一处草原,停车用午餐。

不过是寻常的食品,面包、香肠、果酱、苹果、葡萄,可是,在草原上的野餐,滋味总是特别香甜。

记得和海北婚后,尤其在两个孩子都上了小学之后,每逢假日,我总是想要出去野餐。有时候走得远一点,有时候就在家附近乡下的小河边,孩子和我都很高兴,海北好像不是那么投入,不过,也没抱怨。

有个周末，我又嚷着等会儿中午要出去野餐，海北忽然说话了，带点哀求的语气："我可不可以帮你在客厅地上铺一块桌布，把要吃的东西都放上去，就当做是在野餐了好吗？"

就是在那个时候，我才知道海北最希望过的周末，是一桌整整齐齐三菜一汤的午餐之后，再安安静静地睡个午觉。

也罢！既然讲开了，我也不是个太蛮横的妻子，野餐的次数因此就稍微减少。过了几年，孩子长大了，我又认得一些学植物学或是土壤学的朋友，他们和学生去野外的时候，只带了几条吐司面包、几块花生糖就上路，让我惊为大人，从此就不时地跟着他们在台湾东南西北乱跑，不再去找海北的麻烦了。如此安排，两人都非常快乐。

如今，竟然跑到蒙古国的草原上来野餐了，溯本追源，这应该是出自遗传的基因吧？

下午六点，进入斡难河源区，心情有些紧张，这十几年在蒙古高原上的东奔西跑，不就为的是这一刻？

远远已经眺望到一线河水的反光，河边丛生着绿色的矮树林，左前方只有一户布里亚特牧民的木头房子，其木格忽然兴奋地叫起来："快看！快看！母马在生小马！"

离牧民房子稍远的栅栏角落，一只小马刚刚才从母亲的产道落地，好像还站不起来，母马也不着急，紧贴着它的孩子等待着。

四周无人。我有点讶异，母马生小马是件大事，怎么也不见一个牧民前来帮忙？

"人都去了哪里？"我问。

得到的答案完全出乎我的想法之外，拉夏先生回答我说："人都躲起来了。"

原来,母马生产之时,不喜欢有人靠近。若是初生的小马沾上了人的气味,它很有可能弃之不顾,绝不再给小马喂奶。

因此,在房屋里,绝对会有人正从窗里远远观看,如果母马难产,才会前来帮忙。我相信,一定也有人注意到我们这辆车了。

还好,我们谨守分寸,只从远处拍了些模糊的画面。一张相片的好坏与一匹小马的存亡,两者轻重立判,谁敢造次?

几次尝试之后,小马站起来了,显得过长的四肢开始往前试探,拉夏先生说:"行了,我们走吧。"

行了! 小马开始跨出它生命里的第一步了。而我们,我们这四个人也带着愉悦的心情,开始往河边前进。

这也是我生命里的第一次,来到圣祖的家乡,在斡难河边,我跪下叩首,心中满满的感谢,一如满溢的河水。

圣祖成吉思汗的家乡肯特省以肯特山为名,肯特山是蒙古国东部最高的山脉,平均高度海拔两千米,最高峰约两千八百米。这座占地广大的山脉是克鲁伦河、土拉河与斡难(今称鄂嫩)河的发源地,也就是史书上所称的"三河之源"。

从斡难河边放眼望去,远远近近有草原也有耸立的山峦,这些山峦气势雄伟,比平常草原地带的山丘高多了。

走到横跨河面的水泥桥上,仔细端详山坡上连绵的原始森林,都是多少年的树木了? 苍然而又有极强的生命力,美极。

不知道最近举行过什么祭典? 林边有一棵树,枝上缀满了蓝色的哈达。

往河面看过去,今年雨水丰沛,河水几乎满溢到岸上。岸边长满了矮小的灌木丛,叶子有点像柳叶,有的又像夹竹桃的叶子,不过更细瘦。这些灌木虽然远看矮小,走近之时,树身差不多有一人多高,因为长得密密的,树冠有些像圆伞,好像可以在其间玩捉迷藏,找的人也许要费很大工夫。

这里，可能是幼年的帖木真嬉游之地吗？

《蒙古秘史》里有这样一节：

> 美丽的夫人用野韭野葱养育的强悍的儿子们，成了不知畏惧的好汉，成了膂力过人的丈夫，成了斗志高扬的豪杰。他们说："咱们要奉养母亲。"就坐在故乡斡难河的岸上，整备了钓钩，去钓有疾残的鱼，用火烘弯了针，去钓细鳞白鱼和鳟条鱼，结成了拦河网去捞小鱼和大鱼。这样来奉养了他们的母亲。

斡难河，历史中的长流。

2006 年 7 月蒙古国肯特省

被泰亦赤兀惕同族人所抛弃了的寡妇弱子，是在斡难河边，靠着母亲去拣些小野果子，挖些野葱和野韭菜把孩子喂养长大，这些孩子成为少年之后，也在斡难河边，想办法去钓些小鱼来供养自己的母亲。这一条斡难河，在蒙古国境内虽然河流的长度只有接近三百公里而已，但是，在蒙古民族的历史上，她却是一条源远流长的生命之河。

来到这里，心中觉得特别安稳。

再往前行去，见到一座敖包，规模不大，很朴素，立有一块长形的牌子，上面用蒙古文书写着"成吉思汗的家乡"。这表示，我们已接近圣祖的家园范围。

下车鞠躬，只觉得空气无比清新。刚才在路上，曾下过一场雨，此刻周围的草原真是草色青青，绿到不行！那草色，有几处的光泽细柔，像是丝绒的质地，有几处比较深浓，像寺院顶上的老琉璃，有几处汪汪地泛着蓝光，几乎像湖水一样……

拉夏先生可能注意到我目瞪口呆的模样，走过来对我说了一句话，这句话不需要翻译我就懂了，他说："祖先的家乡果真美丽！"

我完全同意。

再往前行，已经过了刚才的山区，进入无边无际的草原，茂密的各种牧草此刻平平地往四面八方铺展开去，顺着有些微起伏的地形，将我们目光所能及之处铺成了一片绿色的有着缓缓波浪的海洋。

进入圣祖的出生地，这个苏木如今都是布里亚特蒙古人在居住，反而不容易看到蒙古包，布里亚特牧民都是居住在以原木搭建的房屋里，当然，他们仍是以牧业为生，邻居之间的距离也是隔得相当遥远。

其木格告诉我，这些布里亚特蒙古人，是在二十世纪三十年代从前苏联申请移民过来的。肯特省的北部，也就是圣祖的家乡这里已经靠近蒙古与前苏联的边界，三十年代，布里亚特蒙古人被斗争被残杀得很厉害（其实苏俄对布里亚特的迫害开始得更早，有许多政治因素），许多人奔逃到蒙古境内，蒙古政府一律收留，并且让他们从此就在圣祖的家乡定居。因为，在《蒙古秘史》中所称呼的"林木中百姓"，有很大一部分就是布里亚特蒙古人，所以，对蒙古人来说，这也是自己的同胞。

越靠近圣祖家乡，松树越多，那巨大的丛生的松林就从草原上生长起来，越聚越多，越来越密，然后地势又慢慢高了一些，终于感觉上是进入一座长满了松林的小山冈上，在这里，找到了我们今夜要投宿的旅馆。

是一个园区，里面有独栋或是双并的小木屋，可以去餐厅吃饭，或是点了菜之后，送到我们房间里来，屋前小走廊上有个洗脸槽与水龙头，在稍远处的林间，远远看见大概有一间是用木头搭盖起来的小小三四个门的木屋是厕所。

我们三个女生睡在一屋，拉夏先生一人睡到另外一幢房子里，晚餐是四人聚在我们的屋里吃的。旅馆人员怕我们晚上会冷，在屋内那座方方的用铁铸成的暖炉里烧起火来，跑过去仔细看，他们用的燃料竟然是松果！

真有意思，草原上牧民的燃料是晒干了的牛粪，而林中百姓用的燃料却是干燥的松果，都是所谓"俯拾即是"的现成材料。

上天果真是有好生之德啊！

十七日（星期一，晴、偶阵雨）

早上醒来，人很不舒服。

不知道是因为昨天晚餐时间太晚，吃完已接近十点半了，又匆匆上床睡觉，让胃的负担太重？还是烧了大半夜的炉子，通风不够好,室内空气太坏?

反正整个人没有精神,又觉得恶心想吐。勉强自己起来,看见其木格还在睡,不见素英,想是拍照去了。

简单漱洗一下,我也出了门,往园区外的松林走去。

是拂晓柔和的晨光,深呼吸了几次,人好像略略有些力气,可是,仍然觉得腿软。不过,眼前的晨曦如此美丽,穿过松林,远远看得见有一水面,走过一片草地之后,就来到雾气蒸腾的湖边。

这是清晨,日出之时透过湖面蒸腾的水汽,光彩显得特别华丽。我几乎是一口气没有停歇地拍了几十张,然后才领会过来,这里就是赫赫有名的"成吉思汗三湖"("Chingisiin Gurvan Nuur"是蒙古文发音)之一。

在稍远处的湖边,就是一二○六年春天,举行全蒙古贵族都参加的大忽里勒台(大聚会)的会议所在地。在这里,大家公推乞颜部的可汗为全蒙古的大汗,号成吉思(此名号一说为"如海洋般的广阔和强大",一说为"坚毅")。在斡难河边矗起九斿白纛,建立了"也赫·蒙古·兀鲁思",汉文的标准译名,应该是"大蒙古国"。

昨天晚上,从我们住宿的旅馆,其实已经可以看见那处湖水与一座纪念碑的背面,虽然距离不远,却不可轻易前往,我按捺下自己的热情,一直等到今天早上。

日出之后,回到旅馆房间,再梳洗一番,换上迢迢千里从新疆带回台湾,又从台湾带来这里的蒙古袍子,这蓝底金纹,袖口领边与下摆都镶着细细银边的美丽衣裳,是去年夏天新疆博尔塔拉蒙古自治州温泉县的蒙古朋友送给我的。他们的祖先是三百多年前被清廷从察哈尔盟(现锡林郭勒盟)征调前往新疆戍边的蒙古人,是我父亲故乡的人,因此,我去年前去探望之时,就是他们口中所说的"我们的姑娘来了"。

老家的姑娘到了新疆,得到许多礼物,除了三件美丽的蒙古袍子之外,还有两匹好马。十月时,在内蒙古额济纳旗的蒙古朋友听说了,有点不服气,就送了我两峰有吉祥涵义的白骆驼。当然,衣服是带回来了,马和骆驼都留养在当地。

　　穿上蒙古衣服,一定要配靴子,再戴上项链、耳环、镯子,除了还缺一顶"嘉丝勒"(镶满了珊瑚和珍珠的银质头饰,传统里结了婚的妇人在庆典仪式上都应该配戴的饰品)以外,勉强算是打扮停当了。

　　把从乌兰巴托买好的酒带上,其木格、素英和我,三个人就往昨晚已见到背影的那座纪念碑行去。

　　纪念碑主体是一座像山峰一样的略呈三角形、底边宽大的水泥造型,在白底上只用黑色线条直刻下去,勾勒出成吉思汗的立像,非常简单,甚至好像有些仓促……

　　在这么重要的历史现场,为什么放置着这一座好像还没有完成的纪念碑?

　　其木格向我解释了原因,我才想起有些书上也曾经提过——在二十世纪六十年代,当地的行政官员为了纪念这一处非常重要的历史现场(纪念碑原定在一九六二年完成,应是圣祖诞生八百年),聘请了一位蒙古艺术家来完成规划,并且开始施工。当纪念碑的进度达到我们眼前所看见的现况时,受苏俄指示的蒙古政府前来下令停工,逮捕所有参与的人员,并派军队要来摧毁这已完成的部分。这举动激起了当地牧民的愤慨,聚众前来保护。眼看已形成对峙的僵局,于是政府把军队撤回,纪念碑才得以保存下来。但是,被逮捕下狱的地方官员,有的当时就被处决,有的多年后才被释放,而那位艺术家的生死存亡,却至今不明。

　　今天,即使已经远离阴霾,得回自己的主权与自由,蒙古政府还是决定将这座纪念碑保持在它当时被迫停工时的原样。最多是隔

成吉思汗三湖的朝霞。

2006 年 7 月蒙古国肯特省

几年将白的底色重刷一遍,或者将黑的线条重新勾勒一次而已,在主体旁几块散置着的石块,也没有移动。

所以,这座纪念碑,原是为了纪念一处重要的历史现场而竖立的,如今却因为这一段悲惨的经历,竟然让它自身也成为值得纪念的历史了。

我们在纪念碑前先跪拜叩首,然后再以酒祭奠,祈求圣祖护佑蒙古高原。

是的,我相信所有来到这座纪念碑前的蒙古人,心中都一无所求,只求祖先能庇佑这得来不易的自由。

绕行纪念碑三周之后,我们三人往湖边走去。虽是七月盛夏,水边的风还是带着寒意,湖对岸有茂密的森林,有马群在草地上悠闲地低头吃草,早上的阳光从它们身上照过去,那鬃毛闪闪发亮。

湖面不大(可能从前要更广阔一些),说是还有另外一座湖,要绕点路才能看见,然而我已心满意足。拉夏先生在早饭过后,提议我们再去看一座据说是立在圣祖出生地附近的敖包。今天晚上会在另一个苏木住下,如果时间来得及的话,还可以去探访一处古战场。

于是准备再出发。

成吉思汗出生地 Deluun Boldog,是可以远眺斡难河的高地,敖包也设在高处。说也奇怪,在车上的时候下了一场雨,等我们到了敖包山的山脚下,往坡上慢慢走去的时候,雨就停了,刚好让我们从容祭拜。

我们之中,有人对着敖包鞠躬,有人跪拜叩首。酒,却是每人都轮流斟上,然后再双手高举着这象征性的一小杯俯首默祷片刻,最后再将杯中的酒洒向敖包的方向。这是行旅中最为简单甚至称不上是祭奠的小小敬意,然而,行礼之后,心中觉得极为平安。从十七年前踏上蒙古高原那一刻开始，就盼望着有一天可以来到圣祖的故乡，想不到也还要等上十七年，更想不到的是圣祖的家园如此美丽！

高山、湖泊、松林、草原，还有那宽阔又曲折的斡难河缓缓流过，眼前这三百六十度环绕着敖包的壮阔场景，在雄伟的气势中又有着好几分的秀美和幽微。

真不想离开，虽然我整个人感觉没有力气，双腿发软，不过还是在山坡上拖延了许久。一直到拉夏先生把车子开了过来，大家只好乖乖上车。这时，素英从后座伸手试一下我额头的热度，认为我可能在发烧，因为她觉得我脸色很坏，而且没有任何食欲。

开始我还不肯认输，不过，走着走着，觉得精神越来越差。沿途，他们几次下车，去和蒙古包里的牧民聊天的时候，我却只想窝在车上睡觉。

早餐时我毫无食欲，其木格特别要求旅馆的厨师为我煮了一碗米汤，热热的放进保温杯里，现在是我的救命仙丹，整整大半天的旅程，我就靠它度过。

下午四点，经过一处河岸，后有小山，看到山前的平地上，远远有两三间很漂亮的小木头房子，底下用木柱架空，走近一问，果真是可以住人的旅馆。

素英强力劝说我住下来，好好休息一下。但是，当接待的女孩帮我们在原木地板上铺地铺的时候，我注意到纱门有很大的破洞，有两三只蚊子已经在我身边盘旋，心想这还得了，到晚上岂不是会被它们叮咬？

我说："这里有蚊子。"那位女孩回答我说："是的，我们靠近河边，在这个季节，蚊子恐怕是免不了的。"

她诚实的回答给了我离开的借口。我请其木格向她解释，很抱歉，我们改变主意，不住店了，想往前去找没有蚊子的地方。

　　20 世纪 60 年代,为纪念圣祖诞生 800 年的纪念碑,自身也成为一件
悲伤的纪念品。

2006 年 7 月

　　这女孩也不生气,我们离开时还微笑着挥手道别,我心里真的
对她很抱歉。

　　还好,有人替她报仇了!

　　我的意思是说,接下来,有人替她,也替被我拒绝的那几只蚊子
们报了仇了。

　　重新出发之后,拉夏先生一路沿着河岸走,在我们与右边的斡

难河之间,隔着的是连绵不断的丛生灌木与更高大些的杂树,再往右就是长满了细草的河滩,然后就是满满的河水了。

河岸边的小路充满了陷阱,有时是凹凸不平的石块,让越野车不停地蹦跳(幸好是底盘较高的越野车);有时是东一处泥淖才躲过,西又掉进一处泥淖,所以,车速极为缓慢,或者可以说,根本没有任何速度可言。

左边一直是陡峭的山壁,只有这一条窄路可走,但是慢慢地,我们周围越来越开阔,右边还是和刚才一样,但是左边的山却已经退到极远处,山前,是一大片的草地。为什么不想办法避开这条河边小路,往左边比较干燥的草原驶过去? 其木格回答我说:

"刚才问过路了,他们说我们必须紧贴着河边走,不然就会走错了方向。"

也罢! 草原的确会让初来者迷失方向,我们这一路上也真的走错走偏了好几次,欲速则不达,忍耐吧。

这时,小路边有一辆车陷在泥里了,正在往外搬东西,是一堆袋装面粉以及杂粮,车中有四个人,都在忙着把车子腾空些。四个人的年龄,我觉得好像是母亲、女儿、儿子与祖父的差别,不过,此刻穷一家四口之力,都推不动这辆深陷在泥沼中的小汽车。

拉夏先生也过去帮忙,倒是真的一起用力把车子往前推出困境,可是,马达又熄了火,我们爱莫能助,只好匆匆道别,自己赶路去了。

此时天色已暗,右边是河岸,眼前是一片草地,但是,就在这长得极为茂密的青草之下,因为这个夏天充沛的雨量,已经形成了一大片或深或浅的沼泽地带,仿佛土层之下就是浮动的湖面一般,车行其上,令人胆战心惊。

我们的越野车性能不错,拉夏先生的稳健也是一流,好几次都能化险为夷,从泥淖中突围。不过,到了最后,终于还是陷进去了,有个轮子完全抓不住使力的实体,任凭拉夏先生如何踩油门,车子依然进退不得。

天几乎全黑了,只有右边的斡难河,河面还有着微弱的反光。四个人全下了车,也学着去推,可是,产生不了什么作用。

就在那迟疑观望的几分钟里,忽然发现好像沼泽上所有的蚊子都嗅闻到气味,蜂拥(比蜂群还要细密上几十倍)前来,对我们展开攻击。那声音,那阵仗,简直锐不可当,逼得我们赶快逃进车中,把车窗全部关紧,还是有几十只跟了进来,一阵劈啪乱打之后,才算有了片刻的安宁。

怎么办?总不能就这样坐困愁城?

忽然,右前方不远处有辆车子正在蹒跚前行,拉夏先生赶快跳出去挥手呼叫。车停,人也跟着走了过来,这才看清楚,原来就是刚才在路边抛锚的小汽车。

两男两女,四个人都过来帮忙,又推又拉,又在车前车后摆上木板,想让它可以借力而出,用了许多方法,都没有效果。

我因为发烧,被素英所限制,一定要坐在车内,可是,当大家都在推车之时,我又觉得自己这几十公斤的体重会增加负担,所以又跑到车外站着。

我只是呆呆地站着而已,可是,眼前的七位朋友,其中有四位素昧平生,却都是在想尽各种方法,用尽所有力气来面对这个困境,甚至跌倒在泥淖里也不以为意(不要忘记,在这么长的时间里,如罗网如武装部队的蚊群,也是充满在这个空间里的)。

是什么样的文化传统,让草原上的蒙古人有如此胸怀?

刚才我们虽然略伸援手。但是,为了赶时间,还是把他们这一车人弃于道旁。而现在天已经黑了,难道他们不赶时间吗?为什么却一试再试,用尽各种方法来帮助我们?

没有看表，但我相信夜已经深了，这样耽误他们不是办法。于是，我走向其木格，请她向大家说，可不可以就此暂停。请这一车人带上我们其中一两个人开到苏木去求救兵，必须是带有拖车链条的一部重车前来，才可能将这辆越野车拖出泥沼。

　　他们同意了。

　　拉夏先生必须留守，素英和我都不会说蒙古话，所以只有其木格和他们同行。但是因为我正在发烧，其木格和素英都觉得我应该早点找到旅馆休息，所以建议我也一起去。

　　凭良心说，我也很想摆脱这一处恐怖的沼泽。于是，就和其木格上了他们的小车，可是，才走了一小段路，可能因为超载的关系，这部车的马达又出了毛病。看见这几位朋友又开始把袋装的面粉，一袋一袋地搬出车外，我真是于心有愧，赶快跳下车来，坚决不肯再多添他们的负担，决定走回原车，就拜托其木格去镇上找救兵了。

　　在暗夜里，小汽车上了路，我慢慢踩着刚才车轮轧过时倒下的长草，往我们的车子走回去。夜很暗，还好草下有些水洼的反光，我一脚高一脚低地往前试探着迈步，两只手还在向蚊群胡乱挥舞，一会儿又自己打脸打手臂，打个不停，若是有不知情的人从远方观看，八成会把我认为是个夜行的疯子，或是酒鬼。

　　摸索着回到车里，素英已经在后座，我就坐到前座来，车门一开一关之间，蚊蚋涌入，于是，车中的三个人就又开始打起蚊子来。

　　怎么睡得着呢？我问自己。一边还在车窗上扑打了好几个蚊子，一边几乎想用风衣把自己从头到脚包起来，这样的夜晚恐怕是睡不着了吧？

　　想不到，最后竟然什么也不顾而沉沉入眠了，是其木格拍打车窗才让我们醒过来的。

　　天还是黑的。但其木格说已经是凌晨五点十八分了。她在前

夜宿斡难河滩上,领教了夏日蚊群的厉害。

2006 年 7 月 (陈素英 摄)

面的苏木找到救兵,是医院的吉普车,除了司机之外,还有一位年轻
的女医生陪同前来。

但是,司机忘了拿拖车的链条。于是,拉夏先生继续留守,先把
素英和我接去苏木,然后他再回来拖车子。拉夏先生怀疑他的吉普
车可能力气不够,司机先生拍胸脯保证:"放心! 这样的情况我遇多
了,绝对做得到。"

于是,第一班车先出发。女医生坐在前座,其木格、素英和我坐
在后座,开车之前,彼此匆匆自我介绍了一下,司机的肤色晒得很

黑,脸上皱纹纵横,细长的双眼却笑意盎然,话很多。等到车一发动,我才发现这位驾驶的动作有些奇怪,开始还说不出到底是哪里不对,等到他走着走着,忽然就把方向盘往左一打,转了一个半圆要往左后方驶去,听到旁边女医生的呵斥,又右转回到正道,在大家错愕的笑声中,我才明白,现在手握方向盘的,是一位喝醉了酒的司机。

说也奇怪,这样想要开到左后方的动作,在四十分钟的路程里,最少出现了三次,每次都是我们和女医生一起大叫,才把他又唤回来。可是喝醉了酒,一边还不断讲着话,这位黑脸司机还是把我们平安送到苏木,速度可是比拉夏先生快多了。

其木格向我解释,她是去了当地的医院,向这位女医生求助。因为医院只有这一辆吉普车,司机喝了酒,刚刚才睡下,所以她就坐在医院等了四个钟头,等司机睡醒,才过来接我们。

她说,她也很怕这喝醉的司机,如何还能开车?女医生却说不必害怕,这位驾驶经验丰富,对附近的地区熟得很,而且技术非常好,没出过什么大的差错。

这苏木的蒙古文名字的发音是"Bayanadraga",也是在地势略高的平坡上,也是有许多高大的松树,在林木空旷之处,都有用原木横置为屋墙所盖起来的布里亚特式平房。

车子把我们送到一幢占地比较大的木屋里,是乡民私营的民宿形式。我们被带到其中一间房里,屋子很大很亮,四角却只有四张单人床。一坐下就陷身进去,动弹不得,掀开床单和垫被一看,原来床底只是用粗铁网所构成的。枕头却极硬,好像是用麦壳还是绿豆壳填满的老式枕头,被褥只是一张旧毡子。

软床、硬枕、没有布套的单人毡子,一切都和我习惯的寝具相反,可是,怀着有点勉强的心情,和衣睡下的我,头一落枕,还没来得及抱怨,就已沉沉睡去。

这一觉睡得可真香真甜啊！

（日记当然是后来补记的。）

十八日（星期二，晴）

昨夜，不，应该说是今天凌晨六点左右入眠，睡了一场好觉，一直到中午过后，大概一点钟左右被其木格叫醒。

真是一场酣眠。醒来之后，窗外阳光明亮，觉得自己已经完全恢复，热度已退，精神好极了。听到其木格说拉夏先生也已经休息过了，正在洗车，我不禁欢呼。从床上爬起来，赶快去水龙头前盥洗一番，准备迎接　个全新的好日子。

厕所也是设在远远的松林中，简易搭成的木头房子。厕所门是背对旅馆，面向着全是笔直的树干，密集生长着的大片林木，林中无人，只有地面铺满灰绿褐黄各色松针织成的厚地毯……

如果不是要急着上路，真想再往林中去走一走。我想，也许下一次的行程（或者明年）应该改变方式，不设定目标和时间，只定一个大目标，譬如"往西"或"往东"这样一路或停或走地往前行去，会不会更好？

当然，身体的情况是最重要的因素。想到昨天一天，什么游兴都没有，只想窝在车上，再远大的计划也没用，对不对？

早餐（应该说是午餐了）是奶茶和现做现蒸的羊肉包子，素英直呼好吃，我却不太敢尝，乖乖吃着干面包，怕又惹了自己的胃。

这时，从捷克来的一队研究蒙古学的学者也抵达了苏木，他们正要往斡难河走去，是有两部车和八九个人的队伍。当然我们赶快向他们的领队发出警告，要小心河边的泥沼。

吃饱之后，向前来探视我们的那位昨天的救星——年轻的女医生道谢。在白日的光线里，才看到恩人的真面目。这位医生容貌秀

美,打扮也很跟得上流行,我不禁想起前几天一位住在乌兰巴托的台湾太太说的话:

"蒙古的女孩子怎么都那么爱漂亮?"

蒙古的女孩岂止爱漂亮,她们本身就很漂亮。所以穿上牛仔裤,戴上新潮耳环,化上流行的彩妆之后,就会显得更加耀眼。

前几天,在乌兰巴托的百货公司里就看到两代之间明显的差别,父亲与母亲还是牧民的传统装束,从乡下带着孩子到都会来采买。他们的十五六岁的女儿,姐妹俩装扮就和都市里的女孩几乎一模一样,T恤、牛仔裤,去买了新出品的护唇膏,两人试擦之后,还当场要给妈妈也涂抹一下。一家四口就站在百货公司的中庭,妈妈温顺地任女儿摆布,那个父亲,被高原阳光晒得黝黑的脸上,正浮现出笑容,静静旁观着他心爱家人的一切细微动作。

现在,眼前的年轻女医生,微笑前来和我们握手道别,祝我们此去一路平安。如果把医生身份加在她身上的那种比较严肃的感觉暂时去掉,微笑着的她,是位多么娇柔可爱的女子啊!

大家向帮助过我们的几位村民致谢之后,就高高兴兴上车,往前路继续驶去。

由于昨夜的耽搁,其木格宣布说恐怕不能再绕路去古战场了,我们必须直接往另外一个目标走去,那处苏木蒙古文的发音是"Delger Khaan Sum",就是《蒙古秘史》全书写成的地方。

《蒙古秘史》最后一节,也就是第二八二节全文如下:

> 大聚会(即"大忽里勒台",蒙古文发音为"Yeke knurilta")正在聚会,鼠儿年(据说是一二四〇年)七月,各宫帐在克鲁涟河,阔迭额—阿剌勒地方,朵罗安—孛勒答黑与失勒斤扯克两山之间留驻之时,写毕。

自由的生命，自由的时光。

2006 年 7 月蒙古国草原　（陈素英　摄）

《蒙古秘史》的作者佚名,学者推测,应该是在窝阔台可汗执政时期的官员(或史官)。这本史书,是记述自成吉思汗先世一直到窝阔台可汗继位在朝的许多珍贵史料实录。

经过学者考证,此刻我们要前往的那一个苏木 Delger Khaan 就是史书上所言之地。在那里,还留有当年宫殿的基石遗迹。蒙古国政府在一九九三年左右,在当地立了一座纪念碑。

路途实在很长,到了暮色四合之际,才来到离 Delger Khaan 苏木还有十公里的一个旅游营地,我们在这里下车过夜。

三个女生睡在一个蒙古包里,三张床都靠墙。大家请营地的服务人员帮我们把中间的火炉升起来,这次可是用了草原上传统的燃料——牛粪,火势很旺,瞬间蒙古包里就热了起来,害得我一直往墙边躲去,半边身子才能稍稍觉得凉一点。

半夜下了大雨,雨声清脆,打在蒙古包外层的帆布上,整夜不停。

我做了一个梦,又梦见在自己房子的后面,原来还有个一直荒废着的空间,看见别人都把属于他们的那个空间整理得好好的,我心里很羡慕,又很惆怅。

在这样惆怅的心情中醒来,雨还在下,凝视着天窗上那处已经遮了一大半的小缝隙,追问自己为什么总会有这样的梦?是多有贪求?惧怕荒废?还是一种不肯停止的自我谴责?

为什么总是会做着同样的梦?

十九日(星期三,雨后阴)

两天都不敢多进食的我,今天早上,在蒙古包内也只喝了一小碗奶茶,吃了一片面包,就上车出发了。

其实不远,只有十公里的路程,只是雨下个不停,天空是一色的灰,看样子,这个雨还会下很久。

纪念碑立在草原上地势较高之处,远远就看见了,一座细长的石碑兀立,周围空旷极了。走到近处(把车子停在比较远的地方,下车步行),才看得出石碑是立在一块面积稍大的平台之上,我们要走几级阶梯才能登上这块平台。

纪念碑在平台的中央,上面浮雕着成吉思汗的立像。一九九〇年之后,蒙古国已取得政治上的独立,制作任何的纪念碑,都可从容动工,再也不会被压制被破坏。因此,这座纪念《蒙古秘史》全书书写完成的石碑,形状虽然看起来简单,然而所有的细节都经过仔细琢磨,很耐看。

石碑附近,有当年宫殿遗址,还能看见石柱的基石。

雨渐渐停了,远方的天际线上,露出一片淡淡的青色天空,前景是站在山坡上的马群。这些马群一直不断地在移动,有那么一瞬间,它们好像成为一条直线,刚好就一匹又一匹像排着长长的队伍一样,站在天与地接壤的那条微微起伏的曲线之上。

相机拍不出那种辽阔的空间,绘画做不做得到?

在附近逗留了许久,才开始我们的回程。来肯特省,本来计划的是四天行程,如今多用了两天,可是我觉得还是意犹未尽,希望下次来的时候,时间可以再多一些。

不过,在蒙古高原上,无论放进多少时间进去,恐怕永远都不够。在终于离开草原路驶上柏油铺设的主要公路之时,正是一处名叫木伦苏木的地方,与我同名。

感谢其木格这几天来的带领与翻译,也感谢拉夏先生沿途的辛苦,他是一位非常稳重的驾驶,让我们得以平安度过所有的波折。

返抵乌兰巴托,忽然觉得城市的喧闹特别明显,不禁深深想念刚刚才离开的草原了。

二十日（星期四，晴）

早上睡得很晚才起床，不想出门，就在旅馆休息。

下午四点，和洪格尔约好去看她的画。

原来她有间小小的画室，堆得一屋子的作品。

我非常喜欢她其中几张，尤其是以象征的画法来表达她对于乌兰巴托市郊，那层层叠叠暂时栖居在山坡上的蒙古包所隐含的困境。

我建议她以此为主题，再作一系列的试探。

六点钟回到台湾会馆，旅行的困倦开始发作，人的情绪好像也受到影响，特别容易激动。

恐怕是累了。

素英却还很有精神。现在是她在联络她新认识的朋友，是两姐妹，准备明天带我们去和林故都，听说要一早出发。

这一趟，我就完全听素英的安排了。

二十一日（星期五，晴）

一九九〇年第一次来蒙古国，是与王行恭同行。内蒙古的一位朋友，特意拜托蒙古国的都勒先生，前来招待我们。

他问我想去哪里？我说想去哈剌和林。于是，都勒先生就把他自己公司的汽车和驾驶都借给我们，再请一位经理与我们同行，往哈剌和林出发。

古都其实早已毁于战火。

那次所见到的，其实是在三百年后，在都城的废墟上，用遗留下的建材所重筑的好几座庙宇，以一百零八座佛塔所筑成的墙垣，围成一个正方形的城池，称额尔登尼召（"召"在蒙古文里意指"寺庙"，

和林故都遗址。

1990 年 10 月蒙古国

不过原为藏文。"额尔登尼"是"珍贵的"的意思）。

额尔登尼召建于一五八六年，又经过了四百年的时光。由于苏俄控制的蒙古政府，进行过灭教活动，所以在近代颇受摧残。

一九九〇年，我第一次前去，印象深刻。

那时，额尔登尼召之内，荒草凄迷，不但满满地长在寺院阶梯之前，甚至还长上了庙顶的屋檐与瓦缝之间；额尔登尼召之外，是无边无际的旷野，天穹之下，眼目所及之处，寂无一人，仿佛是一处被遗忘了多年的世界，只有蹲踞在草原上那只石刻的、曾经驼负过华表的巨大石龟,见证了帝国的存在。

今天,离一九九〇年已经十六年了,我才是第二次去哈剌和林。

上次走的是草原路,所以用了十几个钟头。这一次,行前问过好几个人,都说柏油路已修好了,此去畅通无阻。但是关于行车时间,却各有不同的回答,从三个钟头到七个钟头都有,所以我做个保守的总结——大概总要走上六个小时吧。

想不到,早上七点半一车四人从乌兰巴托往西南方向出发,傍晚六点多才抵达哈剌和林。

哈剌和林在前杭爱省内,离乌兰巴托大约不到三百公里,但是中间有一段长达两百公里的柏油路面可说被全毁,路况太坏,坑洞太多,不时要刹车,咬牙切齿地行驶过来,时速总是低于二十公里。

带我们出游的两姐妹,姐姐开车,蒙古名字很难念,她说就叫她小孟好了,妹妹也把名字简化成小梅,我们彼此可以用简单的英文沟通。

小孟说,蒙古国的冬日严寒,对修得再好的柏油路也会造成毁损,更何况施工较差的路面,几个冬天下来,就面目全非了。

在去和林的路上,有两三处旅游区,十几二十个蒙古包聚在一起,其实也不错,如果有中学或大学的毕业旅行,可以考虑全班到蒙古国一游,参观今昔两处蒙古的都城。

抵达和林之时,远远看见那用一百零八座白塔所围起的方城还在。周围也有空地,不过,再远的周边,就出现了不少建筑物,还包括一个大面粉厂。

我们入住的旅馆,离额尔登尼召还不算远,是一栋两层楼房,楼上有十个房间,楼下有饭厅和看电视的休闲室,院子里也搭了十几个蒙古包供住宿之用,价钱比房间要便宜些。

不过,我们还是要了有浴厕有热水的房间,素英和我一间,小孟两姐妹一间。

从旅馆房间的窗户远观额尔登尼召的白塔墙,当然不是我此行的目的,更等不及到明天早晨才能前去。于是,乘着天色还很亮,行李一丢,略略梳洗一番,便央求小孟先开车带我们去看一看。

靠近之后,欣喜于筑有一百零八座佛塔的长墙无恙,城楼无恙,城楼下巨大的两扇红木门无恙,推门而入,里面的几座寺庙也安然无恙,屋宇比当年整洁,有些还搭着鹰架,有工人在为细部重新上彩,不过,一切都还没有失去当初的面貌。

漫步在石板铺成的通路上,心中不急也不赶,想着明天一早,还可以再来。

天色有些暗了,小孟带我们往旅馆的方向回去,路边有个小型的那达慕会场,有几位看样子是旅客的,正在场边观望,怎么其中有我认得的朋友?

忙请小孟停车,那几位男士也往我这边望过来,原来都是内蒙古的艺术家和音乐家,中间还有乌兰托嘎,我的朋友,也是作曲家,赶快下车向他们问好,真是太巧了!

(他们也和我们住同一个旅馆,不过只住一夜,我们想多住两天。)

在蒙古国这么大的地方,能够就在路上相遇,也并不是常有的事吧。

晚上早早地睡了,希望明天可以早起。

二十二日(星期六,晴)

早上醒来,素英已经出门了。我赖在床上,想着今天赶不上看日出,只好等傍晚看日落。吃完早饭,小孟两姐妹、素英和我,四个人一起出发去额尔登尼召。进入园区内服务处之后,小梅找了一位说蒙古文的女导游来为我们解说,再由她翻译给我们听。

说实在的,这样的间接介绍,听不进什么东西。加上我又每每被眼前的画面所吸引,想多停留一会儿,并不想走马观花,所以节奏总是不能和她们配合。

不过,大致还是在笔记本里记下一些:一二三五年,在窝阔台时期才开始大规模兴建的哈剌和林,后来毁于战火。一五八六年,在和林故都遗址上建起额尔登尼召,是蒙古最早的黄教寺庙。在一九三七年的"灭教运动"开始之时,这里有六十二座庙宇。今日,拉不楞寺,是惟一一座还日日有诵经,可以去参拜的佛寺,现有四十多位喇嘛。

我是一心三用,一边听着小梅的转译,一边端详着眼前的许多画面,一边还回想一九九〇年第一次来时的情况,在心中不时做着比较,所以并不能很专注于那位导游的讲解。

进入供奉年轻时的释迦牟尼佛祖的大殿参拜,原先只是在注视着那用五千颗珊瑚所组成的曼陀罗。忽然听见小梅在给我们翻译,她指着在佛祖身前左右两侧两尊佛像说,在佛祖右边的是太阳,左边的是月亮,同时,这两尊佛像也代表父亲和母亲。

听到她说出"也代表父亲和母亲"之时,我心中忽然觉得疼痛和酸楚,同时流下了热泪,于是在佛前跪下,默默地叩首三次,然后才转身辞出。

我无法解释那突然的疼痛,无法控制那突然的泪水,然而,站在千里奔赴的大地之上,我深信,一切的触动都有它的意义。

我不是佛教徒,因此,在寺庙里不想也不敢摄影。可是,见到好几面墙上的壁画,真是不舍得太快离开。导游小姐说,从壁画、佛像到唐卡,大大小小算起来,额尔登尼召内总共有一万多件艺术品,创作时间是从十六世纪一直到二十世纪初。

初见额尔登尼召。

1990 年 10 月和林故都

在一座供奉着观音的庙内,有一张十八世纪的白度母画像,她是少女的保护神,因此,这张画像上的白度母也极为青春美好,让人以赞颂之心膜拜。

绿度母则是妇女的保护神,这位导游说,总共有二十一位度母,而所有的二十一位度母的特征都在绿度母的身上。

真的,绿度母的画像果然沉静而又内含张力,母性果真是集柔弱与刚强于一身。

时间还是不够。一九九○年来时,博物馆并没有开放,王行恭和我,只在建筑外面的残破碑石旁逡巡,那时,拉不楞寺旁边并没有围墙和门房,更别说此院中所栽植的花木了。

现在,大殿与许多座大大小小的庙宇内部,绝对不是上午这半天时间可以参观完毕的,但是,因为下午还要去看稍远处的阙特勒碑,还不知道路好不好走,所以,时间也就这么多了,告诉自己,下次再来吧。

城外的石龟还在,石龟之旁,就是最近有考古队伍正在发掘的和林故都宫殿的遗址,不过,可能因为顾虑今年的游客会特别多,干扰挖掘的进行,已经将工作现场回填了,所以,除了土堆上的杂草之外,我们什么都看不到。

我不反对这样的保护行为。如果真想多知道一点关于哈剌和林这座城市,其实可以去看法国的修道士鲁布鲁克所写的《鲁布鲁克东行记》。他是奉路易九世的命令,在一二五四年访问了哈剌和林。

据他书中所说,当时城内有十二座佛教寺院,两座清真寺,还有一座基督教堂。他也描写了宫殿的内外,不过,最著名的一段,是他所见的那一棵"树":

> 这个年轻人还向蒙哥汗报告他吩咐制作的工艺品已经完工。我将在这里把这件工艺品向你描绘……在这座大宫殿的门口,因为运进盛奶和其他饮料的皮囊,很不雅观,所以巴黎的匠人威廉就地制作了一株巨大的银树,在它的根部是四只银狮。各通有管道,喷出白色马奶。树内有四根管子,通到它的顶端,向下弯曲,每根上还有金蛇,蛇尾缠绕树身。一根管子流出酒;另一根流出哈剌忽迷思,即澄清的马奶;另一根流出布勒,一种用蜜制成的饮

料；还有一根流出米酒，叫做特拉辛纳的。树足各有一特制银盆，接受每根管子流出的饮料。顶端这四根管子之间，他制作了一个手拿喇叭的天使，而在树的下部，有一个穹隆，里面藏有一个人。有一根管子从树心通到天使，最初他做了一只风箱，但风力不足。宫殿外有一个储存饮料的窖，那里的仆人听见天使吹喇叭的声音，便准备把饮料倾倒出来。树有银枝、叶子和果实。每逢饮宴的时候，大管事就命令天使吹喇叭。这时，那个藏身于穹隆里的人，一听见命令，马上拼命往那根通向天使的管子送气，天使就把喇叭放到嘴上，大声吹响喇叭。于是窖里的仆人听到喇叭声，把不同的饮料倾入各自的管道，从管道流进准备好的盆中，管事再取出送给宫里男男女女。

从额尔登尼召回我们旅馆的路上，有人照书中"喷酒的树"形貌仿制了一棵，就立在路边，可是不知道是少了什么？反正我怎么看都觉得不对劲。

吃完中饭，再出发去看突厥的阙特勤碑，当地的人叫我们从额尔登尼召的西方，沿着一条正在修筑的柏油路往前直走就行了。可是，这条路还不能行车，两旁堆满了施工中的土堆和石堆，我们的车是在路旁边的草原上蹒跚前行。

开始我还不明白这是什么意思，后来，小孟告诉我，这是土耳其人来修的公路，为的是直达阙特勤碑矗立之处，因为那是突厥汗国的文化遗址，有不少土耳其人来此参拜。

所以，跟着这条路走就对了。

突厥，在学者的考证里，有一说认为他们是铁勒族的一支（"铁勒"就是战国、秦、汉时的"丁零"，魏晋南北朝时的"敕勒"，又名"高车")。也有一说从神话开始,说突厥原是匈奴别种,居住在西海以西,被邻国所灭后,只剩一孤儿被弃于草泽中,有母狼前来喂食,长大后与狼交合,母狼有孕。在敌人重来搜索之时,"若有神物将狼移置于西海之东",这西海之东就是高昌(也就是今日的新疆吐鲁番)。狼生十子,就是突厥的祖先。

　　公元五世纪,突厥被柔然所征服,因为他们很会冶铁制铜,遂成为柔然人的"锻奴"。最后起来反抗,成功之后,逐渐扩充成为一个幅员辽阔的突厥汗国,被隋所击败后,分为东西两部。公元六三〇年,东突厥被唐太宗所灭,公元六五九年,西突厥也被唐朝征服,可是到了公元六八二年,颉跌利施可汗重新建立了一个突厥政权,就是历史上的后突厥汗国。

后突厥汗国,阙特勤碑正面。

2006 年 7 月蒙古国后杭爱省

阙特勤(公元六八四年至七三一年)是颉跌利施可汗的次子,他在父亲死后多年的乱局之中,拥立自己的兄长默矩为毗伽可汗。有一段时间,是与中原的唐朝和平相处,所以阙特勤过世,毗伽可汗为他立碑之时,碑文一面是古突厥文,另外一面则是汉文,由唐玄宗具名,据说是他所亲书。

　　我不记得是不是在教科书里的插图,但我清清楚楚记得在中学时就见过这块碑的图片(当然是汉文那一面)。如今,竟来到立碑之处,觉得非常兴奋,又有种难以解释的亲切感,就一直换着不同的角

额尔登尼召的外墙有一百零八座佛塔。

2006 年 7 月蒙古国和林故都

184

度想为这座碑拍张好一点的相片,原是云层密布的天空,有一阵子,阳光乍现,把碑上的文字与图像映照得非常清楚,我们就更加兴奋地拍照了。

有一位男子骑着脚踏车来观看我们很久,发现我们除了拍照以外,其他一切动作都很守规矩,不毁损一草一木,也不去触摸碑石。于是,他就向小孟表明身份,他是这里的看守员,有更好的东西可以让我们参观。

运气实在太好!在碑石之旁,有一座像仓库一样高大的建筑,

虔诚的祈祷者。

2006 年 7 月和林故都额尔登尼召墙外

原来里面存放着蒙古与土耳其两国合作的考古工作中所发现的许多石碑或石羊、石马,甚至还有从"鹿石"这个古老的传统演变下来的"草原石人"!

更让我们惊叹的,是见到了毗伽可汗碑!原来已断为几截的石碑,如今已经修复,就矗立在我们眼前,也是正面是古突厥文,背面是汉文,但字迹不很清楚,然而那巨大的石碑本身,挟带着厚重的历史沧桑,却真是有千钧之重啊!

心满意足地往和林驶回,路途上天空有万千变化,同一时间里,左边有乌云,云下雨丝密布,中间却是晴空万里,再转个方向,彩虹横跨天空,让我们兴奋得不知如何是好!

傍晚回到和林,终于拍摄到夕阳下的佛塔。

二十三日(星期日,阴雨转晴)

早上起来,觉得寒意很重,又有细雨。

出发后,见到草原上铺满了薄薄的白霜,天空全是灰蒙一色的云层,温度在三摄氏度到四摄氏度之间,所有带来的衣服全穿上了。幸好有一件"北极熊"牌的羽绒服,不长,但刚好够遮到腰与腹部,这一路很有用(听说这是我们台湾自制的品牌)。

想念昨天那么多变化的美丽天空。

路上有人家在卖马奶酒,小孟说一定要买,因为后杭爱省的马奶酒是有名的。

只有一段完好的公路,然后又走上了那段可说是柔肠寸断的两百公里坏路,刚下过大雨,到处是深深浅浅的水坑,永远是一挡二挡的速度,不知道何时才回得了乌兰巴托?

我看小孟太累,所以中间有一段路面比较整齐的地方,我提议和她换个座位,由我来开车,她好休息一下。

这样的驾驶经验，不比在新疆的"玩票式"，是真正在替驾驶分担劳务，要时刻警醒。（去年七月在新疆戈壁滩上，新修的公路又宽又直，朋友放手让我开到一百四十公里的时速。在戈壁滩上飙车，一开就是好几百公里的距离，那感觉真是如梦如幻，好不快意！）

下午四点，天气转晴，我们一车四人的心情也慢慢变好，忽然看到路旁有很大的标示，原来我们已经接近霍斯丹野马国家公园。

小孟问我们要不要拐进去，我们三人都欢声同意，于是，车子就离开公路，右转一条小路慢慢进入国家公园的园区了。

十几分钟之后，开到服务区，服务人员告诉我们，能不能见到野马，要看运气。因为幅员如此广大的国家公园，只有一百多匹野马放养在其中，没有栅栏，完全自由，要到何处去寻找？实在是难以判断。

好吧，既来之则安之，即使看不见野马，能见到如此好山好水的国家公园，也算是享受。

车行山径中，周围的草色特别柔媚，小孟放慢车速，迂回前行。前面远远有一部中型旅行车，与我们大概有几十米的距离，由于路的曲折，那车身时隐时现。

四点半的时候（小孟后来说，大概才开了七公里左右），在一处上坡的地方，前车忽然停住不动，正想催他们快走，忽然明白，恐怕是遇见什么了。

果然，从车窗那么小的空隙望出去，坡上再往前方，是一条略微陷落在两处坡地之间的山谷，长满了柔细的青草，有一群大大小小的野马正在悠闲地觅食，靠近我们这一面的坡地上，开满了白色和粉紫色的小花。

这画面令我们难以置信，这运气可真是好到不行！

野放的马群就在眼前的山谷里等着你！

普氏野马。

2006 年 7 月蒙古国霍斯丹国家公园

这可不是普通的野马,而是赫赫有名的草原原生种最最古老的血统"普氏野马"哎!

大家都张着嘴傻笑,一点声音也不敢出,轻手轻脚停了车再下了车,以极慢的动作逐渐向前试探着靠近。

野马不太畏人(也许它们可以测量出安全距离),依旧神色自若地低头吃草。现在数清楚了,一共十三匹,其中有三匹幼驹,长手长脚的,稚气未脱,喜欢卧在草地上观看我们。

我们这两车人,也就是十几个,其中也有两三个儿童,什么国籍

人群与马群遥遥相望。

2006 年 7 月蒙古国霍斯丹国家公园

都有,从地球的各个地方跑过来,能和普氏野马家族见上一面,就心满意足了。

　　人群与马群隔着一片开满了细碎野花的坡地彼此对望,都假装不怎么在意,可是都在心中谨慎地估算着可以前进或是必须撤走的距离,就这样相处了有二十多分钟,和平而又静默。

　　也许还可以更久一些,但是,人群之中有一个东方男子忍不住了,往前多走了两三步,马群开始不安,有几匹成年的马就转换了姿势,往山谷的另外一方,向着小路以及更宽阔的远方走去,然后小马驹也站了起来，跟在母马的后面，十三匹马排成一条散漫的行列，缓缓地离开这处谷地，姿态极为从容，并无惊吓的模样，让我们好像也觉得并没有太冒犯之处。

眼光追随着它们慢慢走远，这时候，又有两部旅行车开到，年轻的西方女子跳下车来，也是满脸欣喜的神色，望着马群的背影赶快拿起相机来拍摄。

坐在草地上，我不能不满足于此时此刻的收获，记得四月的时候，在比利时，还与伊素谈到关于这种普氏野马的一些资料，想不到才隔了三个月，竟然就在蒙古高原上亲眼见到，真是幸运。

普氏野马的学名好像是"Equus caballus prjevalski"，是惟一真正的野马，不像有些野马是被驯养之后再逃脱而成的野马（法文名称譬如"Le Mustang""Le Cimarrow""Le Brumby"等等野马）。它们是在一八七九年被一位俄国的探险家 N. M. Prjevalski 所发现的。

普氏野马的毛色浅淡，带些柔黄的色泽，前额宽，鼻梁挺直，但整匹马身感觉比一般的蒙古马秀气一些，这是从很古老很古老的年代一直延续下来的血统，从来不曾被人类驯养过的野马（不过，如今为了保护它们，这样在国家公园的放养，其实也等于是一种范围较大的圈养了）。

想到回去台湾时，可以打电话给伊素，与她分享我此刻的快乐，她一定会很高兴。（现在倒是很后悔，没有一个手提电脑，不会用E-mail，否则不是即时即刻的惊喜吗？）

另外一部刚才在我们前方的旅行车已经回去了，新来的两部车停得稍远，素英还在更远的左前方跟拍那些走远了的马群，我就在开满了野花的坡顶坐了下来，不急着离开。

如何让自己能够深深记住这一个时刻？这一处空间？

长满了柔细青草的山谷，开满了浅色野花的坡地，还有远处那长长的山梁。山梁上，已经有脚程比较快的野马站在天与地的交接之处，回头观看着这一片谷地，那惹人怜爱的小马驹还跟在母马身边往前快步奔走，不敢稍离。这样的场景，是神话里的插图，还是传说？还是我在梦中曾经见过？

恐怕这是从前的我，就是在梦中也绝对梦想不到的美好时刻吧。

二十四日（星期一，晴）

昨晚回到乌兰巴托。

今天早上，去吃早饭时，发现早说要回台北的魏小姐还没启程。我非常高兴地和她约好，二十六号那天一起去看乌兰巴托近郊的一处突厥文化的遗址。

今天旅馆很热闹，新来了一团二十四位台湾游客，由"蒙藏基金会"的郭处长带队，团内有景美女中的师生、校长，还有好几位住在台湾的蒙古同乡，有薛家兄弟二人带着家人，还有海中雄的孩子也来了，感觉特别亲切。

其中有个女孩，读淡江大学中文系，过来与我说话，是我那些会流泪的小读者之一。（我知道，她们的流泪并非如一般观念里所认定的"多愁善感"，相反的，她们常常是具有一个特别强悍又特别敏感的生命，在难以言说的困顿或释放之时，泪水常常先于一切而出现。）

在这样的相遇里，我其实不能说些什么，不是拙于言词，而是对她那样的反应，我总觉得，有一种由衷的敬意。

有多少人不敢打开自己的灵魂？不敢把自己的触动释放出来？有多少人的整整一生，都顺服于无意义的捆绑？

今日与昔时共聚一堂。

2006 年 7 月蒙古国乌兰巴托

早餐桌上,我坐在她父亲旁边,对于自己女儿刚才的激动表现,这位父亲说:"其实,孩子是从你的诗里找到一个出口。在我们的教育里,他们没有得到指导,无所适从。从来没有一门课程,愿意来谈一谈关于'爱上一个人'这件事要怎么面对的问题……"

　　是的,"爱上一个人"或者"渴望去爱上一个人"这件事,并不是只要大人说了"不准"和"太早"就可以解决的。

　　生命里最美好的感觉在初初萌发之时,不应该得到如此断然决然的粗暴对待。

　　如果学习知识与技能,是为着一个孩子的前途,那么,学习如何去爱与被爱,甚至学习如何去接受"不被爱"或者"不再被爱",不也是为了一个生命的前途?

　　在年轻的时候爱上了一个人,或者渴望去爱上一个人,也是一种需要认真对待的学习。这是与生命一起成长的一堂不可或缺的课程。

　　可是,一直到今天为止,在写诗的时候,我都没有存心想去劝说任何人,我只是想要劝说我自己而已。

　　不过,如果年轻的孩子真能从我的诗里找到一个出口,我还是很庆幸,庆幸我们之间有共鸣,而这个共鸣来得不算太晚。

　　前几年,有天晚上,住在附近的关郑忽然打电话给我。她说,这天晚上稍早的时候,来了三位客人,是一对夫妻和那个丈夫的哥哥。这对夫妻,和孙超很熟,所以一坐下来,就聊个不停。至于那位大哥,刚从国外回来探亲,和孙超与关郑都是第一次见面,一个人坐在旁边,从茶几上拿些杂志和书来翻看。

　　关郑说,他们两对夫妻聊得正欢的时候,忽然听见哭声,不是暗泣,而是号啕大哭的哭声。才发现,那位大哥,正是那个号啕大哭的人,手里拿着的是我的一本画册,里面有几首我的诗。

关郑说:"他哭了很久才停。解释了之后,我们才明白,是因为你的一首诗。五十多岁的人了,一直在做生意,到处跑,很少读书,更别说读诗了,今天这样的感动是第一次。"

关郑的转述,当然是含有对我的鼓励。可是,我却觉得,也许我的诗给了他一些触动,然而,真正会令一位五十多岁的男子号啕大哭的原因,恐怕有很大的一部分,是因为这触动来得未免有点太迟了吧?

我们原本柔软的心,却被层层的限制与捆绑围困了这么多年,这是多么遗憾的事。(不过,如果一首诗能打开一颗被围困的初心,那么,再怎么晚都不能说是太迟,对不对?)

下午两点,其木格与乌云娜前来,带我去拜访了历史学家达赖教授。

他的风范果然不凡。

印象最强烈的,是他以长者之姿,在见面时,双手托着我的面颊,在我额上轻轻吻了两下,这是蒙古长辈对后进的疼爱与祝福之礼,我深受感动。

他正在写作,我不敢多耽误他的时间,只问了两个问题。第一个问题是我的父亲曾说很多人写有关蒙古的历史,我们只能相信一半,这个说法对不对? 又如何去判断真伪?

达赖教授说:

"的确是的,我们只能相信一半。至于孰真孰假,就要靠自己的学习与经验来判断了。"

至于第二个问题是问他对于今年这八百周年纪念的感想如何? 我却得到一个很独特的回答。达赖教授说,他认为真正的大蒙古国是从一二〇六年到一二六〇年。也就是说,只有历经成吉思汗、窝阔台可汗、贵由可汗到蒙哥可汗这四位可汗所统治的时空,才是真正的大蒙古国。

其木格是达赖教授的学生,很受他的疼爱,我帮他们师生照了两张相,感觉很棒。

告辞的时候,达赖教授才说,他看过我写的关于蒙古的一些文字,鼓励我要再好好地写下去。

他通晓汉文,与他交谈,不需要翻译,虽然只是短短的几十分钟,却觉得所获很多。

然而站在他那高至天花板,占了整面墙壁的书架前面,他用蒙古文书写的著作,以及他所收藏的蒙古文图书,才真是我极为羡慕却不得其门而入的宝库啊!

二十五日(星期二,晴、偶大雨)

早餐桌上看到并且称赞了黄太太的衣服很好看,她很高兴,愿意带我和素英去采买。

她是外交官的夫人,这几年常有机会在乌兰巴托逛街,知道哪几家的款式设计得比较好,于是,我们三人就出发了。

这是突来的大半天采买,很欢喜。买了许多羊绒围巾准备回台湾送朋友,还买了一些外套毛衣与背心,设计与品质都很不错,价钱却只是苏格兰羊绒衣的十分之一,怪不得店内有许多西方观光客,人手一大袋。

有点累。可是,晚上还是和素英一起出门一趟,去百货公司以及一家韩国人开的面包店采买,准备明天的野餐。

晚上要早点睡,就记这几行。

二十六日（星期三，晴）

早餐桌上见到多日不见的《经典》杂志的心慧，觉得她神清气爽，言谈之间好像整个人神态也变得比较开朗，唇边一直有着笑意，和我在十三号那天初见她时有些不一样。

她说她也去肯特省，然后又去了东方省，因为陪同他们（她与摄影志刚）的蒙古朋友说，一定要去看了东方省的草原，才算见过草原。

她说，她初时并不以为意，自己也去过六十多个国家，在蒙古，草原也看过许多，只是抱着对朋友的盛情难以拒绝的心态，跟着他们去了东方省。想不到，终于到了蒙古朋友所说的草原上，她与志刚站在那里，简直是目瞪口呆，让带他们来的蒙古朋友哈哈大笑，一直向他们说：

"怎么样？我没说错吧！"

心慧说，那草原一望无际的浩瀚，难以描绘，好像文字和言语都表达不出来，摄影也绝不可能。从来从来没有置身过这样辽阔的空间，她对我说：

"可是，这样的感觉，是写不出来，也拍不出来的，怎么办？"

我也不知道怎么办。

后来，整段早餐时间，我都注意到，坐在我对面的她，注视他人之时，双目充盈着光彩，即使在低眉垂首静坐之际，也藏不住嘴角的笑意，好像心里藏着一个美丽的秘密，因而影响了整个人的举止与外貌似的，完全不像我初见她时那样的羞怯与严肃了。

我知道该怎么回答她了：

心慧，说不出来、写不出来、拍摄不出来，又有什么关系呢？这样的草原本来就不是要你去描述它的。没有任何人可以借着他人的描述而能领会草原的真貌，所以只有亲身前往的人，才能得到这

旷野上的暾欲谷碑。

2006 年 7 月乌兰巴托近郊

份感动和这份馈赠。

如今，草原已经安住在你的心中，你所得到的，就是这难以言说、描绘以及记录的强烈触动，好像是上了一堂哲学，一堂美学，或者是一堂神学的课程，窥视到欢然显现的天机。

是的，天地有大美而不言。由于你有一颗敞开的心，如今就有了收获，充满了喜悦。

谁说空间不是最好的教室？

谁说"无垠广漠"不是人生最需要的一堂课？

心慧，多么羡慕你，在这么年轻的时候，就能上了这样美丽而又深奥的一堂课。

多么羡慕你。

上午十一点，魏小姐带我和素英出发，去探访乌兰巴托近郊另一处古迹——突厥汗国的老臣暾欲谷的纪念石碑。

暾欲谷，在魏坚老师给逢甲上课的讲义《北方民族文物专题研究》第五章《突厥考古》里，谈到"暾欲谷碑"，是这么说的：

> 暾欲谷，第二突厥汗国开国功臣和三朝元老，毗伽可汗的岳父。从小在长安四夷馆受教育，汉名"阿史德元珍"。《新唐书·薛登传》记载："时四夷质子多在京师，如论钦陵（吐蕃人）、阿史德元珍（突厥人）、孙万荣（契丹人），皆因入侍见中国法度，及还，并为边害。"

所以，暾欲谷，就是突厥贵族放在中国的人质，在唐朝的宫廷里接受教育。这很像现代许多国家招收留学生的政策，原是希望这些学生学成归国之后，可以与留学国保持亲切感，如果日后在社会里（或在政府内）发生些影响，留学国就可以很容易建立关系。但是，有时也适得其反。

暾欲谷是突厥人，因此，他对自己的国家尽忠尽责，终于成为唐朝的"边害"了。

魏坚老师的讲义上说，由于他对中国的了解，所以他一方面反对毗伽可汗盲目地攻打中原，一方面他又劝诫毗伽可汗，千万不可仿效中国方式过定居生活。暾欲谷认为，只有保持游牧文化传统，才能确保突厥汗国长治久安。

后突厥汗国暾欲谷碑。

2006 年 7 月乌兰巴托近郊

在《旧唐书·突厥传》里,唐玄宗对他的评价很高,说:"暾欲谷深沉有谋,老而益智,李靖、徐积之辈也。"

确实是位了不起的能知己知彼的人物。

今天,魏小姐还请了一位那仁教授(外语学院院长)和我们同行,那仁院长又带了他的一个小女儿,是位正在土耳其攻读学位的年轻留学生,还有位年轻的考古学者杜布兴巴雅尔先生(与我在台湾的蒙古朋友同名),加上司机,七个人坐上一辆九人座的旅行车,高高兴兴出发。

那仁院长的汉文极好,在杜布兴巴雅尔与我们这三个台湾人之间作为临时翻译。杜布兴巴雅尔先生说我们要去的地方,是突厥汗国时代遗留下来的祭祀点,考古学者确定是贵族死亡之后举行葬礼,并再举行的祭祀活动(祭祀点并不在墓地上)。在祭祀之处会竖立石碑,这座暾欲谷碑,碑文是暾欲谷本人的自述功德,刻在两根长形的花冈石柱之上,立碑的时间应该是公元七二○年(一说为七一六年)左右,上面所用的文字,是一种突厥古文,由三十八个拼音字母所组成,如今,在蒙古国,还有两三位学者可以破译。

石碑在乌兰巴托东南方差不多有六十公里处,是一片美丽的大草原,阳光灿烂。走近之后,杜布兴巴雅尔先生要我们注意,这碑文都是刻在向东的一面,此刻日正当中,因而刻纹显得特别深入、特别清晰。

美丽的文字,如今却已不传,幸亏有学者可以为我们译出原意。

魏小姐告诉我说,前几年,土耳其的总统访问蒙古国,专机抵达之后,先直奔暾欲谷碑,祭拜行礼之后,才到乌兰巴托去。因为这里是他们故国遗址的象征之地。

我想,魏小姐所说的,应该就是魏坚老师讲义中的这一段:

"突厥碑铭研究计划"是一九九五年土耳其前总统苏
莱曼·德米热尔访问蒙古时启动的,旨在研究和保护蒙古
高原的古代突厥文化遗产。土蒙考察队近两年加速开展
突厥可汗陵园考古,一个由四十六人组成的科学考察队具
体执行研究计划,其中包括三十五名土耳其科学家和十一
名蒙古科学家……

　　在暾欲谷碑的旁边不远处,有一座和阙特勤碑旁边那栋仓库一
模一样的建筑,想必就是那仁院长所称的临时"博物馆",也是属于
"突厥碑铭研究计划"里的一部分。

　　可惜,"博物馆"今日无人上班,门上上了大锁,旁边的蒙古包也
无人,有趣的是,带我们来的那仁院长竟然只有一句话:

　　"不开门,就回家吧。"

　　然后他就真的转身离开那扇锁住的门了,还面带笑容。好像我
们所遇到的,只是自己家隔壁的小杂货铺刚好今天没营业的小意外
而已,但是,我们这些人可是从万里之外前来专程拜访的访客啊!

　　换作是我们在台湾带队,遇到这样的情况,一定会觉得很窘,也
很紧张,为自己没有事先约好而频频致歉,即使并不一定是我们的
过错。

　　可是,那仁院长只是耸肩一笑,再说一句:

　　"你们今天运气不好。"

　　事情就到此结束了。

　　说也奇怪,我竟然会觉得他的态度也没什么不对。那天在阙特
勤碑之旁,能够进入仓库,是我们运气太好,今天尝一下闭门羹,也
不应该抱怨,人生一切际遇都可处之泰然。

　　一转念之间,所有的负担都放下了。此刻风和日丽,草原如此

广阔,正是去野餐的好时机啊!

走吧! 走吧! 我们跳上旅行车的后座,央求司机开车。大家就在附近找到一处地势最好的所在,然后下车,把大桌巾铺开(其实是素英早上向台湾会馆借的塑胶布),把昨天买好的食物逐样摆上,包括水果、饮料,大家欢欢喜喜地享用了一次在蓝天绿地之间的野宴。

除了天上偶尔会飞来为我们遮阴的大朵白云之外,眼目所及之处,没有一辆车没有一个人没有一丝丝的干扰,此时此刻,我们所享用的,是地球餐厅里的顶级包厢,还能不知足吗?

在宴饮之间,我们还在讨论刚才所见。有人问,那从暾欲谷碑一直延伸出去在草原上排成等距的一方又一方高矮不等的小石柱,到底是何用意?

杜布兴巴雅尔先生的回答是:

"中国的学者喜欢说这是'杀人石',就是这位突厥贵族征战中一生杀人之数,一人以一石代替。"

"但是,突厥的学者却说,当年将军征战,一场战役就杀敌无数,岂是几十几百可以数算得出来的? 因此,他们认为,在祭祀地点以直线等距排列的小石柱,应该是前来参加祭祀的贵族代表人数,一人以一石来代替,表达永恒的追思。"

暾欲谷碑前一直延伸到远方的小石柱,据说有四百多方,可见当年祭典的隆重。

我喜欢后者的说法。

像是一首无言的诗歌:

芳草萋萋,立白石以为铭记,以我恒久的追思,来表彰你不朽的功绩……

二十七日（星期四，雨天）

这"雨天"两字，写时的心情有点特别，因为我是在不怎么喜欢下雨的蒙古高原之上呢。今年夏天，蒙古国的雨量真是特别丰沛，我来的这三个星期里就下了不少场大雨，气象报告，今天和明天都会是雨天，真好！因为，有时候三个月里说不定只肯下十分钟雨。

不过，乌兰巴托市没有下水道，雨一大，街道上的存水久久不退，就会让行人有点狼狈。

明天就要回台湾了，近在咫尺的宗教博物馆这次没去成，甘丹寺这次也始终没能去成（只去参拜过一次观音立像）。

有点累了。

下午三点，去拜访高陶布先生，这十几年来，他为着台湾与蒙古的文化交流，默默地做了许多贡献，令人敬佩。

要回台湾了，竟然有些舍不得这个乌兰巴托的"台湾会馆"。

实在是个可爱的旅馆，二楼有台湾的商务机构，还有家扶中心援助蒙古儿童的办公室。楼下的圆桌早餐也极为有趣，每天大家在此见面，交换心得与资讯，仿佛是一场又一场快乐而又效率极高的"早餐汇报"。

喜欢这个旅馆，并且还发现，住一个月，只需付十五天的钱！

所以，素英和我出出进进，一会儿往东，一会儿往西，只需提个简单的行李就出门了，所有其他衣物都还挂在衣柜里，也不用退房，每天都有可爱的女服务员来帮我们打扫得干干净净，非常理想，真是宾至如归，物超所值。

还在这里遇见许多朋友，今天又见到了国瀚和光玉这一对让人羡慕的年轻夫妻，听说他们才刚到，准备在蒙古住三个月！

实在是个可爱的旅馆。

顺带一提，其木格告诉我，在蒙古文里，就有发音为"台湾"的这

拉不楞寺。

1990 年 9 月蒙古国和林故都 （王行恭　摄）

拉不楞寺,花木扶疏,信众络绎于途。

2006 年 7 月 22 日蒙古国和林故都

个字,意思是"平安"。

二十八日(星期五,晴)

说是七月二十八日的韩航,但飞机起飞的时间却是凌晨一点二十分。

小孟开车送我们去机场。

乌兰巴托机场的入境室没有什么改变,出境室却与一九九八年之时大不相同!

好多年没来了,发现出境室的空间大了许多倍,又有好几家免税店、小餐厅,最主要的改变,是多了许多在机场候机的观光客,以日本、韩国的游客为最多。

一点多起飞的飞机,凌晨四点飞到首尔的仁川机场,下一班转台湾的班机要在九点半才会起飞。所以,一到仁川机场,素英与我就去选了一排椅子(候机处有许多排椅子,中间非常仁慈地不设分隔的扶手,所以其实就等于一张长长的床)。我们将风衣裹着皮包,垫在头下当枕头,素英为我盖上她新买的羊绒大披肩,又轻又暖,就这样入睡了。(这趟旅程,本人可是什么样的床都睡过了,仁川机场的这一张,又安静又平坦又没有蚊虫叮咬,可以打八十分。)

从四点多睡到七点多钟,起来去洗手间,发现所有值夜班的工作人员都在此洗脸刷牙,我也就不客气地向她们学习了。漱洗完毕,走回原地,素英还没醒来,安静的候机长廊里,还有别人也是与我们一样地和衣而卧,头枕在自己的小包包上(男性的旅客则枕在○○七的小提箱上),各种国籍的人都有,真是天下一家的好榜样。

九点半起飞,十一点多就到了桃园机场,两辆车来接我们,都是素英的好心安排。恒翠和仁伴小两口送我回淡水,姜先生接素英回士林。姜先生是送我们两人出国的,此刻又来接机,带着批判的眼光,他一直审看着我们两人的行李。是的,行李好像比去时增添了不少体积与重量,可是,在蒙古国有那么多美丽的羊绒衣和围巾,不买一些怎么行?

二十九日（星期六,晴）

昨天回到家,觉得一点也不疲累,讲电话时话特别多。最后,很晚了,连璎打电话来,发现我很亢奋,就发挥了她的专业权威,下了命令,要我去吃一颗安眠药,强迫入睡。

我只吃了半颗,睡到今天早上八点多。但是因为腰扭了,没有办法像平日一样下床,试了好几种姿势、好几个方向,才终于能让自己滚下床来。

不过,站起来之后就没事了。

最快乐的时刻就是打开行李,拿出买给家人的礼物。这次,给海北和凯儿都买了用牦牛的毛所织的衣物,一说牦牛,大家都先想到那个庞然大物,但是看到纺织成品是又轻又软又暖,都不禁要叹为观止。

给慈儿买的是设计得很新潮的羊绒衫,今日的蒙古,可说是处处都有惊喜哩!

说到惊喜,今天还有一事极为快乐。

要从七月八号说起。那天,拿到记者证之后,也拿到一份包含了许多资料的袋子,其中不是有个二十页左右的小册子吗? 那是给各国记者参考的庆祝八百周年的节目资讯,翻开之后,封面内页上方印着一张查干苏鲁德(九脚白旄纛)的彩色相片,当时只觉得眼熟,觉得和我一九九一年拍的那张有点相似,却绝对不敢想像就是我拍的那一张。

后来接着就东奔西跑地玩疯了,也把这件事给忘了。今天,站在我自己的书房里,面对着木板墙面上层层叠叠浮贴着的从书稿初样里选出来的画页,我所拍的那一张查干苏鲁德就在正上方,心里一震,赶快把刚从蒙古国带回来的资料袋拿出来,找出那本官方印刷的小册子,翻到第一页,我的天啊! 根本不需再加以比对,这就是我拍的那一张!

就是一九九一年七月中,我在乌兰巴托庆祝国庆的那达慕会场上所拍的那一张!

真是又惊又喜,好想与人分享我的快乐。于是,拿起电话就打给赛纳,因为他也是对查干苏鲁德久拍不厌的蒙古人。今年整个节庆,也是在蒙古国跑来跑去摄影,他的手上,也有这一本小册子。

赛纳已回到内蒙古,接到电话,听了我兴奋的诉说之后,他还不太相信,问我有没有可能是别人在同一个角度拍到的?

我向他大声叫嚷:

"可是,他必须是跟我在同一天、同一阵风、同一朵云彩、同一个高度、同一个角度,同一个时间按下快门才有可能啊!"

挂上电话之后,我又大呼小叫地跑下楼告诉了海北,他笑着说:

"想不到你这个傻瓜还真有傻运气。"

他叫我"傻瓜"是有理由的。因为,他原本是我早年的摄影老师,但是教了几年之后,发现我是个数字白痴,永远搞不清楚镜头与快门的数字到底是谁大谁小? 谁快谁慢? 可是又赶不走这个学生,所以只好花了许多心思去替我挑相机。尤其在我开始踏上蒙古高原之后,我的设备包括变焦的长镜头都是他去买的。一切都设想好了,除了对焦之外,其他一切都是自动,本人只要负责取景即可。

想不到美丽的相片却源源而出,不但在报上发表,甚至还出了专书。所以,海北常常会说这个世界其实没有天理,他这个技术精湛的摄影行家所拍出来的相片(除了以他的太太为主角的之外)却乏人问津。

最令他气恼的是一九八一年,我背着个新相机去印度和尼泊尔旅行的时候,连换胶卷都不会。一路上都靠同行的王行恭帮我换装胶卷,结果拍回来的相片竟然上了《妇女杂志》的封面!

是的,这个世界真的很不公平。

而现在,这个只会使用"半傻瓜"相机的傻瓜,"作品"竟然登在蒙古国的官方资讯上了。他实在想不通,于是又问了一句:

"难道在这十五年里面,蒙古国的摄影家竟然没有拍出一张合意的来吗?"

当然不是。

我想是一九九一年七月拍了之后,有些得意,除了分送台湾的朋友以外,九月再去乌兰巴托之时,我又加洗了许多张送给蒙古朋友,或许有人留了下来,才有可能在这次被选上。多么奇妙的机缘啊! 我都能想像在美术编辑的桌上,不知道有多少张以查干苏鲁德为主题的摄影作品摆在他的眼前,左挑右选之后,终于决定了,就这一张吧。因为,因为刚好有一阵风过来,让相片里的九斿白缨微微扬起,正符合了当年以查干苏鲁德为大蒙古国国徽时那种从容与祥和之气。

哈哈! 请容我就狂妄这一次吧,因为,这真是千载难逢的机缘啊!

三十日(星期日,晴、热)

腰仍继续在痛,早上下床非常辛苦。不能稍稍久坐,也难以上下楼,怎么办?

应该是在七月二十六号那天扭伤的。和大家一起去参观暾欲谷碑,上旅行车后座之时拉伤的吧?

在故友巴达拉先生作词的《我热爱的故乡》纪念碑前。

2006 年乌兰巴托市中心 （荷斯巴雅尔 摄）

平日的我，无论是乘坐吉普车还是越野车，大概都是坐在前座，有一个小小的踏板可以借力。但是，那天那辆车的车身比较高，后座入口又没有任何着力点，只好用非常勉强的姿态大步跨上去，结果，第二天就隐隐觉得有点不对劲了。

如今已是第四天，却仍不见好，明天要去挂号看医生才行。

看台湾电视转播内蒙古自治区的一场"那达慕"盛会（地点好像是在锡林浩特），心里觉得很沉重，原来，一个民族特有的文化，就是如此逐渐被混杂乃至被淹没的。

我没有要批评主办单位的意思。因为,在内蒙古地区汉族人也想参与,也想更加热闹,于是就有了敲锣打鼓以及邀请著名杂技团来表演的种种节目,希望大家欢欢喜喜同乐一番。

大家同乐,我并不反对。我反对的是以"那达慕"名之。

因为,"那达慕"虽然也是同乐会,却必须以蒙古民族传统的内容、仪式与规则来举行,否则就不能称之为"那达慕"。

人类学家说:"每种文化,都有着要强烈保持自身本色的愿望,因为,惟有如此,她才不至于消失和灭亡。"

三十一日(星期一,晴、热)

上个星期五(二十八号),中午十二点钟才刚从机场回到家,两点钟电话铃响,我拿起话筒,当场被先法抓个正着,他说:

"太好了! 你回来了!"

于是,只好答应他去参加八月六日上海书展的签名,因为,也算是我新书《席慕蓉和她的内蒙古》的首发式。

其实在蒙古的时候,我已经托李静转话给他,说我绝不可能在八月初去上海,因为我已经很累很累了。

不过,如今人已回到台湾,说不去好像难以出口,海北也劝我就勉力而为一次吧。

希望到时候我的腰痛已经好了。

我赶着送台胞证去旅行社,坐捷运每每要在早一站先站起来,等到下一站才能移步行走,否则根本动不了。

明天,明天就去看医生。

辑三　书简

在蒙古高原上，我心无限平安。

2004 年 8 月昭乌达盟 （白音巴特尔　摄）

相思炭

奥拉,我亲爱的朋友:

很想念你们。

回到家之后,才发现这个夏天在草原上匆忙奔走,是看了许多地方,却始终没有和你们安静地坐下来,好好地谈一谈。如今却又是相隔千里了,心中很是懊悔。

其实,回到台湾之后,第二天的清晨很早就醒了,也不想再睡,这几天也都是如此。所以就开车上山,在树阴最浓密的一段平路旁停好了车,放了我的小黑狗,让它自由奔跑,我就一个人在林边慢慢地来回踱步。

我知道身体确实很累了,但是脑子几乎不肯稍停,充满了跳动着的线索,等待着被理清,等待着要表达。

我家后面这座山,种满了相思树,学名叫做"台湾相思",原来是烧木炭最好的树种,烧出来的木炭紧密细致,叫做"相思炭",很美的名字吧?

不过,如今不大需要烧木炭煮食或者取暖了,所以原来长到五或六岁之后就会被砍伐的树木,现在长到好几十岁也没人理会。那枝干越老的相思树姿态越美,阳光照上去那光影也特别细致,从清晨到傍晚,美景无限。

很可惜,我们相隔得这么远,没有办法把所有的朋友都请到台湾来看一看这山上的相思林,看一看我生活的这片土地。

是在这样安静的树林里,在这样细致的光影间,我一点一滴整理着自己的思绪,奥拉,我其实很知道自己的幸运。

在一个温暖而又友善的岛屿上，度过了平稳的大半生之后，如今却又能寻回一座高原，一处能够将梦境落实的原乡，上天待我真是何其宽厚啊！

而此刻充塞在我心中的这些跳动的思绪，到底是灯还是火？

奥拉，我的意思是说，如果只是一盏灯，那光亮是静寂的，我可以永远把它藏在心中，不需要向任何一个人透露。

但是，如果那光同时也是一把火呢？那跳动着的火舌就会不断在我的心里燃烧，我将何以自处？

奥拉，如果你就是此刻那些开车经过我身旁的路人，瞥见一个妇人在林边独行，忽而微笑忽而落泪，恐怕一定会认为我的神智有些问题吧。

其实，行走在台湾相思林间的我，正在把所有对高原梦土的触动，焚烧成可以供我们取暖的相思炭啊！

慕蓉

篝 火

奥拉,我亲爱的朋友:

寒流来了。今天早上,我们淡水的气温又是全台最低温,只有九点七摄氏度。

我知道你会说这算什么,即使是零下九点七摄氏度对一个蒙古人来说也还是够暖和的。

是的,可是在这潮湿的岛屿上,所有的冬衣全都出笼了。而我还特别想喝一点酒,想燃起一堆篝火,想在篝火旁借着微醺的醉意唱几首歌……

你可以答应我吗?等我们下一次见面的时候,一定要找一处有森林有湖泊在旁边的旷野,燃起篝火,好吗?当然,还要有酒。

从前的我,完全不能领会喝酒的好处,甚至还认为这是一种罪恶,避之惟恐不及。

让我发现酒的必要,是在蒙古国北部库布斯固勒湖的湖边,那年是一九九一年。

我们在傍晚随着当地的猎人尼玛苏荣穿过森林来到湖边的旷地,尼玛苏荣从林边捡些干枝子来,升起了一堆小小的篝火。从他随身携带的口袋里变出了一个小锅子,几把面条,几块风干了的羊肉,我要负责下到坡下的湖边取水,这湖可是经过专家会勘鉴定的全无污染的淡水湖,水质甜美无比。

羊肉面快煮好的时候,才发现我没有餐具,于是尼玛苏荣站起身来从树上挑了一根树枝,用他的小刀削了几下,就是一根汤匙了。

我们互相举杯,轮流唱起祝酒歌来,那年,我还没学会一首蒙古歌，只好从《茉莉花》唱到古诺的《圣母颂》。奇怪的是，几小杯酒之后，那歌声逐渐运转自如，好像没有任何障碍，升高或者降低，渐强或者转弱，都完全随着我的意旨，好像我身体里有一部分力量可以带着我的歌声穿过夜晚的湖面，一直往前飘荡，甚至可以传到那遥远的对岸若隐若现的一长列的白雪山峦——萨彦岭上去。

那个晚上，有山有湖有酒有歌有篝火，真是尽兴啊！夜深以后，霜下来了，我们快分别的时候，尼玛苏荣在篝火旁有些腼腆地说了几句话，要身旁的朋友翻译给我听，他说：

"现在是九月中了，你们离开以后，等第一场雪下来之后，我也会去山上打猎。不过，我一定会再回到这里来的。以后，每次在这里燃起篝火的时候，我都会想念你们。"

奥拉，那个晚上离现在已经有十一年了，可是为什么此刻重述这几句话还是会落泪？

这样单纯的话语使我永远不能忘记，十一年都过去了，我还是一样地想念他。

奥拉，请答应我，等下一次在草原上见面的时候，要燃起篝火，为我们彼此的记忆，也为我们远方的永远不会忘记的朋友，好吗？

慕蓉

鹰 笛

——写给奥拉

布日古德你能飞到多高？
塔斯你俯瞰的视野有多广袤？
美丽的哈日查盖啊，
你能不能告诉我，
当你缓缓伸展那巨大的羽翼之时，
心中是多么自由多么自豪？

奥拉：

一支骨笛就握在你手中，笛身细瘦，因着岁月和尘埃而显得光泽暗淡，你却频频用手触摸，仿佛在感觉着那骨质的细致和滑润，神情是如此激动喜悦，与你平日的冷静有着很大的差别，使我暗暗诧异。

当你将骨笛举起，迎着光端详的时候，我们都可以清楚见到那穿孔处如何透着小小的浑圆的亮点。

你惊喜地轻呼：

"这就是我们的鹰笛啊！"

在这一刻，我也跟着惊呼起来，同时心中充满了对你的感激。传说中的鹰笛就在眼前，但是，若没有你的带领，我恐怕要与许多美丽的事物失之交臂，即使相见也未必能相识了。

这几年来，沉迷于游牧文化的历史渊源，一次再次地来到蒙古高原，或是探访考古现场或是留连于地方上的博物馆。其实对一切都所知不多，很难向别人（甚至包括我自己）来解释这种激情与痴

高原霞光。

2007 年 9 月额济纳旗

狂,然而你却从不讪笑我的无知,只是安静地带领着我,任由我去面
对无穷无尽的历史与沧桑。

　　不过,这一次,你好像也被震慑住了吧?

　　这触动着你诱惑着你的,究竟是高原上悠长的时空背景,还是
眼前这些不肯随着时光消逝的器物的坚持之心呢?

　　你能回答我吗?

　　传说里的鹰笛其声清越,是蒙古高原上极为美丽与神奇的乐
器。从八千年前的兴隆洼文化出土的文物中,就已经有了骨笛的存

在,一直到近代,以鹰骨为笛,还是蒙古牧民喜爱的珍品。

在你手中的这一支骨笛,年代应该不会太久远,你说最早恐怕也只能定在晚清,离今天不过是一百多年的时间而已,但是却刚好为游牧文化的源远流长做了最真实的见证。

蒙古语文里称呼鹫或雕为"布日古德",乌雕是"塔斯",鹰则是"哈日布盖",一支鹰笛,可能是取用这三者之中的任意一种禽鸟的骨骼所做成的。

只为,在往昔的天空之上,它们都曾经任意翱翔。无论是鹫、雕,还是鹰,都是巨大而又凶猛的禽鸟,双翅伸展开来的长度往往超过一丈,当它们在空中逡巡之时,那种勇猛又优雅的气势,想必是任谁都不能不屏息凝神久久仰望的吧?

以鹰骨为笛,最早可能有宗教上的意义。我也相信,除了是一支可以吹奏的乐器之外,在牧民心中,还含有对这些鹰、雕的勇猛生命的敬重与疼惜。

在你手中的这一支鹰笛,应该和博物馆里那支八千年前的骨笛一样,都是高原上素朴而又热切的灵魂曾经把玩过吹奏过的乐器,在高亢清越的笛音之中,也许还曾经伴随着羽翼间的风声和苍穹间的呼啸吧?

亲爱的朋友,此刻这触动着我们诱惑着我们的,究竟是高原上悠长的时空背景,还是眼前这一支不肯随着时光消逝的鹰笛的坚持之心呢?

你能回答我吗?

席慕蓉

迷 途

奥拉,我亲爱的朋友:

为了新诗集《迷途诗册》的出版,去上一个网络的访问节目,主持人一直要我回答一个问题:

"你为什么要写诗?"

为什么要写诗? 在我心中好像同时涌出了千百种答案,但是没有一种是完整的。犹疑了几秒钟,我只好这样回答他:

"如果我能清楚地知道自己为什么要写诗的话,我或许就不必写诗了。"

但是,在归途中,我心里不断出现着两个字——"释放"。

应该是为了一种释放,我才会写诗的吧?

一种从灵魂到躯壳的释放?

仿佛只有从诗里才能取得的平衡?

那个时候,我就想起了你说的话,你说我这样努力地书写着蒙古高原,其实可以算作是对自己命运的一种温和的反抗。

是这样吗?

那天晚上,当月亮越升越高,光芒越来越明亮的时候,夏夜草原上的视野可以看到极远。身边的朋友,都是从小在这片草原上奔跑着长大了的,你们整个的童年少年时光,都有着和这一块土地厮混的记忆,此刻从容地散坐在我的身旁,而我,我是多么羡慕着你们的从容啊!

在台湾,我也有这样让我羡慕的朋友,带我回他们的老家去玩。或在嘉义,或在鹿港,穿行在几代人都彼此熟悉了解的巷弄街坊,晚

秋日草原上的相遇。

2003 年呼伦贝尔 （护和 摄）

上坐在巨大的榕树底下谈天的时候,还不时要站起来向刚好经过的
邻居长辈亲切有礼地问好,那种从容,也是我得不到的。

　　当然,奥拉,我不是不知足,我知道命运对我已经非常宽厚。我
只是想问你,这持续不断的书写,可以让我找到一处真正属于我的
故乡吗?

　　还是说,只有书写本身,才是我惟一可以依附的原乡?

慕蓉

大兴安岭之上。

2007 年 5 月呼伦贝尔盟

永世的渴慕

——写给其楣

其楣：

今天是秋分。

时令真是奇妙，前几天还觉得暑热逼人，可是，从昨天开始，那凉爽的空气就从四面八方的树梢间施施然降下，果然，中秋都快到了，今年我们会在家里过，你呢？

想给你写这封信已经很久了，因为，有些事情不舍得用电话来说。在这封信里，我想告诉你的是有关去年中秋的一些细节。

去年（二〇〇三年），和 S 与 M 两位朋友从台湾奔赴我母亲的家乡。中秋夜，正好在山林之间，当地的朋友开了一辆车要带我们去山顶高处赏月。

我们的车子在山林间穿行了好一阵子，那夜的月光，果真是异乎寻常的清澈与明亮，好像把整座山林的树影都清清楚楚地刻印在地面上了。

就在我们眼前，在山路上，那枝桠的光影横斜，铺在路面上，黑白分明，清晰一如白昼。不过，在稍远的林木深处，反差逐渐变弱，有一些轻微的雾气，正以均匀的细点，点出若隐若现的层次，景物迷离，逐渐淡出。

在我身后一直静默着的 S 忽然惊呼：

"老师，这不就是你画的那些素描吗？"

果真是如此！

怪不得刚才一直觉得有些眼熟，好像那些光影缓缓变幻之处似曾相识。原来，眼前迂回的山路，在月光下，就像是一幅又一幅我曾经放进诗集里的插图。

其楣,有可能吗? 我在那一刻所面对的,竟然是多年之前,在长夜的灯下,曾经一笔一笔细细描绘出来的梦中山林!

这样的相遇,已经够令人惊诧了,而年少时所写的诗句,也有可能是一则预言?

一九五九年的春天,年少的我曾经写下:

　　　　——回去了　穿过那松林
　　林中有模糊的鹿影

有这种可能吗? 其楣,十几岁时在我的心中偶然萌生的意象,在这一个月圆的夜里,在北方的大地上,竟然成真?

而我是真的回来了,回到先祖的故土。

就在那一刻,当我们的车子穿行在北方的山林之间时,有鹿就睡卧在山路旁。

是的,其楣,有鹿就静静睡卧在山路旁,听闻到车声才从容站起,就在我们眼前优雅地一转身,缓缓走入林中。那在顶上高高耸立的分叉的鹿角,那细柔的脖颈,那圆润厚实的身躯,是多么美丽的身影啊!

在那一刻,车中的我们几乎每个人都想大声呼叫赞叹,却又都不敢发出声音来,只怕稍一动作,就会惊扰了眼前的一切。

是的,良夜如此美好,任何的闯入者都会自觉不安而必须噤声慢行。因为,仔细望进去,在林间,还有些模糊的鹿影,这里那里,或坐或立,姿态虽然各异,面孔却都是朝着我们这个方向,从暗处向我们张望,一时之间不能决定究竟要不要逃离,于是,在这极为短促的瞬间,反而都静止不动。

灰色的轻雾像一层层细密均匀的纱幕,在林木深处将远远近近的树干分隔成深深浅浅的层次,而在这些迷濛的背景之前,再用稍重的深灰和青蓝,叠印上一丛又一丛宛如权生的枝桠般的鹿角,鹿角之下,是更深暗些的头与脖颈,连接着极暗沉的与剪影相似的身躯,在微呈锈红的灌木丛间,或坐或立,端然不动。

　　这是任何画笔都难以呈现的绝美啊!

　　其楣,我亲爱的朋友,在绝美的当下,我们是不是都一样?纵使狂喜也难掩那胸怀中隐隐的疼痛?

　　其楣,多希望那天夜里你也能在我身旁。你是知道我的,知道我许许多多的弱点与痛处。你也知道那一块北方的大地,你与我的足迹曾经踏查过多么广阔的草原、森林、漠野与戈壁。

　　你应该也会同意,我在那一个月夜里所见到的绝美画面,几千年来,在北方的土地上,一定也有许多人亲眼见过,并且和我有着相同的强烈的感受。

　　只因为,绝美的事物总会使人一见倾心,并且,在狂喜中又感受到此生将难以相忘的惆怅和痛楚。

　　果然,在流动的时光中,我们会一再地证实那品质的无可替代。于是,到了最后,那念念不忘的美好,终于沁入肌肤,渗进血脉,乃至于成为整个族群生命中永不消失的渴慕了。

　　创作的欲望也由此生成。

　　其楣,原来,这就是为什么在北方,在整个阿尔泰语系文化所衍生出来的艺术品里,会不断出现鹿的身影的原因了。

　　你看!从东到西,从蒙古高原到黑海北岸,在这片广大的空间里,在几万几千年的时光之中,有多少多少爱慕的心灵,渴望能够在他们的作品里呈现出这绝美的身影!

　　从不可移动的巨大岩画到随身佩戴的细小饰牌,从玉石、青铜、金、银、珊瑚、松石、桦木、皮革到柔软的缂丝，在如此多样的材质间，总会不时出现一位工匠或者艺术家，用他那一颗热切的心，向这世界描摹出林间的鹿影，还有那些权生的如枝桠般高高耸立的鹿角。

其楣，我想你应该也同意，这一切一切的起源，想必也是来自如我那夜在山林间的一场相遇吧。

在月光那样清澈明亮的故土之上，我与我的本我和初我相遇，于是明白了，那些一直都叠印在我生命里的梦想与意象的由来。

今天晚上，在给你写这封信的同时，其楣，我想我也领会了那两个最早最早的名字的意义。想必是因为我的族人都认定，那"勇猛、智慧、团结"和"美丽、优雅、从容"都是绝对无法替代的美好品质了吧。

因此，在我们蒙古的史书上，追溯成吉思汗先世之时，就特别注记下：那最初最初的男子名叫苍狼，而那最初最初的女子，名叫美鹿。

我深深地相信，这就是一个族群内心永世的渴慕。

其楣，你同意吗？

夜已深了，祝你一切平安。

　　　　　　　　　　　　　　　　　　慕蓉

书写的意义
——写给其楣

其楣：

　　谢谢你寄来《舞者阿月》的剧本。

　　戏剧真是一种多重而又奇妙的创作,单只是读剧本已经是一种享受,观赏演出又是另一种享受,而如果能够亲身参与演出,想必是更加强烈和热烈的美好经验了吧。

　　羡慕你,可以同时是剧作者又是演出者。

　　其楣,你在两方面都是那么认真地投入,从你开始构思这个剧本的最初,一直到今天,这么长久的时间以来,我都是个旁观者,可说是眼看着你如何一点一滴一丝一缕地以自己的生命来"穿透"舞者阿月的生命,在交错层叠沁染和极其细致的转折之间,竟然使得你连举止和面容都在逐渐地改变,变得比较更像"阿月",而不太像从前的那个你了。

　　我期待着十二月九号的演出。

　　不过,今天要给你写这封信,却是因为你在书的扉页上写给我的一句话,你说:"亲爱的慕蓉,书写使我们在家乡或异乡都不致流浪。"

　　是这样吗？其楣。

　　这就是书写的意义吗？

　　最近读了张复写的那一篇《在西安》(《台湾当代旅行文选》·胡锦媛编·二鱼文化),心中颇有所感。

　　张复是跟着父母来到台湾的北方人,小的时候,一到旧历年,父母就会带他坐上公车或者三轮车去拜访一年就见这一次面的同乡

在阿拉善左旗与诗人恩克哈达、马英、额·宝勒德(三位男士自左至右)同台朗诵,好友汪其楣也参加。

2013年9月22日 (林正修 摄)

们。后来,很多年后,张复这样写道:

> 旧历年的时候,我不再去拜访这些长辈了,以前爸妈带我去见他们,可能是借着晚辈拉近他们在异乡的距离,增强他们在感情上的相互依存。现在这些小孩都大了,拥有可以不见人的权利,因此谁也别想见得着谁。我只有在丧礼上才会见到某些长辈。他们看到我,露出许久没有见

面的那种欣喜。我却打了个照面便匆匆离去。因为我要赶着回去工作,妈妈总这么为我解释,他们也做出十分理解的模样。

其槌,我也好像有过那样的记忆。

我也有过那样的旧历年,穿着红色的新毛衣,跟着爸妈坐上公车或乘三轮,走很远的路到那些一年才见一次面的长辈家里拜年。有些长辈甚至是和我的外祖父共过事的朋友,住在公家分配的官舍里,都是些木造的日式房屋,院子里种着山茶和杜鹃花。

不过,我现在要向你说的是张复的这一篇《在西安》。

在一次偶然的机会里,他去了一次西安,"见到了从未谋面的亲戚",也和他们共处了几天。不过,大部分的时间里,在西安城内行走的张复,除了像个观光客一般地随处看看之外,也不可能有任何不一样的行动。

但是,这块土地,这个城市,这些人群,其实本来也许可以与他有些更深的关连,所以,在这里,他又不可能一无牵挂来去自如地就只是像个观光客而已。

在整篇文章的最后,张复写下这段文字:

> 我在香港停留了几天,本来香港才是此次旅行的重点,我却把大多数的时间花在旅馆里。大陆与香港都是我从来没有去过的地方。前者意外地透支了我的心神,我没有精力再去探索另一个缺席甚久的地方。我每天花很长的时间写下还记得的事情。我知道我只是为自己而写,我的一生在无休止的过渡时期走过,我不代表任何人,没有立场为任何人说话,我知道,有一天,我的周遭都安顿下来的时候,我

已经不在那儿了，所有我这一代的人都已经不在那儿了。

其楣，这就是书写的意义吗？

我不是张复，不能替他做任何额外的发言，可是，他所书写的，为什么会让我心疼痛？他所描述的，为什么对我来说如此熟悉？

从很年轻的时候就已经开始了，每天，每天，在桌前，在灯下，我总是要花很长的时间来写下还记得的事情。

生命里有些特别的质素在吸引着我，我渴望能把它们用文字挽留下来。当然，在生活着的当下，还不时会充塞着一些断续的反省与自我修正，一如那些断续的记忆。在灯下，多少年了，我反复地用文字来向自己审查与诘问。

可是，这个"自己"，究竟是我能够明察的还是永远难以评断的个体呢？

其楣，一直要到了这几年，我才逐渐能够明白，现在的我，和从前的那个我，其实没多大差异。虽然从书写的表面上，好像有了截然不同的分别，一如有几位评论者所说的："她从前爱写情诗，现在多写蒙古。"可是，不知道为什么，他们却并没有发现，无论是书写一己的爱恋，或是展现那处遥远的高原，我的本质并没有丝毫改变，我依旧是跟从着生命对我所发出的呼唤和引诱一步步地缓慢前行。

是的，其楣，岁月流逝，不分昼夜，这之间已经有几十年的距离了。并且，在生活着的当下，也还是会不时充塞着一些成长中的反省与自我修正。可是，这些那些，其实都无足轻重。其楣，在生命里，那真正可以召唤我与驱使我去书写的，只有一种质素，这种质素，在人世间我们名之为"美"。

亲爱的其楣，如果我能以书写来彰显这一直在呼唤着我的美，那么，无论在家乡或异乡，我都不致流浪。

其楣,在书写蒙古的最初那几年,我真的以为自己在向居住在台湾的朋友们"介绍"那一处遥远的地方。甚至,还写过些什么要以"桥梁"自居的文字等等等等。但是,要到了这几年才能明白,如果没有"美"的召唤与诱惑,对于我来说,这所有的书写都是不可能的。

　　书写,并不是我的工作,而是一种享受,一种自我的完成。

　　其楣,你同意吗?

　　在这封信里,寄给你几张相片,都是今年(二○○四年)七八月的时候,朋友在不同的草原上为我拍摄的。当然,一两张小小的相片,绝对不可能完整地展示出草原的广度与深度,只能算是简略的示意图了。

　　有一年,郜莹向我说,台湾有位文友,不知道是由哪家旅行社安排,去了内蒙古呼和浩特市附近的一处草原。回来之后,竟然向郜莹抱怨,她说:"你和席慕蓉都在骗人,草原哪有你们所形容的那么好看!"郜莹在转述完这句话之后,只向我欢然一笑,对于行过万里路的她来说,一切尽在不言中。

　　其楣,请你看一看这些相片,你应该会相信我,处身在这样的美景之中,无论这里是不是母亲或者父亲的家乡,我都是一样欣喜若狂。

　　我也相信,任何一位朋友,如果置身在这样一处美好的草原之上,他也会和我完全一样,感受到那生命在萌发之时的自在与欢畅。

　　祝福你,亲爱的其楣,祈求这世间的美能够时时穿透我们的深心,更祝"舞者阿月"演出成功。

　　　　　　　　　　　　　　　　　　　　　　　　慕蓉

繁华旧梦

张错：

新年快乐！

前几天收到书林出版社寄来的你的新诗集《浪游者之歌》，很喜欢。尤其是辑三和辑四的《咏物篇章》，以诗文与一代又一代的繁华对话：

> 如风之梳拢林梢／浪之掀动海洋／梦之醒自午夜／松柏
> 缓慢成长／岁月暗中流逝

是的，岁月暗中流逝，到了最后，能够留下来的，应该就是此刻在你书中那一面又一面微微带着锈斑的铜镜了吧。

单单就纹饰而言，我最喜欢书中那面"唐海兽葡萄镜"，它没有"战国芙蓉杯纹镜"那么古朴，也没有"宋湖州石家素镜"那样的简明，它是极为繁复与生动的，"快乐而忘忧"的五只海兽泅泳奔驰，"掀起枝叶如翻飞波浪／涌向一圈葡萄蔓枝果实"。这种繁复与生动，你可以说它是源自希腊，来自中亚，你也可以说它是源自人类心灵中对美与自然的需求。所以，不论是处于哪个时代，这种"完美的写生者"的风格，总是更能贴近人心的。

在你的书中，一如在博物馆里，历朝历代的铜镜都是以背面的纹饰来命名和展示。然而，张错，我却每每希望它们能转过身来，好让我能看一看那曾经光灿，曾经映照过多少战国的红颜或者隋唐的丽人，曾经映照过多少人间的春日晴空和繁华旧梦的镜面啊！

辽代的玛瑙碗，温润如玉。

2003 年 8 月敖汉旗博物馆 （毛传凯 摄）

在那一刻,当我们的双眸停留在如今已锈蚀暗沉的古镜镜面之时,张错,我想,一定会有些触动在还不太能知觉的什么角落里慢慢地茁生萌芽的吧?

去年,啊!不!应该说是前年了!二○○三年的九月中旬,从内蒙古昭乌达盟敖汉旗博物馆走出来之后,站在阳光下的我就开始流泪,这泪来得极为突然,可能是一种激动,来自那刚刚在馆中环绕在我身边的丰美的收藏……

那真是难以形容的繁华世代啊!

张错,我想你也感觉到了,与匈奴的朴实厚重相比,契丹的文物多了几分温柔和浪漫。当然,他们仍是马背民族,拥有制作极为精良号称天下第一的鞍辔。可是,即使是在鎏金的铜马具上,还是会镂空出忍冬花纹,在佩剑的吊环上錾刻出卷草纹,在长长的蹀躞带上铸饰了狩猎纹,更别说佩戴在胸前的项珠和璎珞了,更是处处都装饰有细柔的蔓草纹和曲折的缠枝花纹。从粉黄到蜜红的琥珀,都拿来雕出丰硕的花果或是交颈而眠的鸿雁和鸳鸯,而在野外,有玫瑰和牡丹盛开……

从公元九○七年到一一二五年的大辽,是由契丹民族所建立的一个美丽丰盛的王朝!

张错,在这封信里附上的一张相片,是那次同行的好友传凯所拍摄的,一个辽代的玛瑙碗,微带浅黄色泽的玛瑙,光亮而又透明。试想一下如果能拿在手中的那种手感,是否正如你诗中为越窑秘色瓷所写的那一段呢?

橱窗内可望而不可即/细薄胎骨其薄如纸/手感定是
滑如凝脂轻如蝉翼/釉汁清澈透明/橄榄般晶莹纯净

在此,玛瑙与瓷虽是不同质地,却都同样需要一个王朝的繁华才可能慢慢生发出如此独特的美感需求,一个民族必须拥有从自己心灵生发出的美感需求,才可能会拥有如此美好的艺术品的。

那天,敖汉旗博物馆外阳光强烈,更衬托出眼前的真实世界是那样的粗糙与荒凉。张错,我想,我的泪水或许也可能是因为这过于鲜明的对照吧。

不过,今夜在灯下给你写信的时候,我那无可救药的乐观天性又再度出现了,我想要试着去这样安慰我自己:或许,这世间的繁华旧梦,从来不曾真正离去,它们在此刻或许是分散开来,在我们还不太能知觉的什么角落里静静地等待着。

张错,你看,装饰过铜镜的几株蔓草纹,镂刻过剑柄的几朵忍冬花,此刻,还点缀在二十一世纪女子们的衣角和裙边,而那些小小的活泼的瑞兽,不是正快乐而忘忧地泅泳奔驰在你的诗中?

慕蓉

花 讯
—— 写给晓风

晓风：

　　我记得你说过，现在的我们，如果能在信箱里发现一封朋友手写的信，是多么奢侈多么难得的喜悦。

　　那么，今天晚上就让我来把书桌收拾干净，写一封信向你说说我的近况吧。

　　这几天我都在怠工，该做的家事、答应了别人的稿子全都不想去管，满心只想去画花。

　　其实也不能说是怠工，也许刚好相反，只为春天如此逼人，就在你眼前一分一秒地不断变化，不容你有丝毫歇息的余地。山野间的苦楝开起花来，原本沉默寡言的大树忽然都在向我高声呼唤，这里那里纷纷现身，一棵比一棵更嚣张；院子里的花朵也是此起彼落，麻叶绣球已经谢了，两大丛彩色茉莉几乎满满地开了三个多星期，后院的洋紫荆更是繁花满树，花期之长好像也超过往年，到现在还有几朵留在枝头。

　　答应了别人的书稿可以再等一等，春天却是不能再等了。

　　所以，这几天就都在画淡彩花卉，麻叶绣球、洋紫荆都在院子里，花叶也还耐久，可以很容易地摘来插在瓶中，慢慢地描绘；苦楝可是不好对付了，树身都长得很高，根本碰不到，只能开着车在山路上慢慢搜寻，终于给我遇见一棵比较年轻矮小而花朵也还算密集的，踮起脚来恰恰可以摘到最低的那一枝，好香的气味，好柔的颜色，我赶紧捧回家去，车子开得极快，因为，苦楝的叶子，尤其是最中间那几枝幼嫩的，一离枝后很快就会蔫软下垂，在我桌前最多只能支持十几到二十分钟，我要赶快先用铅笔把它们速写下来，留待参考。

一方面觉得是在自找苦吃，因为那盛开如一团灰紫色迷雾的花簇，我怎么画也画不出它们的柔媚来，一方面却又觉得非常快乐……

晓风，我知道我已经向你说过许多次了，可是，现在我还是忍不住想再说一次，花开的时候，能够及时画上一两朵，真是生命里莫大的享受啊！

花开的时候，我能在干干净净的大本子上，浅浅地描绘出几枝秀挺的枝叶，几乎就等于把此时此刻的一些浮光掠影也收进本子里了，心也会因此而静定了下来。

这几天，一边反复聆听着舒伯特的钢琴三重奏，一边用淡淡的苍绿和松绿交替地晕染着苦楝的复叶，当那首降 E 大调第二乐章的慢板出现的时候，我心中就会交叠出一幅又一幅往日的画面。常常出现的是和父亲同行的波昂市的街巷，或者是莱茵河边的日出日落，原来我曾经拥有过那样从容的时光，那时，父亲还在，人世间的一切还都有余裕……

整整九年，从一九八九年到一九九八年，我们父女之间因为共同拥有一处原乡而使得我们的交谈又密切又愉悦。父亲因为有一个女儿终于可以稍稍了解他的乡愁而觉得快乐，这个女儿也就一次次地走向原乡，再一次次地走去欧洲，走到父亲的身旁，把见到的听到的感觉到的都细细地说出来，自己觉得仿佛是父亲与他的故乡之间的传讯者，心中也极为快乐。

晓风，其实在那个时候我就已经不断地提醒自己了，母亲过世太早，我不能与她分享发现原乡的喜悦，可是，父亲还健在，我应该珍惜眼前这难得的好时光，分分秒秒都不要错过才是。

可是,晓风,有整整九年时间可以向父亲发问并且还确实问了许多问题的我,在父亲逝世之后,立刻发现,我对他的一生所知太少太少了,有多少最需要知道答案的问题,我却从来没有触及,没有想到,更别说提问了……

原来,真相就是这样逐渐消失逐渐淡出的,每一个世代,都会错失许多追悔莫及的时光。

晓风,请你告诉我,我此刻的所作所为,无论是在花前如此喜悦的描绘,还是在灯下心怀疼痛地书写,无论是想要努力把握住这个春日,还是想要努力记住父亲的一切,是不是都只因为这一颗再也不愿错失了眼前时光的痴心呢?亲爱的朋友,只有你能回答我。

夜深了,暂时就写到这里。随信附寄给你的这张相片是去年在呼伦贝尔的公路边一片草原上拍到的,原来一路上看见这些粉紫色的野花盛开,心里非常兴奋,嚷着要下车拍几张,却没想到拍完之后,当地的朋友对我说:

"在夏天,我们是可以看见开满了花的草原,却绝不希望看见这种花。因为只要它一出现,就是宣告这片草原已经面临严重退化到即将要消失的绝境了。"

朋友的面色凝重,我拿着相机的双手顿时觉得软弱无力。

从来没想到一朵美丽的野花所传达的竟然是如此狰狞恐怖的讯息,晓风,你可知道,那时我所站立的地方正是我的族人引以为豪的呼伦贝尔大草原的心脏地带啊!

难道,我们永远都要追悔莫及吗?

慕蓉

生活・在他方

晓风：

近日可好？

我又来找你麻烦了。

你在给鲍尔吉・原野的散文集《寻找原野》（九歌版）的序中，曾经提到过现在的我，对于朋友们来说是个麻烦。

你说，我原来只是个模模糊糊的蒙古人（因此，在这个主题上一向比较安静）。想不到，自从在一九八九年夏天终于见到草原之后，从此，说起蒙古来简直是没完没了，所以：

"……作为朋友，你必须忍受她的蒙古，或者，享受她的蒙古。"

晓风，你可知道，现在麻烦更是越来越大了！

怎么办呢？

还有许许多多想要说出来的蒙古，或者因为这个主题而引申出来的碰撞和反省，还放在我的心里，一直找不到机会现身哩！

带着幻灯片或是光碟去演讲，总是觉得时间不够，一个钟头当然太短，两三个钟头也很勉强，心里是真的着急，可是，总不能一直强占着讲台不让听众回家吧？

于是，只好忍痛割爱，东切西斩地演讲完毕，心里非常懊恼，不知道该如何善后。

前一阵子，是不是"相对论"的百年纪念？反正大家一齐谈论爱因斯坦。我这个被公认为"数学白痴"的门外人，东翻翻西瞧瞧，竟然被我在众多的报道里看见了一则从相对论里衍生出来的说法，刚好可以解我的难题。

239

豪华的毡帐天窗。

1993 年 9 月蒙古国中央省

  物理学家是这么推测的,如果我们称呼自身存在的这个宇宙是
"正宇宙"的话,那么,在某一处我们目前还不能测知的所在,一定还
存在着一个"反宇宙"。在那里,许许多多的现象和规则,都与我们
的世界相反。

  生活,在那不可知的他方,一切可能都与我们相对、相应并且恰
恰相反!

  物理学家说,但是,对于置身在那个被我们视为"反宇宙"的世
界里的生命,他们当然是认为自己才是正方,而他们的科学家在解
说的时候,也必然会把我们的存在,视为"反宇宙"的。

无论谁正谁反,物理学家又说,当这两个宇宙终于相遇之时,就会互相碰撞,然后所有的质量都会在碰撞的时候消失,又在那消失的瞬间全部转成能量。

目前,科学家们已经找到了好几种"粒子"的"反粒子",虽然还不能证明那个巨大的"反宇宙"的存在,但是,我们确实都已经见到,当带着负电的"电子"与它的反粒子"正子"相遇之时,两方的质量都会在碰撞之际消失而成为光。

晓风,这是多么美丽和惊人的现象啊!

你觉得我可以把它挪用到演讲里来吗?

如果,我能把"偏见"比喻为我们坚持只有自己才是正方的本位主义所引起的话,那么,当两种极为不同的文化正面相遇的时候,必然会产生碰撞。从前的我,对碰撞总是含有一种消极的想法,可是,现在的我,却希望这碰撞里消失的是彼此之间的偏见,"了解"从而也许会成为一种沟通的能量……

晓风,我知道我说得有点牵强。

可是,最近这几年来,面对听众的时候,我慢慢察觉到我的急切、我的混乱,其实有很大一部分的原因是因为农耕民族的文化长久以来习惯把游牧民族的文化置于"反方"。

因此,当我要说出我所见到的蒙古之时,我总害怕横置我们之间的那一道厚厚的墙,总要一次再次地反复解释,这样一来,时间当然就更不够用了。

所以,不如在演讲一开始的时候,先举出几个明显的例子来让所谓"正"与"反"的观念互相碰撞,等到大家都释然之后,谁正谁反也就无所谓了吧?

晓风,我想这样试试,你觉得如何?

第一个例子,说的是"家"。

辉河夏日。

2002 年 6 月鄂温克自治旗

最近,读到阮庆岳先生所写的一篇评介文章,题目是《城市·游牧·谣言》。在里面有一段,刚好他用了非常明确的字句,指出深藏在一般人心中的"正"与"反":

> ……二十一世纪的现代城市,其实也同样有着在安稳固守("家"的观念),与游牧移动("无家"的观念)间两难的矛盾姿态。

这就是从小深植在每一个人心中的概念,游牧几乎就等于流浪。

这就是农耕文化对游牧文化的偏见——如果没有一个可以安稳固守的家,就是无家。

我当然明白阮先生的文章丝毫没有歧视游牧文化的意思,在他坦荡的心中也必定不存丝毫偏见,只是借用"游牧"这两个字来阐释一下所谓"无家"的观念而已。

可是,谁能说游牧民族是无家的人?

谁能说"家"只限定于由木头砖瓦或者钢筋水泥筑成的居室才是惟一的定义?

游牧民族当然有家,也有房舍,只是我们的房舍是可以按着季节或者水草的需要而随时移动的居室。

在汉文里,称呼这移动的居室,从"穹庐""毡帐""毡房"一直到近代的俗称"蒙古包"。不过,对于蒙古人来说,它的发音译成汉字近似"格日",而它的字义,译成汉文只有一个字,就是"家"。

是的,这就是游牧民族几千年来所居住的家,可以防寒避热,可以修饰美化,可以显示出主人身份财富与品位,并且,可以一次再次拆迁搬运又重新搭建的家。

在游牧民族的文学作品里,它也是一个温暖的主题。因为,和世界上所有的"家"所代表的意义完全一样,这个居室是贮存着一个家庭多年累积的悲欢记忆的所在,是每一个人回望童年时的金色梦境,也是游子心中不断出现的美好向往⋯⋯

惟一的差别,只是"可以移动"而已。

所以,如果你愿意认同移动的家和不能移动的家都是"家"的话,那么,我们就都站在"正"方了。

然后,你就会发现,生活,在他方,也依然是生活。

所以,从"家"这个小小单位发展出去,你更会发现许多你必须相信的事实,是的,在蒙古高原之上,还曾经有过可以移动的"村落"(其实我们习惯的称呼是"部落")和可以移动的"城市"哩!

晓风,我知道,我知道,关于"家"的解释,好像越说越远,非得马上停止不可,否则,就会像叶嘉莹老师所说的:

"这个人不知道又'跑野马'跑到什么地方去了!"

先在此暂停,谢谢你的耐心。

谢谢你,亲爱的朋友。

慕蓉

宁静的巨大

——写给晓风

晓风：

　　我又来了。

　　"宁静的巨大"是刘岠渭教授前一阵子为一次系列演讲"默观无限美"所定的副标题。我非常喜欢这五个字所蕴含的深意，觉得它正是我遍寻不获的形容词和名词，是如此精准而又贴切地说出了蒙古高原在地理与人文上的特质。

　　所以那天在演讲会现场我就向刘教授申请借用了。现在，要在它的氛围之内给你写信。

　　上封信说的是"家"，今天，想说的是两种不同的文化对"土地"的看法。

　　我想先以"荒"这个汉字来开始。

　　在我们从小所修习的汉文里，"荒"是含有一种负面的以及谴责的意义，譬如"荒废""荒芜"。当一块土地被称为"荒地"之时，更是带有两种批判之意，其一是这块土地白白浪费了它原该具有的价值（生长庄稼）；其二是拥有这块土地的人太懒，还没去整理它，使它成为良田。

　　所以，"荒置"是一种罪行，"开荒"因而是永远值得赞许的。农耕文化里的说法"深耕勤耘"，"要怎么收获就怎么栽"也成为现实层面与精神层面里几千年来颠扑不破的真理。

　　在亚洲东南温暖潮湿的大地上，耕种是传延生命的必须，众人因此都深信不疑。并且，好像在地球上大部分的地区里也都是如此，所以，我们几乎可以自信地宣布，这真理可说是放诸四海而皆准了。

且慢！且慢！

生活在他方，可能有一处与我们的世界完全相反的宇宙。

在上封信里，曾经提到过如果"正"与"反"的观念总是从自身从本位出发的话，很容易形成偏见。

所以，我们可不可以花点时间来了解一下，在亚洲北方寒冷干燥的大地上，游牧的人又是如何看待土地的呢？

在蒙古文里，好像并没有如汉文的"荒"字那样来形容土地的字义。如果要称呼一处亘古以来的莽莽旷野的"荒凉"，我们会说那是一处"无人之地"，意思是说从来没有人曾经踏足于其上。

然而，牧人视大地为母亲，以生生不息的青草孕育了这块大地上的万种生灵。长满了牧草的旷野就是"生命之海"，牧人称它为"有皮之地"，意思是说这青青的草原是大地的肌肤。被大量开垦了的土地，牧人称它为"无皮之地"，意思就是已经死亡了的大地。

晓风，在这里，我也许必须重复提醒我的听众，会造成这种完全相反的价值认定，主要在于土层的厚与薄。

在广大无边的草原之下，浅浅的土层只有几公分的厚度，再之下，就是无穷无尽的细沙了。

一位信佛的朋友告诉我，佛陀行走之时，脚步放得很轻，因为他认为土地是有生命有知觉的，轻步而行，是为了不让土地感到疼痛。

我忍不住揣想，假如佛陀行走在蒙古高原那薄薄几公分的土层之上，恐怕心中会更加怜惜，他的脚步一定会放得更轻更轻了吧？

写着写着，夜又已很深了。

晓风，怎么办呢？在两封信里说的都只是一场演讲的开场白而已，如果照这样的方式一层层说下去，恐怕还没谈到真正的主题，那下课的铃声就会响起来了。

春日的山林,如一幅素描。

2007 年 5 月大兴安岭的白桦林

所以，我恐怕还是要把内容再精简一些才行，你说是不是？

不过，在写给你的信里，应该就不受这些限制了，所以，请容我在"家"与"土地"这两个题目上再做些小小的补充。

前几年，在演讲的时候，我曾经自以为是地做了些旁白和注释。只因为在蒙古高原上，冬季比较长，差不多有五个月，所以，居住在冬营盘的时候，毡帐里的陈设会比较讲究，许多在夏秋之际收起的物件，都会在冬天的时候拿出来，或者使用或者观赏。朋友告诉我听之时，应该就只有这些，我却自作聪明地加了一句话，回到台湾之后转告我的听众，我说因此那冬天的营盘是蒙古牧民的"老家"。

就在去年，遇见了贺希格教授，他是我从一九八九年起就认识了的蒙古族朋友，那天忽然谈起这个关于"老家"的范围认定，他说：

"席慕蓉，你错了，应该是春、夏、秋、冬的营盘，都是牧民的'老家'。"

我在那瞬间恍然大悟，只因从小居住在城市里的我，不敢相信仅仅只有一家牧民就可以拥有如此广大的家园，所以自己不自觉地就先打了一个折扣，好来取信于他人。

我还真真不如马可·波罗。他所打的折扣，是经过理性判断后的抉择，以免"他人不信其言，反疑全书为伪也"。

而我，却是因为我自己的不敢相信。

我从来不曾真正了解那"宁静的巨大"，因而也无法相信它。

其实，在《史记·匈奴列传》里，一开始就写得很清楚：

……逐水草迁徙，毋城郭常处耕田之业，然亦各有分地。

那天,我在贺希格教授所指出的错误之前真是兴高采烈。想一想,这个"老家"一下子就变得更广大了,我的认错不是损失,反而是快乐的收获。

可是,晓风,这样广大的家园是在从前。

这样的好时光是在从前,而最令人心痛的是,并不是很久很久以前。

有位从内蒙古自治区到台湾来访问的朋友,刚好有时间听了我在某个大学的一场演讲,过了几天,我开车带他在台湾的北海岸公路上漫游的时候,在车中,他忽然对我说了一句话:

"听你在台上热烈地描摹着我们的草原,在黑暗的台下,想到现在草原上的拥挤和破败,想到我曾经拥有过的美好童年,我止不住地掉眼泪啊!"

晓风,我也许能稍稍体会这一位蒙古族男儿心中的疼痛,在内蒙古自治区里,往昔还曾经完好的辽阔草原,却不断在退化在消失……

不过,我越来越能感觉的到,有些什么好像还依然存在着,并且就在我们的周遭。

无以名之的存在,正是"宁静的巨大"。

晓风,你是知道我的,知道我在初见父母的故乡之时,曾经是多么欢喜又多么悲伤。在父亲的草原上,在星空灿烂的中夜,我一人在旷野里失声痛哭;而在母亲的家乡,在希喇穆伦河流经之处,我到处向人追问那三百里森林去了哪里?怎么一棵都没有留下来?

那与故土原乡初遇时的悲欣交集,让我写出了许多篇几近绝望的散文与诗,譬如那首《父亲的故乡》。在诗中,我说:"父亲是给我留下了一个故乡/却是一处/无人再能到达的地方。"

但是,近几年来,越来越接近游牧文化之后,我好像不再那么绝望了。虽然,眼前的草原继续破败着,人口也继续拥挤着,可是,有些什么却坚持不肯消失,并且处处在向我证明它的无所不在!

是的,晓风,有时候它就在草原深处一户牧马人家的毡帐里,有时候它就在一副新做好的马鞍上,有时候它就在路边一位白发老人家她慈和的语音里,有时候它就是那清晨草原上冰凉的露水,或者,仅仅出现两三秒钟的把每一只小白羊都镶上了粉红色亮边的旭光。

晓风,我的原乡昔日的本质并没有消失,只是蒙尘而已。

文化的深度与坚持,也许并不能用一代或者两代的遭遇去衡量,更何况是那难以测知的"宁静的巨大"。

晓风,我不知道是什么在护持着这"宁静的巨大",我却越来越相信它还在护持着我们,护持着这高原上的每一个子民。

"它活在我们心中,当我们谈论或者思考的时候,它就会前来,并且占据了最重要的位置……"

这是我在去年夏天记在笔记本上的几句话,是的,晓风,我相信这个巨大的存在。

我相信。

慕蓉

曼德拉山岩画
——写给晓风

晓风：

回来已经有四五天了，很想打电话给你，却又有点迟疑。

这迟疑应该是缘于一种珍惜的心情吧。

我当然可以像往常一样，拿起电话就向你报告一切。每次从蒙古高原回来，这已经成为我很难改变的习惯了，尽管你有时说是在"享受"，有时又说是在"忍受"，我都知道你其实还是愿意听我说话的。

可是，这一次，有些感觉让我舍不得用混乱的言语急匆匆地说出来，所以，还是先来写这封信，试着以文字来解释，应该是比较慎重一些吧？

晓风，就在十几天以前，我终于亲眼见到了曼德拉山的岩画了。

我不能用"如愿以偿"这样的意思来形容这次的会面。因为，我所见到的，远远超过我所期待的，整座曼德拉山，是一座史前岩画的宝库，是我从来无法想像的美丽、清晰、巨大和丰富！

这几年在书中的摸索与向往不能算，这一趟几千里的奔波不能算，这陡峭难行充满了碎石块的山壁不能算，这忍受着腰肌扭伤的疼痛勉强自己攀爬上山顶的决心也不能算，这一切一切的努力，好像都不能拿来和我与它们终于相见时那心中的暗涛汹涌相比。

我是如此激动，却又不太能明白自己为什么会这样激动。

蒙古高原上有许多许多的史前岩画，学者推论创作的年代应该从公元前三千年到一万年之间。这十几年来，我也零零星星地见过不少，在攀爬上内蒙古阿拉善右旗的这座曼德拉山之前，我才刚去

是万年之前的诗篇？还是一本家族日志？

2005 年 10 月曼德拉山

了贺兰山的贺兰口,仔细观察了那一带的岩画,虽然很认真地聆听学者为我们所作的讲解,一边录音一边还不停地摄影,心里却还是很平静的。

我不知道为什么在曼德拉山会激动起来?

山上遍布的,原本多是浅灰色的很容易风化的花岗岩,可是,在许多处隆起的山脊上,却挤压出一条又一条有长有短的黑褐色的岩脉。有的矗立在云天之下,好像一道黑森森的石墙,有的石块滚落下来,就散置在我们眼前,那石面真是又光滑又平整,而石质更有一种难以形容的紧密和坚实,因而刻凿上去的画面可以极为繁复,却依然深浅分明,清晰可辨。

一幅又一幅有大有小忽左忽右忽高忽低地看过来,心里满溢着的都是欢喜与赞叹。等到终于来到这幅在许多画册上看过无数次的,被学者们视为游牧文化里最早的部落聚居场景的岩画之前,看到这块黑褐色的巨石斜斜地横置在砂质的土地上,有多少年了?好像从来也没有改变过姿势似的。晓风,在那一刻,我忽然觉得心中疼痛,继而无法抑止地颤抖了起来,不禁热泪盈眶。

在那一刻,是什么在突然捶击我心?是感怀于那已永不复返的千年又千年的时光?是揣想那究竟有多少人来过见过嗟叹过然后又离开了的场景?还是,惊诧于眼前这历经风霜,却不曾减损了丝毫美丽的如此朴拙天真的图像?

晓风,多希望你也在我身旁。

你看,在这幅岩画里,这位刻凿的人是如何质朴地在妇人的身体中画出一个更小的人形,好来解释那生命的孕育。(妇人身躯居于画面的正上方,应该是母系时代的作品吧?)看他如何认真地诉说着一代又一代家族的绵延和繁殖,他们是如何居住在至今仍然可以在北欧和北亚地方所见到的毡帐或者桦皮帐之中,而那些美丽的坐骑，可能是精心装饰了的马，也可能是带着斑点的鹿……

天色向晚，风吹过来已经带有寒意，同行的朋友正各自在山顶上散开，我知道前面还有许多幅在书中早已见过的精彩的岩画，可是，站在刻凿了这幅岩画的石块之前，总觉得依依不舍，总想要顺着凿痕再来一遍遍地温习画面上所刻画出的种种细节。

我是如此激动，却又不太能知道自己为什么会这样激动。

一直要等到隔了好几天之后，穿过沙漠，穿过绿洲，在我反复自问的路途上，才忽然间有了些领会。

晓风，不管学者要如何去解释与分类，说这是宗教上祈求的仪式也好，说它们是美术史上的活化石也好，说这些都是至今犹不可解的天书也好，我真正想要向他们请教的，却只有一个问题：

"为什么这些岩画可以存留到今天？"

为什么？世间许多事物都在时光的流转中消失了，为什么这些岩画却存留了下来？是什么让它们不会消失？又是什么让它们不肯消失？

记得在前几年初初见到红山文化遗留下来的那座圆形祭坛之时，我心中也有着同样的惊动。生活在蒙古高原上的先民，曾经整整齐齐地在祭坛外围，以长方形的石块砌下三道环形边线，竟然可以历经五千五百年的时光而依然完好如初！

是什么力量在支持着它们的不离与不变？

而在曼德拉山的山巅，所有的岩画也都在原位，好像当年那些刻凿的人才刚刚离开，我们就闯了进来似的。

是什么力量让这些岩画依然拥有青春的容颜？在这不断变幻着的时空之中，是谁在选择可以消失或者不可以消失的诗篇？

是的，晓风，在曼德拉山的山巅，我所见到的，应该就是人类最早最早的诗篇了吧？

再访曼德拉山。

2010 年 10 月

当年那些刻凿的人,应该就是世间最早最早提起笔来的诗人了。

他们应该是一个又一个诚挚和敏锐的灵魂,努力想要在日出日落之间,把握住那有限的时光,在精心选择好了的稿纸之上,一字一句地刻画出被自己所极为珍惜的记忆和愿望。

晓风,还记得泰戈尔的那句诗吗?

"你是谁啊,你,一百年后诵读我诗篇的人?"

在这里,我只需要更改一个字:

"你是谁啊,你,一万年后诵读我诗篇的人?"

我想,我应该是听见了。

是的,晓风,那天,站在蒙古高原之上,站在曼德拉山的史前岩画之旁,我想,我应该是听见了那句问话了。

有人从悠远的时光里回身轻轻问我:

"你是谁啊,你,一万年后诵读我诗篇的人?"

作为一个被他的作品所深深感动了的读者,我应该也已经在当时就回答了吧?

是的,那天,在向晚的乱石嶙峋的峰顶,我不是以虔敬的心,以无法抑止的颤抖和热泪回报给他了吗?

晓风,多希望那时候你也在我身旁,我相信你或许会有不一样的回答,多么渴望能与你分享。

这就是为什么想先写信给你的原因了。

祝福。

慕蓉

辑四　芨芨草

博思腾湖上,盛开的睡莲无限。

2005 年 7 月新疆

新疆北鲵

人生其实没有任何所谓"完美"的定义。

离开原乡很远的人，总不时会藏着一种无所依恃的孤独、单薄的感觉。

可是，置身在原乡之中的人，又会不会被庞杂的族群关系，缠绕得喘不过气来呢？

无解的一题。

忽然想到另外一种"无解"。

是关于新疆北鲵。

名声那么大的新疆北鲵，却是小得有点像壁虎那么点大的动物而已。

然而是多么古老的生命！它的源头，比恐龙还要早两亿年。

是二〇〇五年在新疆博尔塔拉蒙古自治州温泉县的展示馆里见到的。如果人类的祖先是一条鱼，北鲵就是从鱼到两栖类之间的一种生物。小时候在水中有鳃，长大之后这鳃就会慢慢隐去，改用肺呼吸。它只能生活在浅水的溪流中（才可能跳出水面呼吸），但是水温要低，又必须是活水，每天晚上十二点到凌晨两点出来觅食，吃蚯蚓或者任何泥中的小虫。整个白天，都躲在水中石头的缝隙下，万一遇到洪水，就很容易被冲流到不适合生长的环境里难以活命。

所以，在这个小小的身躯里显现的是演化的秘密。在这么困苦的环境之下（而且适合生活的地盘越来越小），有些生物无法跟上现况只能灭绝了，有些生物就逼着自己演化才能得到生存之路。可是，为什么，独独有这么一小群古老的生命，可以在新疆与哈萨克接壤的高山上，在冷冽的溪流间存活了下来？

比它们年轻、比它们庞大、比它们数量多很多的恐龙都已消失，为什么新疆北鲵却可以一直活到现在？

"为什么能够活下来？"

这个问题其实比"为什么会消失"更吸引我。

在听过了那么多振振有词的关于"演化"的学说之后，如今终于有学者告诉我们，其实，关于生命的规则并无规则，一切充满了偶然。所有的预言都是人类的自以为是，因此，宇宙的真正面貌依然无解，依然无解。

琉璃的旷原

是何等的幸福,在清晨的列车窗边写诗!

其实一如夐虹所说——"真的不用写诗,年龄实已向晚,心情还在琉璃的透明的旷原。"

原来一首诗可以包含这么多。可是,如果不是经历了这几天的幸福滋味,我如何能够深切地被这首诗所触动呢?

一如注视着一幅其实已经不能进入的美好风景,然而心中还是满盈着感激。

好像有一个我,依然如同往日一般兴高采烈地在蒙古高原上行走,但是另外有一颗心却浸润在柔和的光源之中,仿佛徜徉在琉璃的旷原上。

火车在雾中行驶,刚驶过集宁南站,此刻是公元二〇〇二年六月二十七日清晨的五点三十分。我刚离开母亲的克什克腾旗,要往呼和浩特去。

火车在雾中行驶,曾经广袤无人的旷野如今是充满了城市和人群,所以,惟一能坚持的,也就是信仰与爱了吧。

而在母亲的故园之上,在纯真的族人之间,信仰始终不曾离去,爱也恒在。

昨天晚上在克什克腾旗的小火车站上和大家道别,真是依依不舍啊!到底是什么呢?这充塞在我们心中的温暖与彼此间的珍惜,到底是什么呢?

应该是这片土地给我们的祝福吧,是祖先在温柔地俯视着,我们众人心中那一片从来不曾离去的琉璃的旷原。

从克什克腾旗到呼和浩特市的火车上。

2002 年 6 月 （护和 摄）

土地是纬,文化是经,而将这一切认真织成锦绣的,是生活在蒙古高原上的每一位族人。

喜欢在火车上与整团的蒙古乐队一起旅行的气氛。和我们从克什克腾站一起上车的,几乎都是跟着齐·宝力高先生来克旗演奏的马头琴手,有几位非常年轻,坐在位置上安静地聆听,偶尔提出一两个问题,眼神专注又诚恳。

喜欢这样的气氛,一车厢的人彼此用蒙古话轻声交谈。都说蒙古语在内蒙古已面临存亡的危机,不过,在这天晚上,在草原深处,一列火车疾驰而过,在亮着灯的车厢里面,可都是说着蒙古话的蒙古人哩!

车子此刻在晨雾中行驶,我转过头来打量整个车厢,十一到十二个小卡间,与过道相通,并没有隔离的门,每个小卡间有两张上下铺一共四个床位,还算明亮宽敞,也够干净,只是现在大部分的乘客还都沉睡未醒,床上睡的是马头琴手,刚才我低头去床底下找行李的时候,发现许多张床底下也都睡着一把马头琴。

陪我同行的两位朋友也还没醒来,只有我,精神好得很,怎么也不舍得离开这窗边的位子。

日出之后,雾忽然散尽,走过卓资山站,看见山坡上有座规模还不算太小的天主教堂,十字架还在前门的尖顶上,粉红色的边饰衬着白墙,我用铅笔在本子上快速地勾勒出一个轮廓,这应该是好几十年之前的建筑了吧?

在这片土地上,历史始终没有走开。

从近代回溯到远古,总有一些线索留了下来。

这几天,在母亲的家乡,在外曾祖父的故园,在赤峰市,在红山之上,在牛河梁的圆形祭坛之前,历史几乎无处不在。或是浮现在族人的祝福的酒杯里,或是隐藏在毡房一角的绳结和环扣里,有时候是文字里一个千年传承的古音,有时候甚至就是以六千年前的原貌,坚定而又沉默地站立在我们的眼前!

要如何慎重地把这些感觉整理出来,恐怕需要很多时间吧?

不过,也不用太着急,我只要尽力而为就好了。此刻,还是让我静静地享受这难得的幸福,在清晨的列车窗边,开始写一首诗。

只为,我的心情正在琉璃的旷原之上。

散落四方的鄂尔多斯式青铜小刀。

高原魂魄

在蒙古高原上的游牧民族,有的族群以游牧为主,有的以狩猎为主,当然,半牧半猎的也大有人在。"儿能骑羊,引弓射鸟鼠,少长则射狐兔,用为食。"司马迁在《史记·匈奴列传》上是这样描述的。

在如此广阔的草原之上,人与群兽飞鸟之间,形成了一种紧密的关联。为了生存的需要,对自然环境的观察力就必须特别敏锐。所有细微的变化,都一一进入眼底。因此,在成为一个好猎人的时候,其实也同时可以成为一个好的艺术创作者。

在这个大环境里的飞禽走兽、森林沃野,都是草原上的艺术家手到擒来的大好题材。他们喜欢把受惊的奔鹿、悠闲的卧鹿或者高飞的鸿雁等图样,装饰在青铜刀剑、匕首,带扣和饰牌之上,这些器物,近代在鄂尔多斯高原多有发现。

鄂尔多斯高原在蒙古高原南部,黄河以南,三面环河,背依阴山山脉,是北狄的故居,也是之后的匈奴生息的一部分地区,曾经是草木葱茏的富饶之地。公元四五世纪的时候,还是那首有名的《敕勒歌》中"风吹草低见牛羊"的美丽背景;一直到了十三世纪,蒙古帝国君王成吉思汗经过的时候,还曾经为了金鹿在林间自在来去的美景而赞叹,并且降旨指示这里可以是他百年后的埋骨之地;甚至,在二十世纪初年,草原上的丛林与绿地,依旧可以让数不清种类的飞禽与野生的黄羊成群栖息;甚至,甚至不过只是在三十多年以前,红柳、黄柳和蓓荄那些灌木丛还遍地生长,有些地方密得连人畜都钻不进去。

但是,一九九〇年九月,我初访鄂尔多斯高原,谒圣祖成吉思汗之陵,却只见草木稀落,黄沙漫漫。

几千年来的无垠沃野,就要在我们这一代的眼前完全消失,我内心的疼痛实在难以形容。

回程路过香港,在一间幽暗狭窄的古董店里,有店员知道了我是蒙古人之后,就从柜台里拿出几件"鄂尔多斯式青铜器"给我看。想是由于血缘相亲的缘故,在惊艳的同时不禁深深震动。

原来,这才是高原的魂魄!

原来,那消失了的森林与沃野、消失了的飞禽与走兽、消失了的自由与勇猛都被保存在这些艺术品之中了。这才是高原的魂魄,历经三千五百年却依然栩栩如生,丝毫无损。

回到台北之后,好友王行恭似乎能够感知到我的心情,竟然到我家来,送了我两把鄂尔多斯青铜小刀,使我喜出望外。小刀造型古朴厚重,放在手中仔细端详,想到几千年前的游牧民族,对于生活的态度就是如此认真而又从容,不由得心中有了敬爱之情,从此,开始了我对游牧文化与艺术的探索之旅。

荒　野

我越来越觉得,用汉文来解释或者形容蒙古文化中的某些细节,有时候会有出入。

譬如对于自小修习汉文的我们来说,"荒野"一词,隐藏着一些遗憾,好像是总代表着那是一大片还没有被人照料过整理过的土地。就像"荒芜""荒废"总带有谴责的意思一样,"荒野"与"荒原"也是暗含着贬义的。

因此,"开荒"就是一种积极进取的行动了,只有勤奋耕耘的人,才能将土地发挥到最大的可利用的价值。

然而,在蒙古文字里,大地是可以称为"野",却绝对不含所谓"荒"的贬义。最多最多,我们可以称呼一片旷野是"无人之地",就是说也许是自古以来那片土地就不曾有人类踏足于其上,或者,在近几十年之间从无人烟。

在蒙古文字里,有青草覆盖的大地我们称为"有皮之地",这里面依地貌的不同可以有森林草原、草甸草原和漠地草原等等的分类,但是,一旦被开垦了之后,就是"无皮之地"了,在这个名词里,贬义是极其明显的。

当然,在蒙古高原上也有农作物,但从前多数都是顺依着自然的"粗耕",用着漫撒种的方式,不像农耕民族的深耕勤耘,收获量自然也少,主要是因为土地并不适合耕作。

有一年,在一个文学奖里,有位大陆作者以一篇《大漠魂》的小说得了奖。但是这篇小说的主要题旨竟然是说一个人在蒙古高原上种出了庄稼,是大漠魂魄的成功显现,这种"人定胜天"的论调,实在是让世代生活在蒙古高原上的蒙古人啼笑皆非了。

　　由于在新疆天山巴音布鲁克草原上听到朋友说，这片草原的一米半之下，就是永冻层，所以后来我在台湾演讲的时候，也常说，蒙古高原的土层很薄，一米或者一米半底下就是沙子。就这样说了好几年，一直到今年夏天，在呼伦贝尔鄂温克自治旗的草原上，我的好友，鄂温克族的瑞霞才纠正我，她说：

　　"好姐姐，如果我们草原上的土层能够有一米厚，就不会沙化得这么厉害了。你要知道，这薄薄的一层土，有时候只能有两三寸的厚度而已，可是这是用了几千几万年的时间才慢慢累积起来的。"

　　薄薄两三寸的土地上年年长满了青草，是游牧民族的生命之海，是我们要感激要珍惜的大地，是绝对承受不了所谓"开荒"的摧毁的啊！

梦中戈壁

　　父亲八十岁那年,从德国回台湾开会,曾经在我家小住几天。在我的丈夫和两个孩子都出门去上课了之后,父亲和我就开始来一起翻译蒙古国诗人达·纳察格道尔济的那首《我的祖国》。

　　当然,绝大部分的工作都是父亲完成的,我只是负责提出一些同义的字汇,供他选用。这中间,我还请父亲朗读了一遍原诗,好让我用录音机完完整整地录下来。

　　用蒙古语朗诵的《我的祖国》真是好听!手边有译好的汉字版本作为参考,我一遍又一遍地反复聆听,那个时候,心里就想到过,如果把我的诗译成蒙古文,听起来又会是怎样的感觉呢?

　　其实,在那之前,已经有一册蒙译的我的诗集在内蒙古出版了,但因为时间比较早,书中内容只有《七里香》与《无怨的青春》里的选辑。

　　二〇〇二年初出版的《梦中戈壁》收录的诗,范围就比较大了,有许多首都是我回到原乡之后才写出来的。有哈达奇·刚、仁钦道尔吉两位翻译家以及几位内蒙古诗人的相助,还有蒙古国诗人巴·拉哈巴苏荣的润饰,以蒙古文和汉文两种文字对照,合成一册出版。

　　书拿到手上的时候,心中无限感慨。父亲在八十八岁那年离世,这本书赶上他逝世三周年的纪念。在书前,我们放上几页他的相片,从二十多岁在大学里的年轻学生一直到八十六岁那年在寿宴上微笑举杯的白发学者,我的父亲,大半生都是流离颠沛,书名定为"梦中戈壁"应该也是他的写照吧。

　　而对于我来说,戈壁,曾经是我可望却不可即的梦土。

巴丹吉林沙漠，如梦似幻……

2005 年秋 （色·哈斯巴根　摄）

　　从小生长在汉地，一直没能学好母语并且完全不识蒙古文字，到了四十六岁那年夏天才第一次踏上蒙古高原的我，除了来自父母的血缘之外，一无依凭，今生今世，原本绝不可能成为一个有蒙古文诗作的诗人。如今却终于可以借助名家的译笔而得以拥有蒙古文的读者，戈壁得以亲临，美梦得以成真，是生命里要欢呼再三的大事啊！

非写生

这几年,常有朋友问我:

"你不是很爱写生的吗？回去蒙古,有没有在草原上写生？"

没有,一次也没有。

对我来说,如果能来到一片美好辽阔的草原上,第一个愿望就是下车走路。因为,只要一开始往前走,每走一步就有一股翻腾而起的草香,那真是如父亲所说的,只有在蒙古高原的草场上才能闻得到的清香啊！

如果是进入一座森林,我第一个愿望也是走路,这前方曲径通幽变幻无穷的美景,我怎么能舍得不去多看一看呢？

而如果是到了戈壁,无论是一抹横过天际的云霞,还是一轮刚刚升起的满月,那气势之大,要有多宽的画幅才能把眼前这一切画出来,小小的笔记本怎么够用？

所以,白天都花在走路和叹气的工夫上了,到了夜里,走进房间就只剩下可以写字的力气,有时候连坐着写字的力气也没有的时候,我就躺下来对着小录音机说话,总想着能把这一天里的经验和触动都尽量记下来。

奇怪的是,回到台湾之后,用文字和录音记下来的资料在慢慢地成诗成文之际,脑中却常常会闪过一些画面,有时候静夜独坐,那千里之外的旷野上的月光就会来到眼前,原来以为会被自己遗忘的许多细节都在月光下闪耀着一层又一层细致的光泽。

于是,就也有了些难以归类的画作。不能说是写生,却又每一笔都是依凭着那座高原上的光影色彩的记忆而成的。

书房墙上,我画的油画是心中对原乡月光的记忆。

1995 年

　　好像在我的心里,有一部成像特别清晰的摄影机,在我以为不可能的时刻里,替我一一记下原乡的容颜。

再生林

　　原本在大兴安岭西侧的呼伦贝尔大草原上,有四条范围广大的沙地樟子松林带,是维护几十万平方公里草原生长的天然屏障。

　　然而,由于在日俄占领时期的大量砍伐,以及其后自己国人的无知与无情地毁坏,使得其中的三条沙地樟子松林带已经失去所有的林木,成为难以挽回的巨大"沙带"了。

　　一九五六年,在仅余的红花尔基林带成立了沙地樟子松保护区,在许多工作人员辛勤的努力与维护之下,如今每年几乎是以三千多公顷的速度在天然更新。二○○二年六月,我见到的林地面积已经发展到十三万五千多公顷了,但是,开始的时候,我还不太满意。

　　我原是要去看一片原始林区的,朋友也把我带到一处有栅栏维护的地方,将车停了下来,再往里面步行深入。

　　起初,阳光还在林间照耀,逐渐地,好像天色就暗了下来,我们眼前是有不少参天的巨木,脚下的腐殖层虽然不是很厚,可是已经颇为柔软。旁边有朋友向我解释,这沙地樟子松终年翠绿,枝叶是慢慢替换,如人的落发与再生一般,并不像那些其他的落叶树种,譬如像到了秋天就会变成金黄的落叶松那样,每年会把全树的针叶一次掉光,因此落叶松林下的腐殖层厚度增加得很快,可是,沙地樟子松林下的落叶却极为稀少,别的树种只需要三十年的时间就可以在林下累积起来的厚度,沙地樟子松却要用上三百年才能够达到。

　　朋友说:"现在我们脚下这薄薄的一层,就是三百年的时间铺成的。"

红花尔基沙地樟子松保护区。

2002 年 6 月鄂温克自治旗

274

耳边听着他的解说,可是,眼前的景象却和我希望见到的原始森林还是有很大的差别,好像比较空茫,比较萧索,不知道为什么,就是不能让我有满足的感觉。

　　走出这片林区之后,原本以为天色已晚而将照相机都收回背袋中的我,才发现林外的草场上阳光普照,时间还早得很哩! 不过是下午三点多钟而已。

　　朋友邀我们再往另一个方向去看一看其他的林区,两部车就再次上路。

　　依旧是要通过一道栅栏才能进入的禁区,车子在沙土铺就的路上慢慢行走,在路的两旁向深远处不断延伸的,是无止无尽无边无际的沙地樟子松的再生林。

　　无论车子如何绕行,永远是同样的景象,在路的两旁,一直在绵延伸展的是无止无尽无边无际无限美好的森森林木!

　　在林中久久绕行之后,忽然之间,我发现自己的心怀已经完完全全地敞开了,有光有热有顿悟般的激情正满满地冲撞了进来。

　　这眼前的森森林木正以全部的力量冲撞进我的心怀。

　　这都是生命,这无止无尽的都是生长的力量啊!

　　在前几天刚下过几场大雨的湿润气息里,在此刻随着阳光变幻和颤动的林中光影里,这整片难以一眼望尽的大地之上,满满的都是正在向上生长着的生命——努力要生长起来,努力要延续下去的期盼和渴望。

　　不论是还藏在土中的种子,还是刚刚萌芽的一岁的幼苗,不论是清瘦俊秀才十七八岁的少年樟子松,还是枝桠横生向周围极力扩展,人称"功勋母树"的已经有两三百年树龄的伟岸巨木,虽然还都不能符合我心中与梦里对"原始林"的要求,但是,这每一株每一棵又确实是我应该下车叩首跪拜无限感激又无限珍惜的美好生命啊!

古远的梦境在内蒙古许多地区虽说已经缥缈难寻，可是，眼前这满盈又满溢的生命，这蓬勃茁长着的再生林，难道不是我们人类心心念念所祈求的神迹吗？

这神迹之中又包含了多少人为的努力？

如果，在这个地球上的每一个人，都能够真心诚意地向大自然道歉，并且用实际的行动来弥补以往的种种过失，那么，有什么良辰美景不是可以逐渐重现慢慢恢复的呢？

这是我在红花尔基沙地樟子松保护区所得到的美好领会。在回程上，朋友说：

"其实，在红花尔基林区深处还是有真正的原始林存在的，但是由于沼泽的深度难以测试，所以只能在冬季结冰之后结队骑马进入，可能要好几天，这路程的险阻，恐怕是一般人难以承受的吧？"

我知道朋友的好意，他是想要安慰我不能在这次见到原始林的遗憾。但是，自从见过了红花尔基铺天盖地的再生林之后，我已经不再坚持非要在大兴安岭和内蒙古地区亲眼见到原始林不可了。

我已经明白，莽莽苍苍的原始林是需要重重险阻的保护才能存活到今天，我乐意成为那些远远向她祝祷的群众中的一员，祝祷她的长寿，祝祷她的平安，祝祷在两三百年之后，她的范围将和周边的再生林群融为一体，永无灾劫与毁坏，无边无际，无忧无虑。

往　昔

　　多学会一两种外语,就能够多亲近一两种不同的文化氛围,这是比较容易做到的事。

　　但是,如果能多学会一两种古代的语文,不是更能够多亲近一两种已经不再复返,因而却显得更为美丽的古老时光吗?

　　不过,这却是何其艰难的事。

　　所以,七月份在蒙古国见到了阙特勤碑,却对正面所刻的古突厥文一无所知,今天才从内蒙古学者仁钦道尔吉所著的《江格尔论》一书中,偷窥到一些线索。

　　仁钦道尔吉先生这部著作是讨论蒙古高原上的英雄史诗《江格尔》,兼及它的文化渊源和各种研究过程。

　　其中有一小段提到阙特勤碑上的文字内容,是突厥与蒙古文化中共有的古老谚语:

　　　　由于上天赐给力量,

　　　　他们的军队像狼一样,

　　　　而其敌人则像绵羊一样。

　　而在二〇〇六年七月二十二号那天下午,茫然地站在古老的碑石之前,除了羡慕那文字刻凿的痕迹简洁又深秀之外,对于文字的内容,则真是一无所知了,这是多么遗憾的事。

　　还好,还有更早的无字碑记可以让我发挥想像力。

　　在蒙古高原上,碑记的来源可以上溯到极为古远的时代,最早的至今犹存的代表者,应该就是"鹿石"。比匈奴文化还要早的鹿石,在图瓦、南贝加尔、阿尔泰、新疆等地都有发现,但绝大部分,都在蒙古国国境之内,一说有四百五十座,一说有五百五十座。

在蒙古文里,杜布兴巴雅尔先生说发音是"布根朝鲁",意为"鹿碑"。有三种形式:一是以写实或象征的方式把鹿的全身都刻绘在碑上;二是只有半身,或者只在石柱顶端刻有鹿首;三是一方完全没有刻画的石碑。

而刻有鹿纹的石碑上,在鹿头上方刻了日与月,在鹿的下方刻有弓箭等武器装备,含意是以鹿为引导,将武士的灵魂带到天界去。

一九九八年,我在蒙古国中部见到有非常美丽而又抽象的花纹的鹿石,那回旋的方向仿佛无止境地向上飞升……

文字在此,反而是一种限制了。

年少的我

对那个"年少的我"来说,今天是很特别的一天。

早在去年,应凤凰就约我去台南参加由成功大学台文系和台湾文学馆合办的"周末文学对谈",听说已经举行了五季,每季十场,每场由一位学者与作家对谈。这次是第六季的第一场,由柯庆明教授与我对谈,题目可以由我定,对谈内容是我的诗和散文。我很高兴地答应了。

这对我是一种新鲜的经验,我从来很少在公开场合用这么长(两个钟头)的时间来谈自己写的东西;我也很好奇柯庆明教授会如何看待这些文字。虽然,在去年,我曾经应他的邀请到台大的台湾文学研究所作过一次演讲,他的讲评让我印象深刻。

应凤凰提示我,讲题可以以书为名,标示一种写作的历程,所以,我就定了"从《七里香》到《金色的马鞍》"这样一个题目。

可是我并没有做什么准备,不像我讲蒙古高原时那样又是图片又是表列又是备忘录等等的阵仗,我只背了平日上街的小包包就去搭飞机了。

因为,我觉得,在这两个钟头里,我应该是被动的,就等着学者发问,然后再努力试着去回答吧。如果事先准备了一些资料,反倒好像有点奇怪,有点假了。

想不到,先准备也许会有坏处,没有先准备也还是会有坏处。柯庆明问我的第一个问题,要我说一说最早的时候为什么会开始写诗的,我就答不出来了。

答不出来的原因是我忽然开始哽咽,然后就落泪了。

和阿拉善盟的中学生欢喜合影。

2013 年 9 月　（林正修　摄）

难以解释的失态。

好像是几十年前的那个从童年就开始漂泊的转学生，那个"年少的我"自己从我的心里走出来，面对着楼上楼下满满的听众，在那一刻，年少的心中所承受过的所有忧愁、焦虑和无奈都在同时重新显现，而这个坐在讲台上手执着麦克风的几十年之后的我，却成为一个难以发声的旁观者，心中对她充满了疼惜与同情。

罗智成在《黑色镶金》里有一首诗，与这情境有些相似却又不大相同：

> 深夜，带体内少年去散步……/无睹于时日的销蚀他迟迟不肯离去/像逾期居留的候鸟流连于北方游乐场的淡季/……我虽然和少年时的我住在一起/其实也只有换季时偶然相遇……

是的，原来我也是一直和年少时的我住在一起的，我们也并不常会相遇。但是，此时此刻，在一个充满了善意的空间里，她的突然出现，我想，恐怕就是因为——这善意，是她当年站在一间又一间陌生的教室门前所盼望所期待而始终不可得的吧？

从《七里香》到《金色的马鞍》，当然可以说是一段写作的历程，但又何尝不可以说是一个生命努力要借着书写而达到的"自我的完成"？

我为什么一直要退让？一直想隐藏？却又在同时一直不肯退让？一直不愿隐藏？

柯庆明说我的文字里有一种"柔韧"的质量，也许就是这种矛盾了吧。

是这样的矛盾，让年少的我开始写诗。起初是找一处依靠，找一个倾诉的对象，然后逐渐成为一种让自我静定的力量。

书写，让我认识了自己，帮助了自己。

今天，充满在台湾文学馆这个空间里的温暖的善意，对"年少的我"来说，应该是她等待了许久许久的安慰，在承受之际，她和我都是无限感激。

难以尽言的巴丹吉林沙漠。

2005 年 10 月阿拉善盟

巴丹吉林沙漠

又到了十月了,阳光灿烂。

这样的阳光与热度,让我想起今年错失了的巴丹吉林沙漠之行。

二〇〇五年的十月六日,我的笔记本是这样记录了下来的:

此刻身在巴丹吉林沙漠之中,刚才用捡拾来的干芦苇枝子生火,将昨晚剩下的羊肉烤热了吃,外层焦黑,可是仍然味美。

正午的阳光很强,三位男士却不以为意,坐在沙上聊得起劲,不想起身,我只好躲到车子里来写我的日记。

是置身漠野之中了。眼前一座巨大的沙山横亘,山的两侧各有一湖,湖水碧蓝,阳光直射进去,有细碎炫目的反光。还是正午,所以沙上的阴影并不明显,哈斯巴根说要等下午再来拍。可是,我觉得现在这种极浅极淡的反差,似有若无的好像漂浮在沙面上的阴影,已经够诱人的了。天极蓝,逆光之处与沙丘(以体积来说应该是沙山)交界的地方仿佛有光。

确实是有光!

男士们终于觉得热了,哈斯巴根、马英,还有驾驶巴格纳,现在都跑到车边有阴影的地方来坐了。

巴格纳是在沙漠里长大的孩子,也是沙漠赛车的冠军。开起吉普车来英勇无比,把我们颠得连连惊叫,却总是有惊无险地突围而出(这是北京吉普,又窄又小,却马力十足，不像有些外地游客，开了设备豪华的所谓"高级"越野车前来，却常常会陷身在沙峰沙谷里动弹不得）。

马英笑说他得诗一句：

"我把魂魄留在巴丹吉林了！"

他说，没来过的人会以为这是抽象的歌颂，只有坐着小吉普车进来的人，才能明白，这是"魂飞魄散"的经验之谈。

马英也是巴丹吉林人，却一直住在沙漠旁边的市镇里，从没能走进巴丹吉林沙漠一步，今天是第一次来。

哈斯巴根幼年家遭困境，被迫生长在腾格里沙漠中，但是，对他来说，这沙漠里充满了生命，他们几个兄弟，是被沙漠养育长大的。他最恨别人人云亦云地形容沙漠是"死亡之地"，所以，如今哈斯巴根是用摄影来向这个充满了僵硬概念的世界证明，沙漠是美丽而又充满了生命的所在。

哈斯巴根的摄影作品，真的彰显了腾格里和巴丹吉林两处沙漠的非凡的美丽。

那天稍晚，到了下午时分，太阳西斜，让沙山上的棱线光影分明，像刀割的一样锐利，但是沙质又极为柔滑，形成了一种很奇特的质感，迷人极了。

到了晚上，满天的星光，银河宽阔无比，横过中天，丰润得几乎像是要滴落下来的浓雾一般，我抬头仰望，心中满满盛装着的是一种得到了自由之后的狂喜与感激。

如果记忆的深浅是以酒的度数来评比的话，那么，巴丹吉林沙漠是度数最高却又香醇诱人的烈酒，让我在醉了之后还想再醉，念念不忘。

明年，明年十月，希望能够再去。

戈壁行走

早上起来,腰后就很疼痛,一整天的行动都受到影响,大概又是什么时候不小心,把肌肉拉伤了。

从去年九月初的第一次发作,自己就已经变得比较谨慎,即使是用右手,也不敢再提重物,写东西的时候,也随时注意一下坐姿,但是还是做不到医生所嘱咐的,每隔一个小时要站起来走一走,常常等想到的时候,已经又过了好几个钟头了。

去年十月是第二次,我猜想是在宁夏的那部游览车中,由于困倦,也由于车中座位不太合所谓的"人体工学",我用很奇怪的姿势睡了一个多钟头,然后,第二天在内蒙古阿拉善左旗的旅馆里,一早醒来,就受到腰后疼痛的再次袭击。

一个多月里发生两次这样难以行动的疼痛,我也有点害怕了,眼前行程才刚开始,是鼓起勇气往前走呢?还是买机票提前回家?

同行的素英也替我担心,坚持我应该去看一看医生,可是,那天是星期日,要去何处看病?幸好马英来了,他二话不说就带我到阿拉善盟的蒙医院去挂号。

原来虽然是星期日,还是有值班医生。一位蒙医,是外科大夫,陈·苏依勒医生先给我作测试,后来杨·巴格那医生也来看诊,他们两人的结论一如台北和信医院的彭蕙雯医生所说的,都认为脊椎并没有问题,应该是深层的肌肉拉伤,只要小心注意,应该还可以继续旅行。

这两位医生都说,要常换姿势,如果坐车,一个钟头之后,就要下来走走,活动活动,十天之后,就会痊愈。然后,杨·巴格那医生

戈壁行走。

2000 年 10 月阿拉善盟

又加了一句："千万不可去做什么推拿或者按摩的治疗。"

我连声道谢,高高兴兴准备上路。果然第二天在车上,当腰后疼到不可忍受之时,差不多就是一个钟头了,就赶快下车走一段路,再上车时,疼痛就减轻许多。

如此周而复始,我们前进的速度真是太慢了。幸好只是一部车,五个人,除了驾驶之外,就是哈斯巴根、马英、素英和我,行程是从左旗到一百多公里之外的腾格里沙漠的边缘,还不算太长。

如今回想,也可说是因祸得福。因为,车行在戈壁漠地之中,一般都是加速急驰而过,从没像我这样要下车走一走的。这次,为了我,一百多公里的行程中停了三次。朋友们下车,坐在路边或是抽烟或摄影或是分食瓜果,我就一心一意沿着公路往前走,差不多有十五分钟之后,他们才从后面开过来,把我再接上车去。

是什么样的福分啊!能在戈壁中从容行走。在温和的阳光、温和的微风里,我以自己小小的脚步来丈量大地,以我眼、我耳、我的嗅觉、我的发肤一直到我的深心来感受戈壁,亲近戈壁,这是什么样的福分啊!

如果从匆匆驶过的车中向窗外眺望,戈壁总是灰暗而又荒寂,可是,当我与她近身接触的时候,才会发现无论是巨大的岩石还是细碎的沙砾,其中蕴藏的色彩与生命,真是难以想像的繁多。

在旷野之中,忽然想起了晓风所写的《戈壁行脚》里面的一段:

> "我睡去,在不知名的大漠上,在不知名的朋友为我们搭成的蒙古包里,在一日急驰,累得倒地即可睡去的时刻。我睡去,无异于一只羊,一匹马,一头骆驼,一株草。我睡去,没有角色,没有头衔,没有爱憎,只是某种简单的沙漠生物,一时尚未命名。我沉沉睡去。"

对照集

一

年初二，在台湾，是回娘家的日子。

应该是三年前吧？也是个年初二，我开车到淡水市区买些青菜，从顶好超市出来之后，有位满面笑容身材健硕的妇人向我打招呼，问我：

"怎么没回娘家？"

我并不认识她，可是我马上想起来她应该就是在这条街边摆摊的妇人，卖的是些在自家田里种的青菜瓜果，我们曾经有过几次照面。而这天是大年初二，心情愉快的她愿意向我打声招呼，不过只是把我当做邻居，向我释出她的善意而已。

我却整个人都呆住了。

我为她那样诚恳又自然的语气而呆住了，不知道微笑地向她搪塞了些什么，大概总不外是"新年快乐"或者"恭喜恭喜"之类的吧，然后就匆匆进了停在路边的车子，匆匆开离，等到离开她的视野之后，一个人坐在驾驶座上，眼泪才开始不停地流下来。

我没有办法正面回答她。

因为，对她来说是天经地义再自然不过的世界，我却已经不能再置身于其中——

我已经没有娘家可回了。

可是，这是我早已明白了的事实，应该不至于为此而突然落泪吧?

我只好揣想,是一种"对照"刺激了我。

多么羡慕她语气中的那种"理所当然",在此时此刻,她认为每一个和她一样的妇人,都应该要回娘家去,这是规矩,也是权利,没有什么好怀疑的。

是她那正享有着的理所当然的幸福,让我羡慕,而在那瞬间,忽然省察到自己的羡慕,才是真正使我落泪的原因了。

这样的对照,会使人在猛然间不知所措。

就像一位作家在她的一篇作品里所说的那句话,仿佛是一把匕首直直插入心中,她说:

"我不是那种插枝就可以存活的人。"

一句多么理直气壮的言词啊!

一句话,就可以概括我的一生,原来,我就是一株被插枝然后惶惶然存活了下来的人。

这样就可以解释,为什么无论做什么事情,我都要时刻检视以确定自己的行为没有什么差错才能心安,也许,这就是真正的原因了。

二

曾经拍摄《骆驼骆驼不要哭》的蒙古国导演琵亚芭苏伦·戴娃,又拍了一部新片《小黄狗的窝》。

在家里安安静静地看了两次,真的很喜欢。

这位年轻女导演的成功之处,就是她能够带领整个工作团队进入一个蒙古家庭而不惊扰他们,我们这些观众因此得以在最近最清楚的距离观看、聆听、会心与感动。

整部影片像是一篇节奏舒缓的散文诗。

让我落泪的是那一幕：在从夏营地转场到秋营地之时，两座毡房都已拆净，和所有的家当一起装上牛车，整队待发。从高处俯视，青绿的草原上只留下两块土色的圆形的印子，那就是这整个小家庭在其上生活过一个夏季的痕迹。然而，在出发之前，这对夫妇又重新走进已无一物的这片圆形印痕的中心，恭恭敬敬地再祭洒一次大地，当他们说出"美丽的杭盖草原，感谢你的收留"之时，我的眼泪就流下来了。

那应该也是猛然间的对照，让我观照到文化深处我所不曾触及的绝美的质素，因而悄然落泪了吧。

琵亚芭苏伦·戴娃虽然年轻，却有整个蒙古高原作她的后盾，让她可以从容发挥，这是多么令人羡慕的幸福。

三

对大部分的人来说，拥有一个故乡，是天经地义再自然不过的事。

可是，对有些人而言，故乡并不易得。

故乡并不易得。因为，她虽然是一处空间，却更需要时间来经营。

故乡是什么？

首先，她必须是你祖先生活于其上的土地。然后，你必须在那里出生，在那里长大。当然，有一天你可能会离开了她，也许是九岁，也许是十九岁，或是二十九岁，不过，这都没有什么关系了，因为，你已符合了所有的条件，取得资格，可以终生拥有个故乡了。

但是，在我所属的这一代里，多的是如我一般的，所谓"此生已经来不及给自己准备一个故乡"的人，插枝之后，要如何存活呢？

虽然，往好的方面说，我们因此而拥有了许多处的"家乡"，对每一块曾经收留过我们的土地都心存感激。但是,在成长的过程里,那始终盘踞在灵魂深处的惶惶然,却是无所不在的啊!

四

齐邦媛老师对我说过:

"故乡可以是一片土地,但更应该是一群人,那些在你年少时爱过你,对你有所期许的人。"

她说:"锦衣,是穿给这些人看的,是你要向他们说,你不曾辜负这些期许。锦衣不是炫耀,而是真诚地展示。还乡,是为了重新面对他们,向他们证明,你已经努力去达成他们为你所设定的目标,实现了他们在你年少时就为你绘出的美梦。"

如此说来,故乡就不一定依存于空间,而是一段长长的时间了。

齐老师说,她在几十年前教过的学生,多年后千里寻访而来,为的就是要在老师面前又谦卑又骄傲地展示那一袭锦衣。这其实也是一种还乡,在精神上,齐老师就是他们青春时期的原乡。

这几十年时间所构筑而成的讯息上的空白,在此刻,却恰恰是一种富足。

多年之后,如果你发现还能拥有在你年少时爱过你,对你有所期许的那一群人,或者甚至是——那一个人的微笑与赞许,你就是被上天赐福的,能够拥有一处"青春原乡"的幸运者了。

五

在台湾电视的公益广告上,看到撒可努要原住民活出自信,大声呼唤出自己的名字,我不禁想到了内蒙古的作家鲍尔吉·原野那篇著名的散文《寻找鲍尔吉》，内文主要是叙述他以全名向银行兑现一张稿费的支票所遇到的麻烦，有这样一段：

> 她笑了，向同事问："你听说有姓鲍尔吉的吗？"她那同事轻蔑地摇摇头。她又问栅栏外排队的人："你们听说有姓鲍尔吉的吗？"她那用化妆品抹得很好看的脸上，已经露出戳穿骗局后的喜悦。
>
> 我有些被激怒了，但念她无知，忍住。子曰："人不知而不愠。"我告诉她："我是蒙古人，就姓这个姓。"
>
> 她的同事告诫我："就算你姓复姓，顶多姓到欧阳和诸葛这种程度，鲍尔吉？哼。"
>
> ……

撒可努和鲍尔吉·原野，他们两人完全符合要"拥有"一个故乡的条件，并且，据我所知，他们也没有因为什么突发的原因离开过这个故乡。同时，在这块土地上，他们的祖先居住的时间绝对比周围任何人的祖先要更为长久。

可是，即使是不离不弃不奔不逃，此刻也没有多少退路了。时间并没有站在他们这一边。那曾经被一代又一代的族人所深深爱恋过的美丽故乡，如今，正以飞快的速度在他们眼前在他们脚下消失。

在故乡的大地上失去故乡，这句话实在是不通顺到极点，可是，我好像也找不到别的句子来代替。

请问，朋友，你能帮我找找看吗？

童年物件

　　剪报越积越多，为什么总是丢不完？是因为一翻开之后，就会像现在这样又重新细看起来了吗？

　　重读二○○四年一月十日《联合报》读书人版的旧剪报，想到当天在第一次读到唐诺所写的对鲁西迪的《摩尔人最后的叹息》这篇书评时，其中有几句（严格说来应该只有一句），为什么竟然会使我落泪？

　　"——尽管连小说厚度都相衬，却不真的是那种我回头记忆自身及所由来，说我最熟悉最私密最有资格讲的事，由此揭示、见证、隐喻并启示外头那个广大纠结的集体历史。"

　　唐诺在这里其实是在批评鲁西迪这本书的反其道而行，努力要把紊乱的外界，全压进一个不耐烦悠悠寻访、发现、细述的家族之中，因此，这个家族有框架，但是没有真正的内容细节；有来历，但是没有真正的时间历程等种种不合适的急切与强烈的表现。

　　我的落泪是因为从来没有人对我说过这句话。如今听见了虽然不能说是太迟，却还是稍稍觉得有些晚了。

　　我的落泪是因为当我回头记忆自身及所由来之时，我想要写的就是生活里最私密、最微不足道，却又偏偏是我最想把握住的那些琐碎的光影和时刻！

　　从小学画的我，没能接触到什么完整的文学创作的理论体系，我的书写只是用真实生命所做的种种努力。就好像一个人在旷野之中，在一无依凭也没有方法的情况之下所盖起来的一间小房子，原来只是为了遮风避雨，却没想到它竟然也是合乎建筑原理并且还

这是童年日日行走的几级阶梯。

1996 年 6 月香港湾仔

可以找到一些根源和依据的。

在这篇书评里的这句话，唐诺说的对象应该不是我，可是，却让我听见了。

在写了这么多年之后，我开始回头重新审视自己。

譬如在二○○三年十一月，和住在美国的弟弟约好了在香港相聚，带他重新去探看五十年前的童年旧居。后来《香港文学》征文，我写了一篇《重返湾仔》说的就是这件事。但是，写出来的完全不合我的原意。

在起初，我想可能是写法和字数的关系，《香港文学》要五千五百字，而我光是花在解释和描述秀华台上那四块早已废弃了的花池，就占了快四千字。所以，写是要写的，但是最好不要有字数的限制，我以为，必须要有绵绵不绝的伸展，才能够将我心里真正的意思说清楚吧？

而今夜，我想的却是"物件"在生命里所延伸的意义。

一九四九年的夏天，我们一家九口，两位外婆、爸妈和我们五个孩子到了香港，幼小的弟弟还在襁褓，秀华台上的公寓是新盖好的，公寓前的平台上，四个由低矮红砖砌边的长方形的花池里种满了扶桑花。我们在这里安安稳稳地住了五年，一直到一九五四年离开。五个孩子的学校都在家后面的山坡上，"同济中学附属小学暨幼稚园"，从大到小都包进去了，那个校名上的"暨"字，总让我觉得有点说不上来的奇怪。

其实，姐弟两人在五十年前的记忆中行走，应该不是只有街道、巷弄，以及当年与此时的对照而已，总应该还有一些别的才对。

可是，重回旧地，站在那几级还留存着的石阶之上，这是童年时曾经日日经过的地方，我们其实也不知道能够找回些什么，只好努力搜寻，彼此询问，好像是如果两人拥有的相同记忆越多，那个从前的家就可以越来越靠近似的。

我记得,刚刚到香港的时候,有个杂货店的伙计给我们送过来一批厨房用具,其中有个铜制的水瓢,盛水量很深的,后来也带到台湾来了,又用了许多年,我问弟弟有印象吗?他连声回答我:"有!有!"

然后他又问我,那几张每到夏天就会拿出来铺到我们床上的牛皮席子,是从哪里来的?我说我记得爸妈说那是在四川买的。

年轻的父母在四川买到的牛皮席子,是单人床的尺寸,刚好给这些一个一个逐渐增加的孩子们铺在他们的床上避暑气,染着深绿或深蓝底色的皮子越来越有光泽,但是,从小学铺到大学之后,终于也残破了,最后不知所终。

"还有,"弟弟说,"我们那两个双层床也是从香港带到台湾去的吧?"

是啊!那双层床原是铁网作底,父母怕睡久了之后会让孩子驼背,特别去定做几片又宽又厚的桧木板来做床板,这些床板也跟着我们迁徙,一直到我从比利时回来,有了慈儿之后,还被我拿到新竹的家里来用呢。

弟弟和我,两个人就站在秀华台的台阶上你来我往地说起来了,如果有行人在那时稍稍驻足聆听,一定不能了解记得这些微不足道的物件,究竟有些什么值得如此欢喜的意义?

是的,我们其实很难说出它的意义,活在乱世,一个流离颠沛的家庭一直在不断做出"要丢弃什么"和"要携带什么"的选择,那选择看似是生命里不被重视的物质记忆,却在多年之后忽然间等同于那一个"家庭"了!

那两个双层床是金属的,床架应该是中空的钢管,外面有苹果绿的烤漆,多年都不曾剥落,材质极好,造型秀气,拆装又很方便,我想,在五十年前的台湾,恐怕不容易找到类似的物件,也许这就是为什么父母会把它们从香港带到台湾来的原因。

秀华台公寓里所有其他的家具都不带走了,就像南京家里的那些厚重的沙发和满柜的书籍一样,都那样摆着就离开了。(这只是我的记忆而已,而父母的呢? 外婆的呢? 在他们的生命里,那一座又一座宅院里的家具和收藏,不也就这样全部都留在身后,留在再也不会回去的时光里了吗?)

最近这十几年来,因为要走访蒙古高原,旅程之间,常会落脚香港,时间通常只有一两天,我一个人习惯住在九龙的旅馆里,要去湾仔,差不多都是搭地铁过海。

不过,二〇〇三年的十一月,在美国工作的弟弟到香港出差,我又刚好应邀去南京大学和南通工学院演讲,回程时,两人就在香港聚了两天。有他陪伴,我们就好好地坐了几次渡轮,那海上的风,夜里两岸的璀璨灯火,都会唤起我们心中那些熟悉的感觉,有时轮渡上孩童们兴奋的喧闹,也会使两人在同时想起了什么,相对微笑,无言。

仿佛回到了童年。

但是真正让我觉得触目惊心的熟悉,是天星码头靠近海面的墙边上,为了防止渡轮船身的碰撞,在墙脚固定的那几条长长的横置着如树干直接剖半的厚木条,那木头粗糙的质感,那深暗的单色油漆五十年来完全没有改变的非常平凡的颜色,对我来说,却是如遇故人。

如遇故人,五十年的时光在瞬间浓缩,以如此熟悉亲切的相貌对我迎来。这应该是当年那个孩子在安静地跟随着父母出门和回家的时候,曾经一再注视过的角落吧,却要到五十年之后才能明白,是这个角落,把她的童年好好地收藏起来了。

想要说些什么,可是,能怎么说呢?

在繁华拥挤的香港,在渡轮刚要靠岸之时,每个人的脚步都极为匆促,谁需要如我一般频频低头回顾这几条木头的形状、质感和颜色?活在乱世,每个人应该都有他自己最私密、最熟悉、最想要好好说出来的童年吧。

热水塘

今天《联合报》文化版上有则新闻,说是维也纳仲裁法庭在一月十六号判决,奥地利政府必须归还几幅克里姆特(G.Klimt)的画作给原来的主人,因为那是当年纳粹从她家夺走的。

劫后余生的这位原主,是犹太后裔,玛丽亚·艾特曼女士已经九十岁高龄,从七十二岁起开始向奥国政府兴讼,打了十八年的官司,终于得到胜诉。

几幅画作如今的金钱价值是这则新闻所注意的焦点,可是,"物归原主"也是精神上很大的胜利,更何况,其中有一幅作品《艾蒂儿画像》,画中人还是艾特曼女士的姑妈。

在这里,好像公平和正义终于出现了。

可是,那被掠夺了的岁月,被掠夺了的人生,又能向谁去兴讼,向谁去讨回来呢?

父亲没过世以前,我常在他居住的莱茵河岸散步,在父亲公寓那幢大楼的旁边,隔着一条走道,就是一大片林木蓊郁的庄园,围墙有些地方已经破损,有时会有小孩骑车走捷径穿过直上河岸,庄园中心的房舍都还在,只是因为无人居住的关系,颜色有些黯淡。

我在河边散步的时候,也曾经想过,这么好看的房舍和庭院,怎么就任它荒废?

后来,有年暑假,房屋突然修缮一新,车道旁的花池重新栽满了花,林木下的杂树都去掉了,大门和围墙也以原来的颜色和材质安安静静地都补齐了。原来,庄园有了新主人。

当地的朋友告诉我,这座庄园原属于一个犹太家庭,他们被纳

在母亲的家乡。

2002 年 6 月昭乌达盟克什克腾旗的草原上 （护和 摄）

粹强行带走。家人之中,有的在集中营里死去,有的在战乱间失踪失联,所以房子的产权经过几十年的努力之后才算有了合法的继承人,有了合法的买卖权,终于在前几个月卖出去了。

过了两天,新主人在庭院里办了一场茶会,邀请自己的朋友以及周围的邻居参加,为迁入新居做个准备。那天天气很好,我从他的大门外经过的时候,透过镂空的复原为一九〇〇年代"新艺术"风格的铁栅门,远远地望见了那位正含笑向大家举杯的新主人,是位白种微胖的中年男子,他的金发在阳光里特别耀眼。

所以,总有人可以合法地将这座美丽的庄园据为己有,无论是原主的后代子孙,还是这一位新主人,这个世界从此再重新开始。在阳光下,一切都是如此平和与美好。

只有记忆,在此刻,是个冷眼的旁观者。

而回过头来观看自己呢?

年幼时,长辈很少对我们这些孩子说从前的事,我只能偶尔从他们之间的谈话中捕捉到一些对我来说有点奇怪的人名和地名。

只有一次,外婆对我说,她和外祖父的家曾经三次毁于战火,三次重建。她那天大概是想要激励我,不要太快放弃什么事情吧,所以她说:

"多难的路,只要不灰心,都可以走得过来的。"

可是,重建了三次的庄园,现在又去了哪里呢?如今,在我的记忆里,连个准确的地址都没有了,只知道那个地方有很好的温泉,所以地名就叫做热水塘。

小时候还觉得好奇,怎么在蒙古高原上还会有温泉?

一九八九年第一次去母亲家乡时,并没停留很久,前几年(二〇〇三年)第三次去的时候,朋友特意为我安排了一段比较长的旅程,中间带我去了一处温泉度假区,地名赫然就是热水塘!

那么,这里应该就是我外婆念念不忘的庄园所在地了吧? 我问了朋友,这是昭乌达盟一带惟一被命名为"热水塘"的地方,也是驰名已久的温泉区,那么,我真的是回到外婆家了,只是,一切已荡然无存。

朋友说,这几年,旅游业兴旺起来,很多旧房子都拆了改建旅馆,一幢又一幢花花绿绿的建筑,热热闹闹地招徕宾客,晚上还放烟火,吵得谁也无法入睡。

我本来那天晚上也并不容易入睡,想着这就是外婆和母亲黑夜梦里的家园,如今,一切已荡然无存。

不过,外祖父在昭乌达盟克什克腾旗任札萨克府总管之时,于一九一五年创设的一所小学还延续到了今天,新盖了规模很大的教学大楼。

外祖父出生于一八八四年(清光绪十年),外曾祖父就是克旗原札萨克府的管旗章京。他们那个时代真是多灾多难。外祖父创办蒙古文小学时应该是三十一岁,他是在军阀混战民不聊生的状况下,觉得要改变内蒙古地区的蒙古人饱受欺凌的现象,只有从教育着手。所以,他不单办了蒙古文小学,还创办了一所蒙旗军官学校,更参与了内蒙古国民革命党的发起和组成,并且在一九二五年被推举为内蒙古国民革命军总司令,亲身指挥过好几次的战役。

外祖父的蒙古文名讳是穆隆嘎,汉名是乐景涛,所以,当地的民众都称他为乐司令。

那一年(二〇〇二年)第二次去昭乌达盟,我在克什克腾旗旗政府所在地经棚(这个地名,我小时候听到总以为是"金棚"),参观了外祖父创办的小学之后,又去参观一座博物馆,大概同行的人数多了一些,引起博物馆前有些居民的注意。

从博物馆出来之后,有位亲戚靠近来告诉我,刚才附近有几位老人家向她打听,我是何人?她答说是乐司令的外孙女。

她向我转述那几位老人家的惊叹,他们是这样说的:

"什么?乐司令的外孙女都这么大岁数啦!"

那时我们已经离博物馆有段距离了,我回头试着去张望,只看见街角几个模糊的身影,也正在远远地往我们这边看过来。

那几位老人家在童年之时,有可能见过乐司令吗?还是说,也是如我一般,只是听闻过他的事迹而已?

是的,时光飞逝,真如辛波丝卡的诗句:

了解/历史真相的人/得让路给/不甚了解的人/以及所知更少的人/最后是那些简直一无所知的人

俱往矣!一切已荡然无存。

天穹低处尽吾乡

> 余年老去始能狂，一世飘零敢自伤。
> 已是故家平毁后，却来万里觅原乡。

这是二〇〇五年九月，叶嘉莹老师去内蒙古呼伦贝尔地区作首次的原乡之旅时，所作的口占绝句十首中的一首。

这首诗后有一段加注：

> 我家本姓叶赫纳兰，先世原为蒙古土默特部，清初入关，曾祖父在咸、同间曾任佐领，祖父在光绪间任工部员外郎，在西单以西察院胡同原有祖居一所。在二〇〇二年的一份北京市规划委员会的公文中，曾提出要加强保护四合院的工作，我家祖居原在被保护的名单内，但终被拆迁公司所拆毁。

被平毁的故家，是曾祖父购建的，叶老师的童年就在这幢美丽宽敞的四合院里入学就读。祖父是进士，门口有"进士第"之匾，门旁还有两尊石狮。伯父是儒医，把家中东房作为"脉房"（诊所），在南房里有许多藏书，由于叶老师的父亲比较常在外地工作，所以，她幼时在伯父身边受教的时间较多。

第一本课本是《论语》。但是，由于平日常听伯父与父亲大声吟诵旧诗，母亲与伯母则是低声吟唱，两种境界都让她神往，所以，叶老师说，她虽是从国学学起，耳濡目染的则是诗词。

她说："诗，不是用知识去学习的，而是用感觉去学习。用感觉去累积的诗词，终生都不会忘记，是一种直觉的吸收与涵养。"

还有一种不能忘记的质素，就是血脉的来处。

她记得很清楚，那年，她已有十一二岁了，伯父第一次郑重向她说起蒙古原籍之事。伯父应该也是听他的长辈这样一代又一代再三嘱咐再三叮咛地说起的吧。

即使是在年节祭祖时，全家人都要跟从伯父先向东北方向三跪九叩首，然后再向西北方向三跪九叩首，一为远祖，再为家墓（西北方是近代祖坟所在的方位）。

但是，那个时代兵荒马乱，出了北京城就是盗贼、军阀、日寇，最后再加上内战，所以，虽然代代相嘱不可忘记自己的来处，但是，百年之间，从曾祖父到伯父，却从来没有一个人回去过。

二〇〇二年中，沈阳的关捷先生为叶老师寻到叶赫水的所在。九月，在许多朋友的陪同之下，叶老师远赴吉林省采访叶赫旧部，成为她的家族里第一个见到叶赫水的子孙，河水还在奔流，故土却成为无边无际的农田，种满了在秋风里簌簌作响的玉蜀黍。

二〇〇五年九月，由于念念不忘土默特部的祖源，叶老师启程赴呼伦贝尔，终于实现了她的愿望。同时，又成为她的家族里第一个踏上了蒙古高原的人。

原来，绝不可轻视一个族群的记忆，更不可小看，一个女子长存在内心深处的坚持和不忘。

二〇〇五年，八十一岁，经过了七十年的等待，叶嘉莹老师终于见到蒙古原乡。

曾经是那样模糊那样遥远的故土，如今却就在眼前就在脚下，是可以触摸可以嗅闻可以雀跃可以奔跑可以欢呼可以落泪又可以一层层细细揭开一步步慢慢走近的大好河山啊！

听叶老师(左)演讲,与书法家董阳孜(后)三人在台北合影。

(台北洪建全文教基金会　摄)

因而,叶老师全程都是神采焕发,而这样焕发的神采,就影响了她身边所有的人。

这是一种难以形容的美好特质。

叶老师自己其实历经丧乱,然而从不见她诉苦,却也不回避,她的言词和风范,都是那样真诚和自然。在她身边,我才明白什么叫做"如沐春风",原来世间真有其人,真有其事。

要想追记的幸福时刻还有许多。

叶老师待人极为随和,又充满了好奇心,什么都愿意尝试。

2002 年陪叶老师赴吉林省访叶赫水。在叶赫那拉部族旧址之上，叶先生说：
"心中有无限的感慨，一如诗经里的'黍离之悲'。"

2002 年秋

二〇〇五年九月十六日，我先去天津与叶老师会合，在她任教的南开大学作了一场演讲。十七日，叶老师、怡真和我，一同乘车到了北京，在旅馆住一夜，准备第二天飞海拉尔。

吃完晚饭后，我们去附近的超市，添购些旅程需要的杂物。路过食品部门的大冰柜，我忽发奇想，想要请她们二人吃一根我情有独钟的冰棒，结果真的给我买到了"伊利"的酸奶冰棒。叶老师和怡真欣然接受，那又甜又酸又浓醇的奶味儿，让她们赞赏不已。

那天晚上，我们三个人就站在人行道上把冰棒吃完，只要微微抬头，从迎面的路树枝桠间望过去，就是一轮又圆又满的阴历八月十四的大月亮。

怡真是叶老师在台大教书时的学生，我却只是个私淑弟子，多年来都在离叶老师很远的地方一本又一本地读着叶老师的著作，怎么也想不到会有这样的一天，可以在北京的街边，请叶老师吃了一根内蒙古出品的酸奶冰棒！

这人生可真是有点离奇了。

要想追记的幸福时刻还有许多。

九月十八日下午一点四十分，飞机抵达了呼伦贝尔海拉尔市，有四位朋友前来接机，松林、伟光、国强和宝力道。

这四位身强力壮的男士，一下子就把我们视为沉重负担的大大小小的行李都接过去了，同时，却又温文有礼地轻声向我们致问候与欢迎之意。

这就是我的生在大兴安岭森林、长在巴尔虎草原上的好朋友们，是多么漂亮的好男儿！在把他们四位介绍给叶老师之时，我心中别提有多么得意了。

叶老师，您已经踏上了蒙古高原，请看一看这些生长在原乡大地上的好男儿吧，他们每一位都是真挚、热诚又坚强的精彩人物啊！

在这一点上,我想,叶老师一定深有同感。因为,在她口占绝句中的第十首,说的就是这份感动:

> 原乡儿女性情真,对酒歌吟意气新。
> 护我更如佳子弟,还乡从此往来频。

要想追记的幸福时刻还有许多。

叶老师对自己的身体很注意保护,这次旅程,怡真和我是全程的陪同,我不小心,先因为受凉而感冒了,然后再连累到怡真。两个人什么药都没带,全靠叶老师拿出她准备的药丸来救急才勉强撑过去,叶老师却什么事也没有,在短短的八天之中,东上大兴安岭,西渡巴尔虎茫茫古草原,一路上健步如飞,诗兴大发,走了一处又一处,写了一首又一首,真是让我们叹为观止,非常羡慕。

已经是九月二十日了,一车人从海拉尔出发直奔大兴安岭的阿里河。是个晴天,山路旁的颜色因而更加耀眼,落叶松一色铬黄,樟子松一脉墨绿,只可惜桦树的叶子差不多要落尽,少了许多闪烁明亮的暖金色,只剩下像灰雾一般延伸的细密枝桠。

在山路下方远远的平野之上,一片又一片的再生林互相依偎着往高里生长,有细细的烟尘在风中徐徐开展,如雾又如烟,是有人在什么空旷之处烧着野草吧?

怡真先开始诵吟:"平林漠漠烟如织……"在更远更远的地方,是几抹青蓝色的峰峦,那颜色,有可能是"伤心碧"吗?

这是一堂附有真实风景作插图的古典文学课程,在秋日的大兴安岭,在叶老师身边,我们一车的人都是兴奋又快乐的小学生。

一路行来,仿佛万事万物,只要经过她的指点,就都能成诗;又仿佛任何一首诗,都可能和眼前的风景有些什么牵连,是为车窗外那一幅绵延起伏的"秋光秋色长卷"作些注释。

这样的一堂课,是生命里难以置信的奇遇,我会铭记在心。

从大兴安岭下来之后,又紧接着往西进入巴尔虎草原。

有一天上午,我们在一片广袤无边的大草场上停车休息,看到日月同时高悬在天空中,叶老师一边惊叹一边缓步往草原深处走去,我们这些人就都很安静地留在原地,不想去打扰她。

可是,我发现每个人的目光却又都不约而同地朝向她,是因为每个人的心里都在揣想着八十一岁的叶老师走在原乡故土之上,究竟会是怎样的一种心情吗?

那天,叶老师越走越远,身影越来越小,到了后来,几乎好像是与浩瀚的天地融为一体了。

然后,她再微笑着慢慢走回来,给了我们这一首诗:

> 右瞻皓月左朝阳,一片秋原入苍苍。
> 伫立中区还四望,天穹低处尽吾乡。

长路迢遥

九月初,去了一趟花莲。

我是一个人坐火车去的,有好几位朋友已经在花莲等我了。

出门之前,圆神出版社送来了《时光九篇》和《边缘光影》新版的初校稿,希望我能在九月中旬出发去蒙古高原之前做完二校。虽然离出版时间还早,可是我喜欢出版社这样认真和谨慎的态度,就把这两本初校稿都放进背包里,准备在火车上先来看第一遍。

从台北到花莲,车程有三个钟头,不是假日,乘客不多,车厢里很安静,真的很适合做功课。所以,车过松山站不久,绿色的山野出现的频率越来越高的时候,我就把《时光九篇》厚厚一叠的校样拿了出来摆在眼前,开始一页一页地翻读下去。

《时光九篇》原是尔雅版,初版于一九八七年的一月。其中的诗大多是写于一九八三年到一九八六年间,与此刻相距已经有二十年了。

二十年的时光,足够让此刻的我成为一个旁观者,更何况近几年来我很少翻开这本诗集,所以,如今细细读来,不由得会生出一种陌生而又新鲜的感觉。

火车一直往前进行,窗外的景色不断往后退去,我时而凝神校对,时而游目四顾,进度很缓慢。

当我校对到《历史博物馆》那首诗之时,火车已经行走在东部的海岸上,应该是快到南澳了,窗外一边是大山,一边是大海,那气势真是慑人心魂。美,确实是让人分心的,我校对的工作因而进展更加缓慢。

然后，就来到诗中的这一段——

> 归路难求　且在月明的夜里
> 含泪为你斟上一杯葡萄美酒
> 然后再急拨琵琶　催你上马
> 知道再相遇又已是一世
> 那时候曾经水草丰美的世界
> 早已进入神话　只剩下
> 枯萎的红柳和白杨　万里黄沙

读到这里，我忽然意识到了就在此刻，就在这个车厢里，时光是如何流转，又如何一层一层地叠印起来，不禁在心底暗暗惊呼。

窗外，昨天台风过境带来的豪雨，让高高的山壁上多添了好几处或是曲折或是急直的小瀑布。这里，这里是台湾最美丽的东海岸，就在这些大山的深处，有秀美的草坡，有我曾经采摘过的百合花，有我曾经认真描绘过的峡谷和山泉，有我的如流星始奔、蜡炬初燃的青春岁月啊！

在往后的二十年间，青春在回顾之时逐渐成为诗句。不过，在我写出《历史博物馆》的时候，虽已是一九八四年的八月，却还不识蒙古高原，也未曾见过一丛红柳、一棵白杨，更别说那万里的黄沙了。

然而，生命中有些呼唤可能早早就现端倪，在迢遥的长路上，是我们内心的渴望在选择方向，尽管这一切难以事先料想。

是的，谁能料想到呢？在又过了二十年之后，重来校对这首诗的我，却已经在蒙古高原上行走了十几年了。甚至还往更西去了新疆，往更北去了南西伯利亚，见过了多少高山大川，多少水草丰美的世界,更不知出入过多少次戈壁与大漠!

是的,此刻的我,真是见过了多少已然枯萎或是柔花满垂的红柳,多少悲风萧萧或是枝繁叶茂的白杨,以及,在月明的夜里,那不断向远方铺展过去的万里又万里的黄沙。

如今重来面对这首诗,才发现一切其实早现端倪,幸好,幸好有诗来注记。

此刻,在一列行驶着的火车车厢中,诗里诗外,光影杂沓,悲欢交集。时光流转如此!时光叠印如此!长路何其迢遥,然而,那些原本是真实的生命所留下的深深浅浅的足迹,在回望之时,却终于成为连自己也难以置信的美丽遭逢了。

新疆天山山脉，广袤无边。图右方近处两个小白点是卫拉特蒙古牧民的毡房。

1992 年夏

札阑丁

昨天晚上再试读志费尼的《世界征服者史》,忽然明白,我把这本书里的一些部分和多桑(其实应该译作"朵松")的《多桑蒙古史》搞混了,怪不得后来在后者书中一直寻找却都找不到,原来是在这本书里。

我读史书没有什么耐心,常常从一本跳到另外一本。读《世界征服者史》的时候就是如此,所以只能得到些零碎的印象。

惟有《多桑蒙古史》没有半途而废。原因之一当然是冯承钧先生的译笔太好;原因之二,则是因为我有过一次很特别的阅读经验,七天七夜的独处,而身边只有这一套书。

那是在和信医院的病房,那时已经开完刀,出院回家了,却因为化疗时白血球的数目上不来,必须再住院七天,以防感染。

在住院期间,我带的就是这上、下两册的《多桑蒙古史》。身体本身没有感觉什么特别的病痛,但是必须打点滴,所以又离不开病床。于是,我就在这七天之内,仔仔细细地把全书从头到尾重读了一遍。

很奇怪的场景,在安静又空无一物的医院病房里,翻读着一场又一场历史上的厮杀。有时恍如身临其境,却突然被前来查房的小医生或者护士所打断,每当他们微笑问我:"在读什么书? 好看吗?"之时,我都点头回答说:"好看。"

是真的好看。尤其是关于花剌子模的苏丹(书中译作"算端")父子两代的遭遇,简直是一部非常动人的长篇小说。

我对札阑丁一直有很深的同情,他的父亲就是那位穆罕默德苏丹(也译作摩诃末算端)。

在《多桑蒙古史》的序言里,有如下的简介:

> "算端札阑丁者,花剌子模沙突厥王朝之末主也。其
> 父摩诃末在位之时,适当成吉思汗侵入此国之年。摩诃末
> 为战胜之蒙古军所追奔印度;成吉思汗退兵以后,(札阑
> 丁)重返波斯,君临故国;然屡侵邻国,迨至蒙古军重至之
> 时,始谋自保,然已无及矣。后逃往曲儿忒人所居山中,为
> 土人所杀。"

札阑丁,不幸的末代苏丹。这灭国的灾祸全是他的父亲穆罕默
德苏丹惹来的。这位举止失措的苏丹在他的部下杀了蒙古四百五
十人的商队之后,不但没有赶快致歉,甚至又杀了为此事前来质问
的蒙古特使,战事便因此而起。

更吊诡的是,原先异常骄傲的穆罕默德苏丹,在蒙古大军当前
之时,却完全采取逃避主义,不敢迎战。当时的札阑丁劝他父亲把
全国军队集中一起来迎战,以四十万兵丁的战力应该可以得胜。但
是,这个父王完全不听任何劝告,一直到逃到里海的一个孤岛上之
时,才后悔没有听从儿子的建议。那时他已经得了肋膜炎,病势日
益严重,临死前取消了传位给另外一个儿子的旧诏书,改立札阑丁
为嗣君,到此他才说"非札阑丁不足以光复故国",又取下自己的佩
刀把它系在札阑丁的腰上。

四五年之后,札阑丁历经千辛万苦,终于达成了父王交托给他
的使命,光复了故国。可是,在位六年,最后还是逃脱不了被蒙古军
队再度追杀的厄运,据说他最后是死于一群曲儿忒的抢匪手中。

但是,因为众说纷纭,而且人民对札阑丁仍抱有很大的期望。

所以,即使是事隔多年,仍然到处有人或是传说见到札阑丁,或是自称自己就是札阑丁,甚至因此而受到刑逼,却至死也不肯改口。

在《世界征服者史》书中,作者感慨而称这种种谣传与冒充,都是疯狂的事。可是,百姓心中的渴望,最后除了以这种面貌出现之外,还能有什么别的方法?

书中是这样评论的:"如果苍天就是这样遵守信约,那他扮演暴君又该怎样? 人们把这布满罗网的地方叫做'人世',把灾难的陷阱叫做'时光',犹如他们把伤痛的中心称作'心脏',把思虑的所在称作'灵魂'。"

就是这一段文字,让我寻找了多年,原来在此书中。

奇怪! 人真的会改变。

十年前,初读志费尼的《世界征服者史》这本大书之时,缺乏耐心,觉得太冗长,总是不能终篇。

可是,这两天再重新试读,才算明白了作者的热血衷肠,明白了什么叫做"婉转诉说"。

而且也终于明白了我之所以会那样同情末代苏丹札阑丁,一来当然是缘于悲惨的历史事实,可是,执笔记述者对我这个读者的影响其实才是主要的关键。

在《多桑蒙古史》中,曾经大量引用了志费尼的言语,不过还是有限,多桑所根据的只是巴黎图书馆所藏的一份不够完整的波斯手抄本而已。

志费尼,这个原作者,是出生在波斯一个极为显赫的家族。如果他的出生年代是众人所推测的一二二六年的话,花剌子模正是风雨飘摇的末世。志费尼的祖父苦思丁·穆罕默德曾供职于摩诃末与札阑丁父子两代的朝廷。但是,当志费尼开始撰写这本史书之时，是一二五二年的五月，他二十七岁，已经是蒙古伊儿汗国里的臣子了。尽管大汗旭烈兀（成吉思汗之孙）对他极为赏识与信任，但是，志费尼心中真正思念的英雄，还是他幼时未得一见的花剌子模末代苏丹札阑丁。

因此，在《世界征服者史》书中，每逢有札阑丁出现的场景，不是特别波澜壮阔，就是充满许多娓娓道来的美丽细节。志费尼在此，有他父亲的追忆、他自己做的访查以及回想，所以，到了最后，一如学者所说，这个撰述者"自己变成了事件的参与者"。

因为撰述者的热情参与，因此，书中有许多处场景，让读者有如亲临。

譬如一二二一年十一月二十四日，札阑丁兵败，被成吉思汗的军队包围在申河（印度河）河畔。右翼、左翼都已覆灭，中军更是伤亡惨重，当时成吉思汗有令，不准放箭，要生擒札阑丁。因此，到了最后几乎无路可逃之时，这位苏丹就带着武器、盾牌，单人匹马与蒙古军队厮杀出一片空地之后，再转身策马由河边悬崖跃入水中，泅渡到河对岸。书中如此描述：

> 他吩咐带上他的备乘马，跨上它再像怪兽一样冲进那灾难的大海。然后，再击退了蒙古军，他旋辔，并在抛弃他的胸甲后鞭策他的骑乘，使它从十额尔或更远的距离跃入水中，于是像一头怒狮泅过那条大河，他安全抵岸。

在这段文字中，他还加插了两段引用自前人的诗句：

> 我挺胸向着它，
> 而我的宽背和细腰随它滑过岩石。

它一丝没有被岩石碰伤就接触平地，
死神则惭愧地观望着。

他又转而描绘旁观的蒙古军队，所有的人都吃惊了。成吉思汗为这位战士的英勇所感动，就拦阻了想跃入河去追赶的自己的兵丁，并且感慨万分地对儿子们说：

"为父者应有这样的儿子！因逃脱水和火的双漩涡，他将是无数伟绩和无穷风波的创造者。一个俊杰焉能不重视他？"

于是，带着危险的高度，带着风声，带着水声，还带着旁观者由衷的感慨与赞叹跃入河中，最后，札阑丁只以一把刀、一支矛和一面盾牌出了水，上了岸。这壮美的一跃与逃脱，在志费尼笔下遂成为永恒的画面。

果真如成吉思汗所预言。在逃脱此重围之后的十年间，札阑丁创造了无数伟绩和无穷风波。可是一二三一年的八月，被蒙古帝国的继任者窝阔台可汗所派遣的军队追杀，又一次逃出重围，札阑丁逃入山中，这次却终于不幸被杀了。最后的死亡真相至今未明，一说是被曲儿式当地的盗匪所刺死；一说是被一复仇者所杀；更有一说，是札阑丁没死，他和他的部下互换了衣服，得以逃脱追捕，所以，他还活在伊斯兰的国土和人民之中……

如今重读《世界征服者史》，才比较了解志费尼。他记录这些在札阑丁死后的谣言与传说，并且斥之为"疯狂"，然而，这不也是他心中暗藏着的渴望。

一如英译者波伊勒所说的：

> ……然而，这些矛盾仅仅是外表的，志费尼的同情心确实在被推翻的王朝一边；他是在几乎完全被蒙古人消灭的波斯—阿拉伯文化传统中受教养；而在这些条件下，他很难全心全意支持新的政权。但旧制度一去不复返；光复无望；因此有必要达到某种妥协。

这样的志费尼，二十七岁时开始拿起笔来"婉转诉说"。而他初初写作的地点，正是蒙古帝国的中心，都城哈剌和林。那时，志费尼正随着他的长官阿儿浑第三次到帝国都城，朝见并且祝贺蒙哥汗的即位。

哈剌和林，曾经是天下的权力中心。不知道在那个时候，在蒙哥可汗的宫帐之内，宝座之旁，有多少如志费尼一般，身处异乡心怀故国，却终于无可奈何地妥协了的臣子呢？

芨芨草

生命其实是一种不断的修正与再修正，学习也是。

昨天早上，打电话给内蒙古的一位文友，为了想确认一下关于芨芨草的知识。想不到，曾经告诉过我许多牧草属名的这位朋友，这一次，他却认为我应该去请教植物学家才对，所以就给了我一位刘教授在北京的电话。

怕太冒昧，也怕退休了的教授或许会有午睡的习惯，我等到傍晚才拿起话筒拨出这个号码，想不到电话那端刘教授的声音非常年轻，而且非常热心地回答了我的问题。

幸好打了这通电话。

因为，原来我所得到的讯息是说，凡是有芨芨草出现的地方，草场就开始退化了。其实，刚好相反！

刘教授说芨芨草生长在有轻度盐碱地的草场上，凡是它茁生之处，就会有地下水。它是草原上的原生植物，一大片一大片地生长，在它生长的地方，冬天积雪较厚，所以对草原湿润极有帮助，它是可以指示地下水的植物，牧民若要打井，通常都会在它的附近寻到水源。有芨芨草的地方，周围其他的牧草都会长得又多又好，牧民喜欢它，因为它创造的环境极为耐牧，所以居民点常是在芨芨草多的地方，有时有些居民点就直接以"芨芨草"为名，当然，用的是蒙古文的名字。

在内蒙古东部与中部的草场上，芨芨草的蒙古文名字叫"得力思"，因为草质太粗，所以牲口不会去吃它。

但是，在内蒙古西部阿拉善盟一带的荒漠草原上，芨芨草的蒙

霞光里的芨芨草,是我父母的梦中之梦。

2007 年 9 月阿拉善盟

322

古文名字却叫做"通格"，当地的朋友告诉我，这是骆驼吃的草，所以我一直以为，这是骆驼喜爱的一种牧草。

刘教授却说并不是骆驼爱吃它，而是生存的条件太艰难。所以，在草场好、牧草种类繁多的地方，即使是骆驼，也不见得一定要去吃芨芨草的。

在电话里，刘教授还给了我许多关于其他牧草的知识，并且答应我，以后还可以打电话向他请教。

放下电话，我心里充满了感激。这十几年来，在蒙古高原之上，有多少朋友，无论他们是学者还是诗人，是行政官员还是草原上的牧民，对我所提出的问题，总是敞开胸怀来回答，他们的真诚与热情引领着我，一步步地走进游牧文化的丰美世界里。

这几年来，在台湾，我常常带着我在蒙古高原上所拍摄的幻灯片去学校演讲。害怕自己会说错，而影响了听众的认识，所以在演讲的题目上，我比较喜欢用"我所知道的游牧文化"这样的字句，而绝不敢只用"游牧文化"这样的题目。有朋友笑我：

"你所讲的'游牧文化'，不就等于'你所知道的游牧文化'吗？这中间有什么差别？"

我却认为，在这二者之间是有着极大的差别的。对于游牧文化本身，我所知的仍然太浅太少，我真正能够传达的，不过只是经由我的生命现场所引发出来的讯息而已。

譬如芨芨草。

第一次见到的它，是从草叶末梢剪下来的已经枯黄了的小小瘦瘦的一束，装在一个原本或许是摆一把扇子等物件的狭长纸盒里。那年应该是一九八七年，我的"公教人员"身份还不被允许去大陆的时候，香港的摄影家林东生先生拿着相机去为我的原乡拍了许多相片。同时，在四十天的高原旅程之后，他还又托朋友给我带来两件礼物，一件是一把手工蒙古小刀，另外一件，就是这一束装在盒中的芨芨草。

当时我们都还不知道这束草的名字，只知道是长在我父亲家乡的附近，因为，察哈尔盟明安旗（现锡林郭勒盟正镶白旗）这几个字在新的地图里已遍寻不着了，所以，只能猜测大概是在那一带而已。

草已枯黄，但是，在盒中的短笺里，林东生告诉我，当他在可能是我父亲的草原上把草摘下来的时候，草色原来是青青的。

那年春天，母亲逝世，我无从与她分享这些从原乡传来的讯息。所以，当初冬的季节，父亲从德国回到台湾来开会的时候，我就迫不及待地把林东生在蒙古高原所拍到的相片，以及这两件礼物都拿给他看了。

在那年年底所写成的一篇散文《在那遥远的地方》里，我曾经如此记述：

> 父亲把小草拿在手中，好像也感受到我朋友在其中所放进的细致心思了，他微笑地赞许着：
>
> "唉！这孩子。这还真是我们那儿的草哩！"
>
> 父亲还说，这草应该叫支节草，或者是枝节草，他记得字典里应该有这个草的名字。可是，那天晚上，我查遍了家里的几本字典也查不到。父亲一直说：
>
> "应该有的啊，应该有的啊。"
>
> 小草仍握在父亲的手里，灯光下，父亲的手背上好像又新添了一些虬结的筋脉，在做一些细小的动作之时，父亲的手已经开始微微地颤抖了。
>
> 几十年就这样过去了，许多原来应该有的都再也找不到丝毫踪迹了。父亲啊！如今我们无法肯定的，又岂只是

一株牧草的名字而已呢？我们甚至连那块草原的名字也查不到了啊！

在今天的地图上，那块草原当然还在，可是却不再是原来那个古老的名字了。察哈尔盟明安旗的标志已经不存在，那个名字已经随着过去的金色岁月从这个世界上完完全全地消失了。

在那遥远的地方，只剩下一片辽阔而又沉默的土地，和一些模糊的故事。

还有青碧青碧的支节草，从眼前一直一直铺到天涯。

可是，谁能料到呢？这篇文字完稿于一九八七年十二月二十六日凌晨。就在一年多之后，一九八九年的八月一日，台湾当局终于解除了"公教人员"不得前往大陆的禁令，在八月二十几号的时候，我已置身于父亲的草原之上了。

然后，我就见到了一<u>丛</u>又一丛父亲几乎忘记了它的名字的这种牧草，并且也终于知道了它的汉文名字。

在汉文里，它叫做芨芨草。

然后，十几年又过去了，在这十几年之中，我对原乡的一切有了越来越强烈的好奇心和求知欲，由于蒙古高原上许多朋友的引领，这一大片对我而言曾经是那样沉默又模糊的土地，如今却是充满了无限惊喜的全新世界！

然而，与父亲母亲还有外婆相聚的记忆，也是无处不在的。

二〇〇五年的十二月开始，洪建全教育文化基金会给了我一系列六堂课的课程，每堂两个钟头，让我在"敏隆讲堂"讲述我所知道的游牧文化。

第一堂的课题定为《迢遥长路》。我觉得在进入正题之前，有必要先向大家解释一下，一个自幼生长在汉文化世界里的蒙古人，如何一步步地发现原乡，发现游牧文化，又如何一步步地从"旁听生"走向"发言者"的漫长过程。

我拟了一些图表，也准备了一些相片，在这堂课里，是真心想要跳脱出来，以旁观者的角度来解释这个"席慕蓉"的成长与转变的。

可是，谈何容易啊！

当那张一九九〇年我在父亲的草原上所拍摄的芨芨草相片出现之时，按原有的进度，我应该好好向听众解释一下我与这牧草之间的关联，但是，才刚说到父亲那年把草拿在手中，却怎么也说不出正确的名字的时候，我就哽咽住了。

强烈的悲伤让我心疼痛，只好暂时静默下来，在暗暗的讲堂里转过身去注视着发光的银幕，画面上，一位穿着红衣的蒙古少女正站在逆光的草丛间，背对着斜斜的落日，因而，她身旁的芨芨草每一枝每一株都在散发着金色的光芒。

这样就是一生了吗？

什么是记忆？什么又是遗忘？

父亲是在一九九八年的冬天逝世的。就在前一年，一九九七年的夏天，海北和我飞到德国去探望他的时候，父亲的身体好像还没有什么异状，只是偶尔会向我们抱怨，怎么会把许多歌的歌词都忘记了，而且怎么想都想不起来了。

父亲说话的时候带着很诧异的表情：

"可是，都是唱了这么多年的歌啊？"

跟随着自己这么多年的记忆，是如何悄无声息地消失了的呢？我想，父亲真正要说的，应该就是这句话吧。

而父亲曾经是个多么爱唱歌的人啊！

前几年，在内蒙古的呼和浩特，好友哈达奇·刚先生特意带我去他的一位朋友家里,因为,这位朋友有位长辈,应该是他的伯母吧,曾经是我父亲的邻居。

这位朋友向我转述听来的话语,他的伯母说过,她家和我父亲一家在草原上算是距离稍近的邻居,常常会在傍晚时分听到远远传来的少年美好的歌声,她就不禁会微笑,并且在心里对自己说:

"哈!那个爱唱歌的孩子回来了。"

这位朋友还再强调一次,他的伯母曾经形容,我年少时的父亲歌声是何等的嘹亮!

已经是那样久远的记忆了,在转述给我听的时候,这位朋友的伯母也已经过世多年,可是,我多么感谢他为我留存了这一幅珍贵的画面。

画面上,在穹庐里的妇人正俯身展现出会心的笑容,而穹庐之外,远远的,在马背上放声高歌的少年慢慢横过青碧的草原,夕阳将他的身影拉得很长,在他的身前身后,是一丛又一丛的芨芨草,每一枝每一株都在散发着金色的光芒……

走 马

《史记·匈奴列传》中有这样一段记载,说是当汉朝初定中国之时,汉高祖曾经因为轻敌冒进,被冒顿单于的四十万骑精兵围困于白登,整整七天。

书上是这样形容匈奴的四十万大军:

> "匈奴骑,其西方尽白马,东方尽青龙马,北方尽乌骊马,南方尽骍马。"

年轻的时候,这段文字只是一掠而过,并没有进到我的心里面去,也不能察觉,它和自己的生命有些什么实质的关联。

事情是慢慢开始转变的。

可以说是从一九八九年的夏天之后,初识原乡的土地,才逐渐发现游牧文化的源远流长。在蒙古高原上,眼前的天光云影映照着书中的历史陈迹,才知道千年不过是一瞬,这一切的一切其实代代紧密相传,一直到今天,还能从生活中见到许多几乎没有什么改变的证据。

无论是匈奴还是蒙古,最早的根源都来自亚洲北方阿尔泰语系文化的先民,在深受萨满教影响的这个文化领域里,几千年来,累积了许多极为美丽神秘的史实或者传说。

英雄与马,常常都是并列为其中的主角。

好友尼玛研究萨满教对游牧文化的影响已有多年,他说,萨满教信仰的中心是"和谐"。信众打从心底敬畏敬重宇宙间万物的运

328

行和调节,长年生活在蒙古高原上的游牧民族,从大自然生生不息的现象中领会,惟有和谐才能臻此神功,因此,在许多行动中常会强调这一种"和谐",以期能得到宇宙的祝福。

譬如白登之围里,匈奴的四十万大军就是以符合着方位的和谐颜色来整编马队,相信如此阵容必定可以增强战斗力。

这是绝对合理的。

从心理学上来说,无论是建立起战士的自信还是要使敌人丧胆,都没有比从西方奔涌而来的万匹又万匹接连不断的马队那样让人心魂震撼的强烈效果了,而且竟然是一色浑然的雪白!再往四周看去,东方是茸茸的青灰,北方是沉沉的黑,南方有溶溶的赤红……

《史记》上只用很少的字句简略描述了四十万匈奴铁骑的表面形象,其实,在颜色与方位之外,要组成这样的马队,还需要更深的用心。

这就要说到什么是"走马"了。

"走马",在游牧文化里,可以解释成是马匹经过训练之后的一种独特的步法,同时也可以认为是骑者与坐骑之间的默契。

有禀赋,又经过训练,懂得用这种步伐行走的马匹,万里崎岖也如履平地,特别禁得起长途跋涉,即使是长期日夜兼程,也能保持一定的速度。并且骑者与坐骑互相配合,在姿势与着力点上有了默契之后,行进之时,无论是人或马,都比较不容易疲累。

作战时,更要求一整个马队彼此之间也能建立默契,无论是多少匹铁骑,进退也宛如一体,这样不但易于指挥,攻防的力量也会更为强大。

(还有,原来母马一般是不能当做战马的,因为在战场上会胆怯,所以,能够与勇士们一起冲锋陷阵的就全是雄马和骟马了。)

在我从朋友的引导以及书上的资料里一点一滴慢慢建立起一

牧马人布赫额尔登。

2002 年 8 月东乌珠穆沁旗

整幅画面的时候,史书上的白登之围就从表面的数字和颜色里走出来,成为一幕有声音有动作的辽阔场景了。

不只是那万匹又万匹从西方奔来的白色战马雪白的鬃毛如何在逆光处闪闪发亮,还要包括那远远传来如雷如鼓山鸣谷应的贴地蹄声,马队奔近时那如猎鹰般迅疾的速度,越过障碍时那如游龙一般的进退自如;旷野无边,悲风凛冽,最恐怖的是在狂风里狂猛逼近的几十万战士与战马都极端静默,不发出任何呵斥或者嘶鸣的声音,只有云影挪移之间兵刃上忽然反射出的几星寒芒,然后,就是那

草原夏日，美好童年。

2002 年 8 月东乌珠穆沁旗

四面暗暗的合围……再读《史记》，如今的我每每为这一幕而神往。

依此，我也可以推想当年蒙古大军的三次西征，马队超乎寻常的速度应该是胜利的主要关键之一。不管是在花刺子模还是更西的土地，那些城堡里的守军原来以为还可以有十天或者半个月的时间来准备，却忽然间蒙古人就已经兵临城下了，并且正如海浪一般铺展开来，那难以置信的速度造成难以瞑目的灾劫，"怎么可能？"这个问题，恐怕是所有被征服的城池里每一个人心中共同的疑问了吧。

然而,时光疾驰,那速度比任何的铁骑还要迅猛还要无情,岁月淹没了一切,无论是匈奴还是蒙古,再广大的帝国,如今都只能是书页间的记忆了。

不过,"走马"的传统还在,在辽阔的蒙古高原之上,游牧文化的精神也还在。

在辽阔的蒙古高原之上,历史以另一种方式在书写,许多美好的传统从未离去,仍然在牧民的生活里留存着,尽管从比例上看似乎是少数的,从参与的表现上看似乎是沉默无声的,可是,一旦深入草原,就会发现,那强韧的生命力其实无处不在。

今年(二〇〇二年)夏天,我在牧马人布赫额尔登先生与他的妻子乌云其其格女士家中做客。清晨起来,横越过缀满了露水的草原,眺望正从远处的山丘上陆续往饮水处走回来的马群,总数有五百多匹的马群之中,有老有少,有雌有雄,当然,还有骟马,似乎是散漫杂乱其实却井然有序地分批喝完了水,就又一转身,向远方不知道哪一片草原的深处缓缓走过去了。

这些野放的马一天要回来饮两次水,若是冬天有雪水可饮,他们甚至可以两三个星期都不回家,越走越远。不过,并不需要担心,这群习惯于野放的马,只认自己的主人,任何陌生人都不可能靠近更遑论进入马群之中了。

五百多匹马中,是以儿马(雄马)为中心所建立的许多小家庭。本事大的儿马,可以拥有十几位妻妾,当然,也会拥有数目很多的儿女。它的任务就是要照顾和监督这个小家庭的温饱以及安全,并且不允许那些年轻的刚刚进入求偶期的儿马来抢夺或者诱拐它的妻妾。

我问布赫额尔登，在这马群之中，有几匹是接受过训练，可以用来乘骑的呢？

他说有四十多匹，也无需更多。那些有着长长鬃毛的儿马通常野性极强，不喜欢被约束。平常只需要几匹留在毡帐之旁供家人就近骑用，一段时间之后，还是要把这些马匹放回马群里去，再换几匹出来。

我看过好友白龙用了几个冬天为布赫额尔登所拍摄的纪录片，其中有一段就是换马的过程：

布赫额尔登骑着一匹深棕色的马，手里举着长长的套马杆进入马群，选上了一匹全身雪白的马，当然，它并不愿意乖乖就范，所以在追逐了一番之后再用套马杆在马颈上套住，强力地把它带离马群，然后就在远远的草地上，开始为两匹马换装。

主人把棕马身上的马鞍马镫马笼头什么的一样样卸下，再依先后次序搭到白马的身上。我们真的可以看见白马的一脸闷气，不情不愿地让桎梏加身，却又始终站在原处，忍耐着，没有移动分毫。倒是那匹深棕色的马，随着身上负担的减少而越来越沉不住气，动个不停，等到最后，全身都光溜溜了，主人怜惜地为它拭净背上的汗水，再在它身上轻轻一拍，这匹马登时就撒开大步朝着马群跑过去，有趣的是，就在马群的边缘，它忽然站定，把两只前蹄朝天高高举起同时放声嘶叫了一下，然后才一头钻进群体之中，再也分辨不出它的身影了。

我想，这声嘶叫如果译成人言，可以是"万岁！我回来了！"或者"谢天谢地！终于自由了！"都不能算错吧？

我问白龙，为什么一匹马不能长期作为乘骑，必得要常常更换呢？

他是这样回答我的：

"对于牧马人来说,一匹马身上那种天生的'野性'是非常重要的。你固然可以说是蒙古人爱马疼马,不想让它多受委屈,所以不愿意长期驱使一匹马为己用。然而,真正的原因是不能让它失去了最宝贵的野性,你必须给它自由,让它重新加入野放的马群,因为那才是马儿真正的力量的源头。"

在茫茫天地之间,对于生命中那野性的本质的敬重,是游牧文化传承到今日也难以尽言的美丽与神秘之处。

在和谐之中贮存着野性,在野性之中诱导出和谐,这就是游牧文化的精神所在吗?

远处的草原上,布赫额尔登的两个孩子正骑在马上互相追逐,少年的身影在晨曦中显得特别轻捷灵巧,仿佛已经和身下的马匹成为一体。

我想,无论是今天的一个蒙古孩子和他的坐骑,还是两千年前匈奴王朝的战士与他们的战马,也许都一样明白,那真正的力量,就在于和谐与野性的并驾齐驱吧。

三匹狼

一

在蒙古国的北部有处人间仙境——库布斯固勒湖。

湖的面积广大，一如汪洋，占全世界淡水储存量的百分之二，并且全无污染，水质的纯净度更是世界第一。湖畔漫山遍野都是原始森林，是查腾乌梁海部（"查"是指"驯鹿"，"查腾"就是"驯鹿者"）自古至今的生息之地，中国史书上把这个湖译为"库苏古泊"。

一九九一年九月中旬，我慕名前往。和朋友一起，先从蒙古国的首都乌兰巴托搭小飞机往北飞到库布斯固勒省的省会慕蓉市（是的，请勿惊讶，在下刚好有幸与这个城市同名！在蒙古文里，"慕蓉"或"穆伦"都是"大江河"之意）过夜，第二天还要再换乘越野车走上七八个钟头才能抵达湖边的旅馆。

在慕蓉市停留的那个下午，朋友去找他当地的熟人借车去了，我一个人在市内闲逛，路旁有居民好心指引，说是附近有个小型的动物园可以参观。

我找到了，也走进去了，而就是在那里，我第一次在极近的距离里与一匹狼相见，面对面，四目相对望。

当然，狼是被关在铁栏后面的，我相信它应该已经被囚禁了很长一段时间了，在我靠近时，它也毫不闪躲，依旧保持着静坐的姿势，一动也不动地向我凝视。

它的眼睛多么好看啊！眼角微微向上扬起，双眸清澈如湖水，

俯身细看狼所掘之井。

2003 年 9 月巴尔虎草原　（护和　摄）

是一种透明的蓝灰色,眼神冷静而又冷漠,可是,再望进去,却清清楚楚地感觉到了这一匹狼对我的凝视里带着强烈的恨意,让我全身不由自主地打了个寒战。

在仙境般的山野里奔跑着长大了的生命,如今被囚禁在这低矮狭窄的兽槛之内,那灵魂深处一定充满了想撕裂一切的恨意吧?

参观的行程再也不能继续下去了,我只好低头转身羞愧地离开,直直向着动物园的门口走了出去。

可是,我知道,有一双美丽而又澄澈的眼睛始终在我背后,带着绝望的恨意凝视着我。

二

第二匹狼也是被关在铁笼子里面的,不过,它的故事不大一样。

它幼小的时候受了重伤,摔在山崖下,是被路过的好心人救了起来,抱回家中慢慢把伤养好的。

可是,长大了之后,主人还是不得不把它放进铁笼子里面以防万一。

应该是公元两千年的秋天,我第二次进大兴安岭的时候吧,有个晚上,跟着朋友踏进他们家的院落。灯光很暗,在如井般四周都围有房舍的狭窄院落里,有个很不成比例的粗大铁笼,笼中有匹灰褐色的野兽在不停不停地打转,朋友说:

"这是我养的狼,力气大得不得了,不能不关起来。"

铁笼再粗大,里面的空间也是仅可容身的狭小,这匹狼几乎等于就在原处团团打转。速度很快,因而不断碰撞到铁栅栏,可是却始终不肯停下来,就像是一团模糊的灰影子不断旋转,还发出低沉又急切的喘息声。

整个晚上,我和朋友在他的客厅里与众人交谈,这一匹狼就在我们的窗外不停地打转。

不停不停地打转。

三

巴尔虎蒙古在蒙古民族里是历史悠久的一支,如果从公元前三世纪巴尔虎的先民参与的丁零部族算起的话,史籍中见于文字的记录,到今天已经有两千三百多年了。

千百年来,巴尔虎蒙古人活动的区域是从贝加尔湖的周边到更南的呼伦贝尔地区(前者现在是被划入俄国的布里亚特共和国境内,后者如今是在中国境内的内蒙古自治区东北部)。

呼伦贝尔地区,可说是上天赏赐给游猎与游牧民族的福地,以大兴安岭为主的山林面积有十七万平方公里,而草原面积接近八万平方公里,巴尔虎人居住的家园在大兴安岭西侧,正是这片大地上的精华地带,史上赫赫有名的巴尔虎草原。

二〇〇三年九月中旬,我终于和朋友踏上了这片广袤无边的草原,那可真是难以形容的天远地宽啊!

我们昼行夜宿,走了几天几夜都还是在巴尔虎人居住的范围里。

有一天,中午时分,到了一处名为"狼井"的地方,享受了一顿美味的羊肉大餐,当地的朋友就在牧民的毡帐之外,铺上大片的帆布,摆上餐具和酒水,真正是露天席地的野宴。

席间,我问起"狼井"这个地名的由来,牧民回答我说,这里原是一片没有水源的沙丘,多年前,有狼在此掘出一处泉眼,这泉眼至今还在,牧民们再把它挖得大一些,方正一些,旁边围上栅栏,就成为一口井了。

至于狼的寻水行为究竟是依靠着直觉还是嗅觉？或是从某一种植物所得到的线索？那天，在场的人都没说出些什么道理来。

走在如今已是拥有还算丰盛的植被的沙丘上，参观了那口"狼井"之后，我们就向主人道谢和道别，然后再踏上征途。

几个人酒醉饭饱地坐在越野车上，车窗外，那无边无际的草原正随着日照在慢慢变幻着颜色，我们也顺着"狼"这个题目彼此随意地交谈。

驾驶的朋友说起多年前曾经有过数量庞大并且极度饥饿的狼群，攻击过边防军营地的事件。另外一位朋友则说，草原狼和森林中的狼脾性有些不同，一般并不会攻击人的，它们的目标只放在牛羊身上。

白天，悄悄尾随着有人照管的羊群，从边上拖咬出一两只，牧民发现了赶紧呵斥几声，狼就会跑开了。

"被狼咬走或咬死一两只羊，牧民通常都认了，不会生气。可是，如果是被人骗走或者偷走了羊，那可是非得找回个公道来才肯罢休的。"

是啊！狼总还是要活下去的，互相忍让一下也就算了。

"可恶的是，有些狼晚上进入羊圈，它会把三四十只都一一咬死，凡是会动的就每只都在脖子上咬那么一口，它也不吃，就那么搁在那儿。如果牧民睡得太沉，毫无警觉的话，第二天一早起来就可能发现自己已经破产了。"

"问题是，你真要大伙集合起枪支来猎狼的时候，它们会往西跑得一个都不剩！"

那有什么关系，再继续往西追不就得了。

我刚想要这么说，忽然间懂了，不禁哈哈大笑起来。

得罪了,巴尔虎的牧民们。我不是不同情那些被狼咬死的羊群,只是我更不得不佩服草原狼的智慧啊!

　　是的,真了不起,现代的草原狼居然也懂得什么叫做"政治庇护"了。

　　巴尔虎草原上有一条哈喇哈河,隔着这条河,西岸是蒙古国。

　　虽然,从边境的山冈高处眺望,河的那边与河这边的风景没有丝毫差别,都是相同的草原,相似的丘陵与山峦,河的西岸远远居住着的也是同文同种的蒙古人;可是,两道彼此相距有一公里远的铁丝围篱就在眼前,不管这围篱的铁丝有多么细窄多么稀疏,依然是难以逾越的政治疆界。

　　蒙古国规定,距离国境线二十公里之内都不得有居民。中国这边却并没有这个限制,内蒙古自治区里的人口也越来越多,所以,在河那边不容易找到羊吃的狼,就过河来打牙祭。一旦事发,就拼了命往西跑回去,它们想必已经明白这两道铁丝网的用处了吧。

　　我笑着对朋友说,真想见一见这些聪明的狼。说时迟那时快,我这里话才刚停,就有人忽然指着窗外大叫:

　　"那不就是吗?"

　　顺着他手指的方向看过去,远远的,在我们的左前方,在秋日金红褐黄的大草原上,果真有匹灰狼正轻捷地向着我们这边奔跑过来。

　　多么漂亮的野兽啊!毛色是浅白又发亮的灰,步伐是仿佛毫不费力的腾跃(所谓的"草上飞",应该就是这样了吧)。它的营养状况大概不错,毛很长很顺,随着奔跑的速度,在风中微微向后飘起,逆着阳光,闪耀着一丝丝的银芒。

　　草原无边无际,任它随意奔驰。开始时它并没有在意我们的车,等我们加速想要更靠近的时候,这匹灰狼才警觉起来。

但是,它也并不慌张。就在彼此相距快要有两米之时,它忽然用两只前脚一起触地,像踩煞车一样煞住了往前行的力气,再轻微地一偏身,就把方向转了一百八十度。只见它头一低,脚下一加劲,就像箭矢般飞射出去,把我们远远地抛在身后了。

　　不过,不过,在它煞车之际微微偏身之前,在那电光石火的瞬间,我清楚看见,这匹灰狼曾经对我们投以极为厌恶的一瞥。

　　是的,我清清楚楚地看见,在那清澈透明的蓝灰色的双眸里,闪过的是何等厌恶与不屑的眼神!

她的童年，我的梦想。

2002 年 8 月东乌珠穆沁旗

金色的马鞍

金色的马鞍搭在
四岁云青马的背上
现在出发也许不算太晚吧
我要去寻找幸福的草原
寻找那深藏在山林中的
从不止息的涌泉

金色的马鞍搭在
五岁枣骝马的背上
此刻启程应该还来得及吧
我要去寻找知心的友人
寻找那漂泊在尘世间的
永不失望的灵魂

这是我仿蒙古民谣中的短调歌曲格式所写成的两段歌词。

金色的马鞍，蒙古文的发音是"阿拉腾鄂莫勒"，在蒙古文化里，是一种幸福和理想的象征。

长途驰骋，原本只需要一副实用的好马鞍就可以了，然而，把马鞍再镶上细细的金边，则是一种心灵上的满足。

越接近游牧文化，越发现这其中有着非常丰富的面貌，在这里蕴含着许多含蓄曲折的憧憬，许多难以描摹的对"美好"的祈求和渴望。

我是不知不觉地逐渐深陷于其中了。

对于自身的转变，是要在此刻回顾之时才能清楚看见的。

第一次踏上蒙古高原，是在一九八九年的夏天，站在辽阔的大地之上，仰望苍穹，心中真是悲喜交集，如痴如醉。

经过了半生的等待，终于见到了父亲和母亲的家乡，那时候，我真的以为自己的愿望已经圆满达成了。

想不到，那个夏天其实只是个起点而已。

接下来的这几年，每年都会去一到两次，可说是越走越远，东起大兴安岭，西到天山山麓，又穿过贺兰山去到阿拉善沙漠西北边的额济纳绿洲，南到鄂尔多斯，北到一碧万顷的贝加尔湖；走着走着，是见到了许多美丽丰饶的大自然原貌，也见到了许多被毁损的人间恶地，越来越觉得长路迢遥。

在行路的同时，也开始慢慢地阅读史书，空间与时间彼此印证，常会使我因惊艳而狂喜，当然，也有不得不扼腕长叹的时刻。

十几年的时光，就如此这般地交替着过去了，如今回头省视，才发现在这条通往原乡的长路上，我的所思所感，好像已经逐渐从起初那种个人的乡愁里走了出来，而慢慢转为对整个游牧文化的兴趣与关注了。

还有一点，似乎也是在回顾之时才能察觉的，就是我在阅读史料之时对"美"的偏好。

在这条通往原乡的长路上，真正吸引我的部分通常不是帝王的功勋，不是那些杀伐与兴替，而是史家在记录的文字中无意间留下来的与"美"有关的细节。

这"美"在此不一定专指大自然的景色，或是文学与艺术的精华，其中也包含了高原上的居民对于人生岁月的感叹和触动。

一个民族的文化通常是奠基于自然气候所造成的土地条件与生活方式,而一个民族的美学则是奠基于这个民族中大部分的人对于时间与生命的看法。

可惜的是,在东方和西方的史书里,谈到从北亚到北欧的游牧民族,重点都是放在连年的争战之上,至于这些马背上的民族对于文化的贡献,大家通常也认为只是促进了东西文化的"交流"而已。

很少有人谈及这些民族所拥有的心灵层面,也很少有人肯承认,其实,在东西方的文化史中,游牧民族独特的美学观点,常是源头活水,让从洛阳到萨马尔罕,从伊斯坦堡到多瑙河岸,甚至从波斯的都城到印度的庭园,所有的生活面貌都因此而变得丰美与活泼起来。

在苍茫的蒙古高原之上,严酷的风霜是无法躲避的,生命在此显得极为渺小与无依,然而,在经历了无数次的考验之后,再渺小的个体也不得不为自己感到自豪。而对当下的热爱,在漂泊的行程中对幸福的渴望,对美的爱慕与思念,那强烈的矛盾所激发出来的生命的热力,恐怕是终生定居于一隅的农耕民族所无法想像的吧。

因此,能在书中找到一些线索,都会让我万分欣喜。

譬如史家所谈及的一盒玫瑰油,书上说它"其色莹白,其香芳馥,不可名状",才让我知道,在一千年之前,契丹人就知道如何留住玫瑰的芳香。

在无边的旷野里采摘玫瑰,并且设法去留住它的芳香,这行为本身就已经说明了一种美丽与幽微的本质,也存在于疾驰的马背之上。

又譬如考古学家所谈及的"鄂尔多斯式青铜器",那是从公元前一千五百年到公元一百年左右的悠长岁月,在蒙古高原上所发展出来的艺术风格。从马具、刀剑、带扣到纯为装饰用的饰牌,都是以动物纹饰为主题,而且特别强调它们在刹那间的神态与动作。或是一群奔鹿,首尾几乎相连,或是林中小鹿听见什么响动正惊慌地回头,或是虎正在吞噬着羊,或是鹰、鹫、马与狼,群兽互相纠缠厮斗的环节。

那从写实转化为极端装饰性的构图与线条,正是草原生态从表象到内里的精确素描;是一种缓慢的坚持,紧密的环环相扣,互相制衡而最终无人可以幸免。

即使在一件只有几公分大小的饰牌上,我们也可以感觉出这种在大自然的生物链上无可奈何的悲剧,在毁灭与求生之间所迸发出来的内在的生命力。而由于这种种矛盾所激发的美感,匈奴的艺术家们成就了青铜时代最独特的一页,使得今日的我们犹能在亘古的悲凉之中,品味着刹那间的完整与不可分割。

又譬如瑞典学者多桑在他所著的《多桑蒙古史》中写到成吉思汗安葬之处是在鄂嫩、克鲁涟与土拉三条河流发源地不峏罕,合勒敦群山中的一处,这个地点是可汗生前所拣选的,书中是如此记述:

> 先时成吉思汗至此处,息一孤树下,默思移时,起而言曰:"将来欲葬于此。"故其诸子遵遗命葬于其地。葬后周围树木丛生,成为密林,不复能辨墓在何树之下。其后裔数人,后亦葬于同一林中。

读到此处,我不禁会揣想,在一切病痛与死亡的威胁还都没有来临之前,在广大的疆域上建立的帝国正熠熠生辉之时,是什么触动让我们的英雄在忽然间彻悟了生死?

我猜想是因为那一棵树。

在多桑笔下所说而由冯承钧先生译成的"孤树"一词,给人一种萧瑟冷清的感觉,其实恰恰与此相反,在蒙古人的说法里,应该写作"独棵的大树",是根深叶茂傲然独立的生命。

在蒙古的萨满教中,对于独棵的巨木特别尊敬,有那枝叶华茂树干高大的更常会被尊奉为"神树",通常都是有了几百年树龄的了。

在亚洲东南方生活的农耕民族常说:"十年树木,百年树人。"但是,在蒙古高原上,日照短,生长期也短,一棵树往往需要几十年甚至上百年才可能成材,因此,当你面对着一棵根深叶茂傲然独立的巨木之时,不由得会觉得它具有令人崇敬的"神性"。

而这神性正是一种强烈的生命力。

我猜想,圣祖当时,正是受了这种内在的生命力的撼动吧。静默而伟岸的树干,清新而繁茂的枝叶,传递着宇宙间本是生生不息的循环,因而使得英雄在生命最光华灿烂之时,预见了死亡的来临,却又在领会到人生的无常之际,依然不放弃对这个世界的信仰和依恋。

这些都是让我反复阅读与思索的地方。

在空间与时间的交会点上,有幸能够接触到这一切与"美"有关的讯息,真如一副金色的马鞍,可以作为心灵上的凭借,也引导着我在通往原乡的长路上慢慢地找到了新的方向。

多么希望能够和大家分享。

二十多年前,诗人萧萧对我的第一本诗集《七里香》曾经有过如下的评语:"她自生自长,自图自诗,不知有汉,无论魏晋……"

二十多年后的今天,他对我的《世纪诗选》的评语是:"似水柔情,精金意志。"

要怎么说出我心中的感激?

原来，这一路走来的自身的转变，其实很清楚地看在旁观者的眼里。这么多年纷纷扰扰说不明白的思绪和行为，评论者只用八个字就完整地凸显出来了。

　　原来，我是怀着热情与盼望慢慢地走过来的却并不自知。

　　一如我的一首诗《旁听生》中所言："在故乡这座课堂里/我没有学籍也没有课本/只能是个迟来的旁听生……"

　　是的，对于故乡而言，我来何迟！既不能出生在高原，又不通蒙古的语言和文字，在稽延了大半生之后，才开始战战兢兢地来做一个迟到的旁听生，如果没有意志力的驱策，怎么可能坚持到今天？

　　谢谢诗人给我的评语，让我惊喜地发现，原来我也是可以拥有一些优点的。

　　说来也有趣，在没有见到原乡之前，我写作时确如萧萧最早所言，自生自长，自图自诗，心中并无读者，无论是诗还是散文，只要自己满意了就拿去发表。当然，发表之后能够得到读者的回响，是非常温暖的感觉，不过并没有影响我写作时的态度。

　　如今的我，在写诗之时也一贯保持自己的原则。但是，在书写关于蒙古高原这个主题的散文时，却常常会考虑到读者，有时易稿再三，不过只是为了要把发生在那片土地上的真相，再说得稍微清楚一些而已。

　　我是怀着热情与盼望慢慢地走过来的，只因为我是个生长在汉文化世界里的蒙古人，渴望与身边的朋友分享我刚刚发现的原乡。

　　那是一处多么美丽多么不一样的地方。

辑五

异乡的河流

莱茵河畔公园。

1998 年 10 月德国波昂市郊

异乡的河流

一、少年时

> 我不知道为了什么
> 我会这般悲伤
> 有一个旧日的故事
> 在心中念念不忘
>
> 莱茵河慢慢地流去
> 暮色渐渐袭来
> 夕阳的光辉染红
> 染红了山冈……

一九五四年夏天,从香港来到台北,参加插班生考试,考进了当时的北二女初中二年级。上音乐课时学会了几首好听的歌,其中就有这一首德国歌曲《罗累莱》。

前面写下的,是我还记得的第一段歌词。

莱茵河上有个古老的传说:船过罗累莱崖口,山崖上传来金发女妖的歌声,会使水手分心而造成船难。由于曲调缓慢而又忧伤,再加上传说给我的想像空间,因而深得少年的我的喜爱。

尤其喜欢"莱茵河慢慢地流去,暮色渐渐袭来……"这一段,反复吟唱之时,总会不自觉地想像那暮色苍茫的河面,映着夕阳的余

父亲七十岁时。

1981 年摄于德国波昂

晖,是如何地在闪动着一层又一层淡淡的波光。

至于知道了这原来是海涅写的诗,而诗人是在波昂大学读法律等等的细节,则是很久很久以后的事了。

一九六四年夏天,从台湾到了比利时,通过了布鲁塞尔皇家艺术学院的入学考试,直接进入绘画高级班二年级就读。

头一年,想家想得不得了,每封家信都是密密麻麻地写上十几页。好在德姐早我两年来到欧洲,在慕尼黑音乐学院读书,有时候会来布鲁塞尔看我,两姐妹聚一聚,稍解乡愁。

一九六五年初秋,父亲应慕尼黑大学东亚研究所之邀,来德国教书。每有假期,我就会坐十个钟头的火车南下去探望他。过了科隆和波昂之后,火车会沿着莱茵河边走上好几段,每次经过罗累莱山崖,我都会止不住在心里轻声地唱起那首歌来。

能够亲眼见到了歌中的这条河流,当然不无感慨。不过,年轻的我,在那个时候还不能料想到,这一条异乡的河流,以后会在我的生命里占着什么样的位置。

那几年,德姐、萱姐和妹妹都在欧洲,沿着莱茵河来来往往。一九六六年冬天,海北和我的订婚典礼,是南下去父亲在慕尼黑的寓所里举行的。一九六八年春天,父亲北上在布鲁塞尔为我们主持婚礼。母亲和弟弟从台湾寄来许多礼物,尤其是她亲自去挑选的那条珍珠项链,光泽柔润美丽。姐妹都在身旁,朋友又那么热心和喜悦,没有比我再幸福的新娘了!

惟一的遗憾,应该就是我在红毯上走得太快了吧。早上婚礼在教堂举行,父亲牵着我的手顺着风琴的乐音前行,几次轻声提醒我:"走慢一点!"

无奈我根本听而不闻,完全忘记了新娘该有的礼仪,只看见海北站在圣坛之前,正回身望向我,我心里只想到要赶快站到该站的位置上。因此,不管父亲怎么说,这个新娘的步伐可是一点也没有减缓,在乐曲结束之前就早早地到了新郎的身边了。

　　后来,父亲半是伤心半是玩笑地对我说:"从来没见过走得这么急的新娘子! 怎么? 有了丈夫就不要这个老爸爸了吗?"

　　其实父亲那时候一点也不老,还不到五十七岁。加上他精神饱满,器宇轩昂,人就显得更年轻。他自己也很知道这一点,也很喜欢听我的朋友争着向他说:"席伯伯怎么这么年轻!"

　　我们这几个女儿从小就听惯了这一句话。我自己在十几岁的时候,更是有一次颇为离奇的遭遇。

　　那是一九五六年的夏天,我进入台北师范学校艺术科就读。新生训练第一天,父亲送我到学校,看了我的教室和宿舍,叮嘱了一番才离开。中午,新生集合在饭厅吃饭,一位女教官匆匆走到我的桌前,看了我的名牌一眼,就叫我站起来,厉声责问:"席慕蓉,刚才陪你来的那个人是谁?"

　　我莫名其妙,不过还是照实回答:"是我爸爸。"

　　想不到教官忽然间满面通红,不发一言就转身走开了,我当然也不会去追问她到底是什么意思。

　　这个谜团到我快毕业之前才解开。

　　那时候,教官已经和我们很熟了。她笑着向我招认,她本来是准备杀鸡儆猴,一个才刚上高中的女孩子竟然那么大胆,和男朋友公然挽臂同行,亲亲热热的,完全不把校规放在眼里。她把我叫起来,是想当众记个大过,或者甚至开除也是可能的。

　　好险! 教官的想像力未免太离奇了一点,这就是后来她为什么会脸红的原因了吧?

不过,也许还有另外一个原因。隔了很多年之后,我再回想,也许是因为在那个时代里,"父亲"的形象极为固定——或者严肃,或者冷漠,很少有为人父者,能像我的父亲那样活泼热情和开朗。

　　也很少有人,能像我父亲那么俊美的。

　　但是,无论我的父亲和别人的父亲有多大的差别,在我们这几个孩子的心中,他依然只是个"父亲"而已。

　　我的意思是说:在成长的过程里,家,只是个温暖的庇护所,外面的世界才是真正的诱惑。尤其是我一放假就喜欢往野外跑,每次都是晒得又黑又瘦地回到家来。而平日不出门的时候,大半都是窝在自己的小房间里画画,和父母相处的时间并不多。即使在餐桌上,说的也都是我在学校里遇到的事,对于父母是怎么在过着日子,其实从来也没有想到要去深入了解。

　　远离家乡的父母,到底是用什么样的心情和态度在过着他们的日子呢?我从来也没有认真地向他们问过这个问题。

　　父母健在时,从来不曾认真地去晨昏定省,反倒是如今,每天早上进到书房都会先向父母亲的遗像鞠躬道早安。相片就摆在书架的一层空格里,父亲穿着红色羊毛衣拿着烟斗站在他的书房外阳台上的相片,还是我在一九九六年春天拍摄的。

　　我在书桌前坐下来开始工作的时候,父亲和母亲就在我的背后,在两张光影清晰色彩柔和的相片里微笑地注视着我。

二、美好的时光

　　一九七○年夏天,怀着慈儿,我离开欧洲回到台湾,在新竹师范学院开始教书,然后生女育儿,忙着和海北一起来给孩子打造一个

莱茵河边这间老饭店,屋前有平台可静观河面。

1998 年 5 月德国波昂市郊

温暖的家。等他们稍微大了一些之后,又重拾油画,日子因此过得很紧凑。

父母那时都在国外,偶尔回来探望我们,平日书信往来之间,谈的都是关于两个小外孙的趣事。

一九八二年的暑假,我去接回中风后的母亲,在石门乡间疗养,和我们住在一起。一九八七年春天,母亲逝世。再过了两年,我才带着慈儿,重回欧洲。

已经是一九八九年的盛夏了。

在这之间,父亲从慕尼黑大学的东亚研究所转到波昂大学的中亚研究所,任教多年之后,已经退休了,不过仍然住在波昂近郊,就在莱茵河的旁边。

慈儿和外祖父有两年没见,她刚考完大学联考,成绩不错,是来向他报喜的。

而我则是要为八月底的首次返乡之行,先来做点功课。

生在南方,从来也没见过原乡的我,虽然从小常能从父母那里听到关于蒙古高原的种种,但是,一旦真的要成行了,还是有许多问题要来问清楚。

父亲十分高兴,亲自到市区来接我们。

为了早晚作息不会打扰到他,出发之前我就要求给我和慈儿订一间在他寓所附近的旅馆。父亲给我们订的旅舍紧临着莱茵河岸,屋子相当老旧,听说还曾经接待过维多利亚女王。屋前有个平台,和屋内的餐厅连接起来,客人可以在户外用餐或者喝啤酒,平台之下就是河岸,莱茵河缓缓地从眼前流过,闪动着细碎的波光。

酣睡了一夜。不过可能是受了时差的影响,我还是起得相当早,梳洗完毕之后,就靠着窗户往楼下眺望。

屋外种了几棵大树,枝叶茂密,因为长得很高,所以没有遮住我们二楼房间的视线,只把浓荫的暗绿,从高处匀几分到了室内,使得不远处的河面显得更加明亮。

就是在这个时候,我看见了窗下的父亲,正跨着大步从旅馆前方的河岸上走过。父亲的寓所在旅馆的右后方,步行过来用不到十分钟,这天早上,他大概也是起得比平常早多了,穿戴整齐之后,就急着前来和我们相会。

浓绿的树阴之下,明亮的河水之前,父亲的侧影到今天还是那么鲜明和清晰。

他那天早上穿着一套浅色的夏季西服,里面是洁白的衬衫,米色有着暗纹的丝质领带在晨风里被吹得向后稍稍扬起,天然微卷的头发服帖地梳向脑后,几乎不见什么白发,饱满的额头,挺直的鼻梁,依旧丰润的面庞,父亲跨着大步向前快走的身影是那样挺拔矫健,那样兴高采烈,即使隔了一段距离,我好像也能感受到那种充沛的喜悦。

那是生命里多么美好的时光。

那个夏天,在莱茵河边,我们父女两人第一次有了一个温暖强烈的可以共享的主题。我也发现,离家多年的父亲却保有了全部的记忆,那是沉默地收藏了几十年,终于可以经由自己的女儿再去一层一层重新碰触的原乡记忆啊!

欧洲的夏天,天黑得极晚。吃过晚餐之后,我们祖孙三人每天都要在平坦的河岸上散步。河岸时宽时窄,无止无尽,有几处规规矩矩地种着行道树,近河的一边还围着铁栏杆;有几处却是忽然出现两条分歧的小路,低的那条可以直通到有野鸭在成群栖息的水边,高的那条却可能把我们带到一个杂花生树、莺飞草长的小公园里,或者是哪一个大使馆的后院墙外。

莱茵河慢慢地流去,暮色是用几乎无法察觉的速度逐渐逐渐地袭来。就是在这样的时刻里,在一条异乡的河流之前,父亲尽他所能地带引我去认识我的原乡,那在千里万里之外的蒙古高原。

那的确是生命里等待已久的好时光。

白天,父亲常带着我和慈儿到处走一走。有时候去波昂市区,他喜欢在服饰店里坐下来,抽他的烟斗,让我们母女去挑选,再把中意的拿给他看,由他来提供意见。有几次,慈儿挑到特别合适的,父亲就很高兴,马上对旁边的店员说:"都包起来吧,这是我要送给外孙女的礼物哩！"

　　有时候,他会带我们搭渡轮,沿着莱茵河下去。船停靠在旁边的小镇时,就上岸去吃顿午餐,拍几张相片,父亲看见慈儿喜欢的小东西,总要给她买下来。我若是劝阻,他就会说:"别担心! 好孩子是宠不坏的。"

　　到了傍晚,算好时间,再搭乘上行的渡轮回来。这样奔波了一天,下船的时候,我已经很疲倦了,但是,父亲上了岸之后,依然健步如飞,让我几乎追赶不上。

　　八月的莱茵河,河岸上开着一簇簇深暗的紫红色的野花,丛生的枝干有半人高,那花束有点像是丁香,却比丁香更自在更狂野。

　　傍晚时分,河面映着斜阳逐渐变成耀眼的金黄,父亲停下脚步,回头向我们微笑。

　　是多么美好的时光!

　　我们常说:"幸福易逝。"可是,为什么父亲给我的幸福却不是如此?

　　此刻,我在静夜里书写着的,当然是一种追怀。父亲逝去已经有一年多了,有时一人独坐,胸怀之间会突然涌出一股伴随着剧痛的悲伤,毫无预警地袭来,让我根本不知道要从何抵挡。可是,为什么当我提笔要把它牵引出来的时候,呈现在笔端的,却是绵绵密密仿佛无穷无尽的美好时光?

　　一九八九年八月底到九月中,我终于踏上了从未谋面的高原故土,四十多年以来,我是我们家里第一个见到了父母故乡的孩子。回到台北之后,第一件事情就是给父亲打电话,然后再把在蒙古拍的相片贴成厚厚的一本,每张相片之旁再加上自己的说明和观感,写得满满的给父亲寄去。

第二年夏天,我又带着刚考完高中联考的凯儿到波昂去看爷爷。

　　那年,父亲接近七十九岁了,凯儿才十五岁多。祖父对这个三年不见,又长高了许多的外孙,真是无限宠爱。

　　去年住的河边旅舍正在整修,停止营业,我们这次住在波昂市中心的旅馆,就在市政府前广场的边上。父亲每天搭二十分钟左右的公车来和我们会合,然后再一起出发,当然,游览的行程中也包括了坐一次莱茵河上的渡轮。不过,稍有不同的是:这次,回程的时候,父亲在他家附近的那一站先下船,我和凯儿则要再坐一站,到波昂市区上岸。

　　船离开码头之后,开始的速度还很慢,已经和我们说了再见的父亲,在岸边还能够和我们同行一段,他忽然间童心大发,一面微笑向我们挥手,一面假装非常卖力地跨着大步追着船走,惹得凯儿也兴奋地在甲板上不停地挥手呼唤:"爷爷再见! 爷爷明天见!"

　　那天下午,阳光出奇得好,晒在身上暖洋洋的,是那个稍嫌阴冷的夏季里难得的好日子。又是八月,河岸上又开满了深暗的红紫色一簇一簇的野花,离岸稍远的坡壁上绿树成荫。船行越来越快,也逐渐靠近河心,隔着那两个越离越远却还在互相挥着手的祖孙之间,是夏日莱茵满溢的一层又一层动荡着的波光。

　　父亲在一九九八年十一月三十日逝去,凯儿正在军中服役,在电话那端听到我告诉他这个噩耗之后,忍不住大哭了起来,他说:"爷爷为什么不能等一等我? 我还有几个月就可以退伍,就可以去看他了啊!"

　　我无以为答,却忽然想到那夏日莱茵的波光,恐怕不只是只藏在我一个人的心里了吧。

秋日莱茵，落叶金黄。

1998 年 10 月德国波昂市郊

三、离别后

前天傍晚,到淡水街上去取回加洗和放大的相片,年轻的店员先把相片从封袋里拿出来端详了一下,在交给我的时候,再微笑着问了一句:"席老师,这是你去旅游时拍的吧?"

其实不过是句随意的寒暄,我只要点个头,说声"是的",也就好了。可是我竟然没有办法回答他。

刚好有两个客人同时推门进来,店里一下子变得很热闹,我就付了账说了再见。走出店外,小镇的街道上已经开始亮起了五颜六色的灯光,我把纸袋小心地拿在手中。

纸袋里装的是我在一九九八年秋天拍的一些莱茵河边的风景,是异国的风光,也当然应该是只有在旅游途中才会拍到的相片,人家问的并没有错。

我可以这样回答:"这是我父亲在德国住家附近的景色,我从前常去的地方,现在父亲已经过世了。"

这样的解释也不算冗长。

但是,在那一刻里,真正让我难以启口却又很想说明的,还有一些别的。

我其实还想说:"当时拍完了洗出来之后,觉得很普通的相片,前几天收拾抽屉的时候看到了,才忽然发现它们对我所代表的意义,所以才会再来加洗和放大,因为,在我拍着这些风景的时候,我的父亲还在。"

这些相片拍的都是那一段河岸。一九九八年十月中旬,那天,河面有很浓的雾气,树叶已经逐渐从金黄变成褐红,在河边的小公园里,有些行道树的叶子还是深绿色,天很凉,没有什么行人。

在这段平坦的河岸上,在这些因着四季而变换着颜色和面貌的行道树下,父亲和我并肩同行,不知道走过多少次。即使那天我拍的只是无人的风景,但是,在那一刻,父亲还在我的身边,还在人世。因此,这些风景所代表的意义,对此刻的我而言,似乎有了一种全新的绝对的价值——这是当时还有我父亲在其中的那个世界所留下来的最后的影像。

　　一个半月之后,父亲就永远离开了。

　　可是,这些话别人要听吗? 即使他愿意,我又能够很清楚地说出来吗?

　　我想,这应该就是我在那极为短暂的一刻里忽然踌躇难言的原因了吧。

　　然而,还有更多的难以明言的什么,是在我开着车一个人慢慢往回走时,在黑暗的山路上忽然逼到眼前来的。

　　在黑暗的山路上,我流着泪问自己,我到底是不是真的在意父亲的离去?

　　我到底是不是真的爱他?

　　答案应该不是否定的。因为我心里的疼痛、我对他的想念,还有那在人前强忍着的悲伤和泪水,应该都不是虚假的。

　　可是,为什么在那个秋天,我还会为莱茵河边的秋色动心? 还会去为那些有雾的河面和铺着落叶的小径一再取景?

　　当然,我可以说,父亲身体一向非常健壮,即使是在那个秋天忽然明显地衰弱下来,我也毫无警戒之心,以为日子还会继续这样过下去?

　　或者就算是心里隐约有点明白了,但是就是不想去面对?

　　还是说,要到了父亲真的不在了的时候,才会明白我从来没有全心全意地爱过他？

我流着泪问自己，父亲已经走了，这些不断纠缠着的疑问到底还有什么意义？

车子右弯进一条狭窄的上坡路，还有一公里就到家了，在不远处暗黑的山影之上，一轮初升的明月就在我的正前方。

还是说，要到了父亲真的不在了的时候，才有可能在回溯的泪水里，用各种或者真实或者缥缈的线索，去试着全心全意地爱他和了解他？

也许，这父与女的关系，在对父亲的了解中，反而成了一种"蒙蔽"？

即使是从一九八九年的夏天之后，在莱茵河边，我们父女之间曾经有过那么多次的深谈，然而父亲依旧是针对我的需要所设定的角色——女儿如今想要知道自己的原乡了，于是她的父亲详尽地作答。

到了蒙古高原之后，这几年间，我曾经访问过几位老人。有的访问已经写成文字发表了，像是《丹僧叔叔》《歌王哈札布》，有些还是草稿。但是我自认已经把握到重点，可以在几千或者一万多字里，写出他们颠沛流离的一生。可是，我从来没有想过应该也对自己的父亲做一番更深入的了解。

我所有的资料，都是片段的，零乱的，只因为他是我的父亲，是生活里那样熟悉因而似乎已经固定了的形象。

直到在追悼仪式中，父亲的同事，波昂大学中亚研究所的韦尔斯教授（M. Weiers）站到讲台上，面对大家开始追述父亲一生的事迹之时，我才忽然明白，我一直都在用一个女儿的眼光来观看生活里的父亲，那范围是何等狭窄。

韦尔斯教授的讲词中有一段话,我记得他是这么说的:

> "对我们而言,拉席·敦多克先生这一生所经过的是多么漫长而曲折的道路。他从那么遥远的地方走来,在此为我们讲述那古老而丰美的蒙古文化,让许多人从此热爱蒙古……"

我的父亲,确是历经了流离伤乱。

尤其在前半生,为了争取内蒙古自治所遭遇的种种艰险,那条漫漫长路,充满了我所不能想像的坎坷和灾劫,甚至包括自己兄长的被刺身亡;然而,这么多年来,他却也始终没有失去那乐观到近乎天真的本质,有的时候,我们做子女的,甚至在生活里为此而怨怪他。

可是,如今从一位异乡友人的眼中来观看自己的父亲,却让我领会到,父亲所代表的,不正是我一向尊崇的那种近代蒙古知识分子在政治与战争的乱流中挣扎求存、无限辛酸却又无比执著的典型吗?

曾经在慕尼黑大学东亚研究所与父亲共事的法兰克教授(H. Franke),是与父亲相交超过四十年的老友,他在知道父亲逝世之后,寄给我的信里写着:

"我会永远记得令尊,他是位渊博的学者,高贵的典范。"

父亲啊!父亲。

妹妹常向父亲提起要接他到自己家里来住,父亲却总是回答:

"等我老了的时候吧。"

而父亲真的好像总也不老。八十岁之后还到处去旅行,甚至有一年还去了埃及！然而他却不肯应邀回去内蒙古讲学。他对我说："老家的样子全变了,回去了会有多难过?"

八十六岁那年冬天,德国的朋友们援例为他在波昂近郊的中国饭店里摆寿宴,有许多蒙古国和内蒙古的留学生都来了,我也从台北飞去凑热闹。那天父亲真是容光焕发,妙语如珠,当他在宴席之间,举起一杯香槟向大家致意之时,我抢着拍了一张,回到台北后刚好可以放进我要在大陆出版的蒙古高原散文选里做插图,那篇散文是《父亲教我的歌》。

在那个时候,我并没有想到,两年之后,我会把这张相片放到父亲的讣闻上。

第二年夏天,海北和我一起去了波昂。翁婿两人多年不见,竟然就在我眼前拼起酒来。海北的开始喝酒,还是当年订婚之前,陪着女朋友到慕尼黑拜会准岳丈的时候,被强迫着学会了的,不过后来好像有些青出于蓝。

当然,我还是要假装恶言劝止,他们两个人也都假装充耳不闻,那个夏天的阳光很足,父亲阳台上的天竺葵开得很旺,艳红艳红的。窗内的我们欢声笑语,窗外也有飞鸟闪着轻快的翅膀喧闹着飞掠而过。

而那还不是最后的幸福时光。

即使在这年秋天,父亲忽然生病了,生平第一次住进医院,八十七岁的老人,生的并且是很吓人的病——膀胱癌,弟弟和我一起去照看。然而,父亲恢复的能力极强,危机也很快地过去了,出院回家,家中有朋友来加强注意他的饮食起居。

回到台北后,每次打电话去,电话里父亲的笑声爽朗,中气十足,就可以让我安心好几天,生活在表面上好像又如常了。

第二年的五月,我飞去探望。在这几年里,每当我单独去波昂的时候,已经不再住旅馆了。父亲把他客厅的沙发换成一张活动的沙发床,到了晚上拉开来给我睡,白天再恢复原状。

我们父女共处的时间因此又多了一些,在这个春天,也常一起去河边散步,还去那间早已重新整修好了的临河的旅馆吃晚餐。父亲吃得不多,却一样喜欢纵容我在餐后点额外的甜点来吃。然而他是比从前瘦了,走路的速度也比从前慢了许多,我还是需要调整步伐,却再也不是为了追上我的父亲而是要陪伴他等候他了。

然而我们还是快乐的。在向晚的莱茵河边,春风扑面,美景如画,河对面山上的树林全长出了柔嫩的绿叶。

"那山上风景很不错。"

父亲是这样说过的,我当时也附和着他,说是哪天过河去看一看。

眼前真的并没有什么立即的忧虑,父亲按时去做追踪检查,都是完全正常的结果。

应该是不要太担心了吧?

只是,在那个春天,我可能做错了一件事。

我带了本书去给父亲。这是位读者在我的一场演讲会后送给我的,书名叫做《蒙古高原横断记》,就是日本的江上波夫和赤崛英三那些人组织的"蒙古调查班",在一九三六年到内蒙古考古后所出版的报告。

前几年,乌尼吾尔塔叔叔曾经帮我译出其中与我祖父有关的一段,里面也描述到父亲老家附近的景象,我曾经据此而写出那篇散文《汗诺日美丽之湖》。

如今自己手中有了这本书,最欣喜的是,书里有张相片,拍的正是我们家族的敖包。

这处敖包山虽然在我第一次回到父亲家乡的时候,族人就带我上山献祭过了,相片也寄给父亲看过了,然而那毕竟是几十年后的相片,由石块堆叠而成的敖包形状已经不大一样了。但是,在这本六十多年前的老书里,祖父还在,那相片上所显示的敖包还是父亲在年轻的岁月里曾经亲眼见过的模样啊!

　　我像献出宝物一样,把书翻到这一页拿给父亲看,父亲果然惊呼起来,然后,几乎是整个晚上,他都在来回翻读这本书。虽是日文,然而配合着图片内容与一些零星的汉字,那些相片底下的解说也是可以明白的。

　　书中所有的图片,虽然都是黑白相片,但是品质很好。从旷野到溪谷、从穹庐到寺庙、从马牛羊群到孤独的牧者、从衣裳简单的少女到满头珠翠的贵妇、从父亲的察哈尔盟到母亲的昭乌达盟,都是父亲曾经行过走过笑过哭过歌过同时无限爱惜过的故土家园啊!

　　在梦中珍藏了五十多年的旧日家乡,如今忽然同时都来到眼前,并且清晰洁净,光影分明,对于一个八十八岁羁留在天涯的漂泊者来说,该是何等深沉的怅惘和疼痛?

　　原本只是希望讨他的欢心。但是,当我看到整个晚上,父亲都不说一句话,只是用稍显颤抖的手,在灯下急速地把发黄的书页翻过来又翻过去的时候,我不禁深深地后悔了。

　　而就在今夜,就在此刻,我才想到,那天晚上当父亲在翻看着从前的蒙古高原时,在他混杂的思绪之中,会不会偶尔闪过和我在今夜的灯下翻看着这几张刚刚放大了的莱茵河岸相片时一样的想法——这是当时还有我父亲在其中的那个世界所留下来的最后的影像。

　　父亲啊!父亲。

四、启蒙

船正在江上，或是海上。我大概是三岁，或是四岁。

我只记得，有一只疲倦的海鸟，停在船舷上，被一个小男孩抓住了，讨好地转送给我。

我小心翼翼地把海鸟抱在双手中，满怀兴奋地跑去找船舱里的父亲。

可是父亲却说："把它放走好吗？一只海鸟就该在天上飞的，你把它抓起来它会很不快乐，活不下去的。"

父亲的声音很温柔，有一些我不太懂又好像懂了的忧伤感觉触动了我，心中一热，眼泪就掉了下来。转身走到甲板上，往上一松手，鸟儿就扑着翅膀高高地飞走了。

启蒙的经验是从极幼小的时候开始的。

父亲是为我启蒙的最早也最亲的导师。在他的导引之下，我开始对人世间一切的美好与自由无限向往。

生命是需要启蒙的，然而，死亡也需要吗？

面对死亡，也需要启蒙吗？

父亲逝世之后，在波昂火化。

当我和弟弟从殡仪馆回到父亲生前居住了多年的莱茵河畔的寓所，把装有父亲骨灰的圆柱形的骨灰盒放在他临窗的书桌上时，我心中的惶惑与纷乱已经达到了极限。

我没有办法解释眼前的一切。

父亲在四楼上的公寓，原本就因为有大面积的玻璃门窗而总是显得特别明亮，那天天气又很好，十二月中旬的阳光难得的灿烂，前一天晚上我只是把书桌的桌面腾空、拭净，然而桌面下的抽屉、墙边的书柜和屋子里的其他物件都还没有开始整理，沙发旁边的茶几上摆放着的老花眼镜、烟斗和父亲正在读的那本书，我也还舍不得收起来，书页里夹着父亲惯用的那张灰绿色的书签，标示着他还没读完的那个章节……

我坐在沙发前的地毯上，久久环视着周遭，整个房间和从前完全一样，没有任何变动，充满了熟悉的物件和熟悉的光影，所有的温柔和美好都遗留在原处，好像父亲只不过刚刚起身走开一会儿而已，然后就会再回来的。

然而，回来了的父亲再也不是从前的父亲了。我从小仰望的高大健壮俊朗而又亲爱的父亲，如今已是这一盒抱在怀中微微有些分量的骨灰盒中的灰烬，就摆在明亮的窗前，摆在他使用了多年的书桌上。

我实在没有办法顺从这眼前的一切。

生与死的界限，在这一刻里怎么可能是如此模糊和温柔却同时又是如此清晰和决绝？

面对着父亲的骨灰，我恍如在大雾中迷途的孩子，心中的惶惑与纷乱难以平服。原来曾经是那样清楚的目标和道路，曾经作为依凭的所谓价值或者道德的判断，甚至任何振振有词的信念与论点，在灰烬之前，忽然都变得是无比荒谬薄弱因而几乎是哑口无言了。

在灰烬之前，什么才能是那生命中无可取代的即或是死亡也夺不走的本质呢？

多年来，每次去德国探望父亲，我都是搭乘火车往返法兰克福机场与波昂市之间，路程虽然固定，但是由于在这两个钟头的车程中，其中有很长一段都是沿着莱茵河边行驶，冬尽春显，夏去秋至，四季里对岸的山色有无穷变化，一次又一次地收进我的眼底。

不过，这一次，住在美国的弟弟，到了法兰克福机场之后就租了一部车北上，与我在波昂会合，一起参加了父亲的追悼仪式，然后再一起护送父亲的骨灰回台湾，安葬在母亲的旁边。

所以，回程就由他驾车，由我捧着父亲的骨灰盒上路。

前一天晚上，朋友已经给我们指引了一条捷径，不需要绕道市区，只要在附近的河边码头搭乘汽车渡轮到对岸，再翻过一座山之后，就可以接上前往法兰克福的公路了。

我们是在清晨启程的，过河的时候河面上还有一层薄薄的雾气，凝视着雾中若隐若现的水纹，忽然想到这是与父亲相伴最后一次走过莱茵河了。

弟弟开车很稳，每逢转弯和上坡之时都会稍稍减慢车速，经过了河边的小乡镇之后，我们就开始往山上驶去，由于爬升的坡度比较大，山路颇有转折。

我们几乎是在一片无止无尽的密林之中行驶，山路不宽，然而修得非常平整，因而更像是一条缎带在林间迂回绕行。如果是在夏日，繁茂的绿叶可能会阻挡了所有的视线，但是，此刻是叶将落尽的初冬，树梢只有稀疏的细枝，透过这些深深浅浅的细致而又湿润的枝桠，不时可以瞥见林木深处幽微的美景。

从来没有走过这样美丽的一条山路。

我几乎是全神贯注地在贪看着眼前的一切，照理说，这个季节里山野的风景，原该给人一种萧索的感觉，但是不知道为什么，在这个早上，这一整片无止无尽的山林，特别湿润和秀美，竟然有点像是初春的林木，充满了生机。

车子转了个弯,从右边的车窗望下去,忽然看见在低低的山脚下,莱茵河蜿蜒而过,正闪动着淡淡的波光,而对岸岸边那一条细长的道路,不就正是我熟悉得不能再熟悉的曾经和父亲同行过无数次的那段堤岸吗?

　　我猛然领会,那么,此刻我们所在的地方,就是我曾经从对岸眺望过无数次的那片山林了。

　　就在这个春天,一九九八年的五月,站在岸边,父亲还曾经对我说过:

　　"那山上的风景很不错。"

　　我还记得那一天,向晚的莱茵河边,春风扑面,美景如画,在河对岸的山上,整片树林全长出了柔嫩的新叶。

　　我还记得那一天,一如往常,我们父女两人交谈的内容除了孩子们的近况之外,就是关于蒙古高原的今昔。

　　从一九八九年的夏天开始,九年来,好像是为了加倍弥补那前半生的空白,我一次又一次去探访蒙古高原。不单是见到了父亲和母亲的故乡,更在心中设定了目标,东起大兴安岭,西至天山,南从鄂尔多斯荒漠,北到贝加尔湖,在这片无边无际的大地之上,一步又一步地展开了我还归故土的行程。

　　因此而累积了许多欢喜与困惑,长途电话里谈不完的,都在莱茵河边的暮色里一五一十地说给父亲听了。

　　父亲总是耐心地为我解答。在他的记忆里深藏了半个世纪的故乡,不曾被污染与毁坏,还保留了由几千几百年的游牧生活所铸造而成的文化与社会的原型,不是一些现实的灾劫或者误解所能够轻易动摇的。

　　在一条异乡的河流之前,父亲是如何地尽他所能去带引我认识我的原乡啊!而我们父女之间能够互相印证和分享的,还包括那在千里万里之外的山川的颜色和草木的香气。

　　莱茵河在我们眼前慢慢地流过，暮色用那几乎无法察觉的速度逐渐逐渐地袭来，如今回首望去，才知道那曾经是多么美好的时光。

　　而在此刻，满山的树叶都已离枝，我从小仰望倚靠好像从来也不会老去的父亲，形体也已成灰烬。在这个清晨，辞别了那空空的寓所，双手捧着父亲的骨灰上车的时候，我心中充满了悲伤和惆怅。

　　可是，就在刚才，在这片山林之间，我曾经全神贯注地贪看着周遭的幽微光影，几乎已经忘记了自身的悲伤了。

　　就在我突然领会到自己正置身在父亲曾经赞美过的景色里，刚刚走过的也正是父亲曾经走过的路途之时，心中不由得涌上一股暖流，觉得有种微微的欢喜与平安，好像父亲并没有真正离去，好像他还在我的身边，在这条美丽的山路上，与我同行。

　　"爸爸，这是启蒙的第一课吗？"

　　我在心里轻声向父亲询问。

　　这时，我们的车子已经接近坡顶，路牌上标示着再往前行就快要翻越过这座山了。我向右边的车窗靠近，试着从林木的空隙间望下去，山脚下，晨雾已散，安静地流淌着的莱茵河，远远地向我闪动着一层又一层温柔的波光。

图书在版编目(CIP)数据

蒙文课 / 席慕蓉著. —呼和浩特：内蒙古人民出版社，2018.2

ISBN 978 - 7 - 204 - 15298 - 8

Ⅰ.①蒙… Ⅱ.①席… Ⅲ.①散文集－中国－当代 Ⅳ.①I267

中国版本图书馆 CIP 数据核字(2018)第 032380 号

蒙 文 课

作　　者	席慕蓉	
责任编辑	贾睿茹	
责任监印	王丽燕	
封面设计	刘那日苏	
出版发行	内蒙古人民出版社	
地　　址	呼和浩特市新城区中山东路 8 号波士名人国际 B 座 5 楼	
网　　址	http://www.impph.cn	
印　　刷	内蒙古金艺佳印刷包装有限公司	
开　　本	710mm×1000mm　1/16	
印　　张	24.75	
字　　数	350 千	
版　　次	2018 年 8 月第 1 版	
印　　次	2018 年 8 月第 1 次印刷	
书　　号	ISBN 978 - 7 - 204 - 15298 - 8	
定　　价	78.00 元	

如发现印装质量问题,请与我社联系,联系电话:(0471)3946120　3946124